"——그나저나 이건 어떻게 된 일인가요?"
그 목소리는 분명 조용했는데도
천둥처럼 날카롭게 울려 퍼졌다.
마왕인 내가 노예 엘프를 신부로 삼았는데 어떻게 사랑하면 되지?

원래 몸을 되찾기 위해
해저 도시로!

"안 그래요――은안(銀眼)의 왕님?"
그곳에 있는 것은
작은 여자아이였다.
"뭐야, 넌?"
무시해도 상관없었지만
처음으로 말을 걸어온 사람이라
자간은 걸음을 멈췄다.

마왕인 내가 노예 엘프를 신부로 삼았는데 어떻게 사랑하면 되지? 6

지음/테시마 후미노리 • 일러스트/COMTA • 옮김/권미량

NEXT

커버 그림 · 본문 일러스트 **COMTA**

Contents

✡ 프롤로그 — 008

✡ 제1장
딸의 반항기는 마왕도 굴복할 수밖에 없는 재난이다. — 015

✡ 제2장
귀여운 딸을 어른으로 만들었더니 내가 어려졌는데 어떻게 하면 되지? — 075

✡ 제3장
해저 도시에 있는 건 솔직하지 못한 놈들 뿐 — 153

✡ 제4장
용을 화나게 만들면 의외로 간단히 세상이 멸망할 수 있으니 조심하자. — 249

✡ 에필로그 — 287

"――샤스틸, 이게 도대체 어떻게 된 거야?"

집무실로 들어오자마자 고함을 질러대는 네프테로스의 모습에 샤스틸은 자리에서 벌떡 일어났다.

동시에 같이 튀어 오른 구릿빛 머리카락은 왼쪽으로 묶여 있고, 금세 눈물이 글썽이는 눈동자는 심홍색. 집무 중이라 세례 갑옷이 아니라 군청색 예복을 입고 있다. 오른손에 쥔 깃펜의 잉크 방울이 주위에 흩뿌려졌다.

그에 반해 네프테로스는 은색 머리에 금색 눈동자. 갈색 피부에 뾰족한 귀를 가진 엘프, 그중에서도 특히 강한 힘을 가진 것으로 알려진 다크 엘프이자 하이 엘프 소녀다.

그녀가 집어던진 것은 성기사들의 급여와 관련된 서류인 것 같았다.

"네, 네프테로스 님, 진정하세요. 무슨 일이 있으셨던 겁니까?"

"잔깐만 기디리세요, 네프네로스 님. 샤스틸 님에게는 샤스틸 님의 생각이."

그 뒤에서 어쩔 줄 몰라하며 흑발의 소녀――쿠로카와 젊은 성기사가 따라왔다.

쿠로카의 머리 위에서는 삼각형 모양의 귀가 움찔움찔 떨리고 있었다. 캐트 시(묘수인)라 불리는 종족이다. 그 붉은 눈동자에서는 빛이 보이지 않았고 손에는 긴 지팡이가 쥐어져 있었다. 맹인인 것이다.

"어엇? 내, 내가 무슨 잘못이라도 했어?"

"잘못이고말고. 성기사들의 인건비는 왜 깎은 거지?"

"그, 그게, 기부금을 줄이면 자금을 융통할 곳이……."

"그러면 기부금을 줄이지 말아야지! 고작 몇 푼에 목숨을 걸라고 하면 그럴 사람이 있을 것 같아? 바보야? 반란이라도 일어나면 좋겠어?"

네프테로스가 서슬 퍼런 기세로 쏘아붙이자 어쩔 줄 몰라서 눈물을 글썽이며 몸을 뒤로 젖히는 샤스틸. 그러자 샤스틸의 부하인 세 성기사들이 끼어들었다.

"자, 자, 진정하세요, 네프테로스 님."

"그렇고말고요. 저희는 지금의 대우에 불만이 없습……, 죄송합니다, 아무것도 아닙니다."

힘이라면 어디에 나가도 지지 않는 성기사들이지만 네프테로스가 한 번 노려보자 찍소리도 못하고 입을 다물었다.

하지만 네프테로스도 노려보기만 할 뿐 더 이상 고함을 지르지는 않았다.

——혹시 왜 내가 그렇게 했는지 이유를 들으려고 하는 건가?

다짜고짜 부정하러 온 건 아닌 모양이다. 샤스틸은 두 손의 검지를 꼼지락거리며 머뭇머뭇 입을 열었다.

"선대가 이 교회를 이끌던 시절부터 민중들로부터 모은 기부금은 상당한 액수였어. 기부금 액수를 더 올렸다간 민중들의 생활이 곤궁해질 판이지. 그렇다고 순직자들의 유가족들에게 줄 조의금을 줄이는 건 안 될 일이고, 딱히 지출을 줄일 곳이 없어서……."

얼마 전 이 마을의 교회에서는 〈마왕〉 비프론스가 풀어놓은 키메라의 습격으로 인해 성기사 몇 명이 순직했다. 몇 개월 전에도 다수의 순직자가 나와서 그 조의금과 결원 보충에 드는 비용으로 인해 재정적인 압박을 받고 있었다.

그렇게 되면 기부금을 올릴 수밖에 없는데, 그럴 수 없는 이유가 하나 있었다.

——웬만해서는 이런 식으로 생각하고 싶지 않지만, 민중들의 지지가 자간에게 기울어 있어.

마술사의 왕인 〈마왕〉 자간.

그는 흉악한 인상과는 반대로 민중들의 신뢰가 두텁다. 〈마왕〉답지 않게 어슬렁거리며 마을로 나와 주민들을 돌봐주거나 몰래 약자를 지켜주기도 하기 때문이다. 이 마을에 사는 사람 중에 그의 도움을 받은 적이 있는 사람은 적지 않다.

게다가 그의 곁에는 늘 사랑하는 사람, 엘프 소녀가 함께 있었는데……, 뭐라고 할까, 서툴게 사랑을 키워가는 모습이 어느새 마을의 명물로 자리 잡았을 정도였다.

그런 모습을 보고 있으면 마술사에 대한 경계심도 희미해질 수밖에 없다.

표면적으로 교회와 마술사는 적대 관계에 있기 때문에 자간이 신뢰를 받는다는 것은 교회의 신용이 떨어진다는 뜻이기도 했다. 그러면 기부금의 모금 액수도 줄어들게 된다.

네프테로스는 한숨을 흘리더니 책상 위에 있는 쓰다 만 양피지를 집어 들었다.

"그러면 우선 이렇게 비싼 양피지를 사용하는 것부터 그만둬. 이걸로 책 한 권을 만들려면 양이 열다섯 마리나 필요하다고! 게다가 잉크도 좀 더 값싼 게 있잖아."

양피지는 말 그대로 양가죽으로 만들어진다. 양 한 마리에서 얻을 수 있는 양피지는 기껏해야 여섯 장 정도인데, 양피지 네 장의 가격이면 일반 서민의 일당에 맞먹는다고 한다.

식물을 통해 얻을 수 있는 종이가 더 가격이 싸지만 그런 종이는 마술사가 대량 생산하고 있기 때문에 교회에서 사용하는 정식 서류에는 주로 양피지가 사용되고 있다.

"하지만 그건 교회 본부에 제출해야 되는 거라서 값싼 종이로 바꿀 수는……."

"모든 서류가 양피지여야 하는 건 아닐 것 아냐? 게다가 그렇게 기부금이 부족하다면 양피지를 판다든가 하는 식으로 다른 방법도 생각해봐야지."

"미, 민중이 양피지 같은 걸 사지는 않을 거야.

"그걸 그대로 팔면 안 팔리겠지만 당신들의 성서나 성자, 성기사의 무용담 같은 걸 써서 책으로 만들면 되잖아? 돈 많은 호사가들은 그걸 살 테고, 그런 책이 널리 퍼지면 교회의 신뢰도 회복되지 않을까?"

그 의견에는 샤스틸도 대꾸할 말이 없었다.

——네프테로스, 이것저것 많이 고민해주고 있구나.

특히 책을 만들어서 파는 방법은 샤스틸은 생각도 못 했다. 그래서 솔직하게 감사의 말을 전했다.

"음, 책은 아주 좋은 생각인 것 같아. 서둘러 시도해보지. 고마워, 네프테로스."

"——흐, 흐음. 알면 됐어."

뾰족한 귀 끝까지 새빨개져서 고개를 돌리는 네프테로스. 그런 반응에 그때까지 떨고 있던 세 성기사들의 얼굴에도 저절로 흐뭇한 미소가 떠올랐다.

혼자 이야기를 따라가지 못해서 멍하게 있던 쿠로카가 그제야 웃었다.

"네프테로스 님, 성기사들을 위해 화를 내주신 거군요. 정말 다정하신 분이에요."

"왜, 왜 내가 너희들 걱정을 해야 되는데!"

네프테로스와 쿠로카가 교회에 남기로 한 지 일주일 정도가 지났다.

원래 쿠로카가 해야 되는 집무 보좌를 어느새 네프테로스가 도맡아 하고 있었다. 다른 성기사들도 자발적으로 설명을 해주었기 때문에 이미 교회의 재정까지 관리하게 되었다.

"……식객 주제에 이 정도는 해야지."

라는 게 본인의 변명이다.

그래도 성격이 거친 탓에 심한 말을 할 때가 많은데, 그럴 때는 쿠로카가 살며시 중재에 나선다.

"그래도 샤스틸 님은 마을 사람들을 생각해서 그러신 거잖아요. 분명 다들 기뻐할 거예요!"

"아, 아우우……."

바로 앞에서 그런 말을 들으면 쑥스러운 법이다. 샤스틸도 얼굴을 가렸다.

그 두 사람 덕분에 샤스틸의 업무 부담도 상당히 가벼워졌다.

――쿠로카와의 오해도 풀렸고…….

제일 기쁜 것은 바로 그 점이다.

처음 만났을 때 샤스틸을 원수로 착각한 쿠로카는 그녀의 목숨을 노렸다.

맹인인 데다 성격도 온화해서 싸움과는 거리가 멀어 보이는 그녀지만 검을 쥐면 샤스틸에 비견될 정도의 실력자다. 실내 같은 특정 환경에서는 샤스틸을 압도할 정도라 그런 소녀에게 목숨을 빼앗길 뻔한 상황은 강렬한 기억으로 남아 있었다.

〈마왕〉 비프론스가 꾸민 일이기는 했지만, 가장 큰 원인은 샤스틸이 오해하기 쉬운 말과 행동을 했기 때문이었다.

자신이 생각해도 도대체 왜 그랬나 싶을 정도였는데, 호위로 따라왔던 마술사 발바로스는 '역시나 덜렁이 샤스틸'이라면서 대폭소를 터뜨리기까지 했다. 떠올리니 왠지 슬퍼졌다.

――어라, 그러고 보니 최근 들어 발바로스에게 이름으로 불리게 된 것 같네……?

결국 덜렁이 취급을 당하고 있는 셈이라 별로 기쁘지는 않지만 그 성격 나쁜 마술사도 조금은 자신을 인정해준 걸까?

괴로운 과거를 떨쳐내려는 듯 머리를 흔든 샤스틸은 손에 든 지령서를 봤다.

——이거라면 출석해도 괜찮으려나?

——성기사장 샤스틸 릴키비스트. 교회 대표로 '대륙종족장로회의'에 출석을 요청한다——

그것은 온 대륙의 아인종(亞人種)이 모이는 집회의 이름이었다.

제1장 ✡ 딸의 반항기는 마왕도 굴복할 수밖에 없는 재난이다.

"데이트, 의상……이라고?"

해 질 녘. 옥좌의 방에서 집사 라파엘에게 들은 말에 자간은 할 말을 잃었다.

네피에게 데이트 신청을 한 지 사흘이 지났지만 아직도 데이트를 하러 가지 못했다.

가족 수가 늘어난 것, 비프론스가 저지르고 다닌 일의 뒤처리를 하느라 정신없이 바빴던 것, 네피는 성의 집안일을 하느라 바쁘게 뛰어다닌 것 등이 주된 이유다.

――비프론스 자식, 그렇게 혼쭐을 내줬는데도 나를 방해하다니, 역시 〈마왕〉은 〈마왕〉인가.

모든 게 비프론스의 잘못은 아니지만 자간의 증오의 화살은 그곳을 향하고 있었다.

그런 일도 있고 해서, 간신히 일이 마무리 되었을 즈음 데이트할 수 있을 것 같은 날을 일주일 후로 정했는데……, 라파엘이 때마침 생각났다는 듯 의상에 대한 이야기를 꺼낸 것이다.

오늘도 여전히 처음 보는 아이가 울음을 터뜨릴 것처럼 흉악한 인상. 아무렇게나 기른 검은 머리는 빗으로 빗는 노력은 했지만 별다른 성과는 없었다. 붉은 망토 안에는 아무 장식도 없는 칠흑의 로브를 걸치고 있다.

깜짝 놀라 자신의 옷을 확인해보고 되묻는 자간.

"이런 차림은, 안 되나?"

"……나의 왕, 한번 생각해보시게. 데이트 장소에 평소처럼 하녀복을 입은 네피 아가씨가 나타나는 것과 한껏 멋을 부린 네피 아가씨가 나타나는 것, 어느 쪽이 좋을 것 같나?"

그 물음에 자간은 진지한 얼굴로 입을 열었다.

"당연히 둘 다 좋지!"

즉시 나온 대답이었다.

자간은 네피에게 남사스러운 옷을 입힐 생각도 없고 하녀 차림도 최고로 매력적이다. 물론 처음 만났을 때 입고 있던 드레스도 말로 다 표현할 수 없을 만큼 아름다웠다. 어느 정도인가 하면, 자간이 한눈에 반했을 정도다.

그 둘 중에서 우열을 가리는 건 무리다.

라파엘이 골치 아프다는 듯 손으로 이마를 짚었다.

"그런 게 아니라……. 그렇다면 네피 아가씨의 의상에는 관심이 없다는 뜻이오?"

"그거랑 이건 이야기가 다르지. 그야 데이트를 할 때 정도는 평소와는 다른 모습의 네피를 보고 싶기도 하지만……. 과연, 그런 뜻인가."

집사의 말도 일리가 있다.

자간도 자신을 위해 어떤 옷을 입을지 고민한 네피를 보고 싶다……. 아니, 순수하게 예쁘게 차려 입은 그녀를 보고 싶다. 그렇다면 네피 역시 자간이 깔끔하게 차 입는 게 좋을 것이다.

——하지만 옷이라곤 이것밖에 없는데……?

마술사가 이렇게 촌스러운 로브와 망토를 걸치고 있는 것은 별난 취향을 갖고 있거나 분위기를 만들기 위해서가 아니다. 이것은 방어와 공격, 그리고 육체의 강화와 회복, 온갖 마법진을 장치해 둔 요새다. 그런 것들은 귀족이나 서민들이 입는 얇은 셔츠나 멋스러운 바지에 설치할 수 있는 게 아니다.

그렇지만 그게 자간이 지저분한 차림을 하고 가도 되는 이유는 되지 못한다. 데이트까지는 아직 일주일이 남았다. 뭔가 할 수 있는 게 있을 것이다.

"가르쳐줘, 라파엘. 내가 어떻게 하면 되지? 어떤 옷을 입으면 적절할까?"

"나도 자세한 건 모르지만 일단 청결한 게 중요하지 않겠소?"

"청결!"

듣고 보니 자간은 매일 똑같은 옷을 입고 있다.

얼룩이나 냄새는 마술로 제거할 수 있다. 섬유에 밴 땀과 때까지 세균 레벨로 분해할 수 있기 때문에 딱히 더러운 건 아니지만, 과연 청결한가 하면 선뜻 대답이 나오지 않는 것도 사실이다.

라파엘의 말은 계속 이어졌다.

"그리고 겉으로 보이는 것 또한 중요한 법. 신사라면 넥타이 하나 정도는 매야할 터."

"넥타이라……. 그것도 없는데."

자간은 한숨을 흘렸다. 자신이 가지고 있는 것이라곤 교수형용

로프 정도밖에 없다.

그 이전에, 역시 기본적인 의상이 부족하다.

네피를 비롯한 그의 사람들이 햇빛이 비치는 곳에서 살아갈 수 있게 된다는 것은, 자간이 방금 들은 말처럼 평범한 차림을 하고 평범한 생활을 하게 된다는 뜻이다.

지금 자간이 직면한 것은 처음 접해보는 '평범함'이라는 것이다. 데이트란 평범한 남녀가 영위하는 행위이니 말이다.

자간은 체념한 듯이 한숨을 쉬더니 낮은 목소리로 중얼거렸다.

"그럼 역시 옷을 사러 가는 수밖에……, 없나."

그것도 다른 마술사들――특히 고메리 몰래.

자간은 라파엘을 향해 날카로운 시선을 던졌다.

"라파엘, 뭘 해야 되는지는 알고 있겠지?"

"우문이다. 나의 왕이 외출한 동안 왕의 진의를 아무도 알지 못하게 마술사들의 움직임을 봉하면 되는 것 아닌가?"

한쪽은 최연소로 〈마왕〉이 된 악당처럼 생긴 마술사. 다른 한쪽은 500명 참살을 목전에 둔 흉터투성이 얼굴에 최공(最恐)이라 불린 진(前) 성기사장. 그 두 사람이 예사롭지 않은 긴장감을 풍기며 밀담을 나누는 모습은 마치 부하들을 실컷 이용하고 버릴 무시무시한 계획을 꾸미고 있는 것처럼 보였다.

……뭐, 실제로는 '멋이라는 건 어떻게 부리면 되는 거지?'라는 지극히 사소한 고민 상담이지만.

어쨌든 자신의 의도를 완벽하게 파악하고 있는 라파엘의 대답에 자간도 만족스럽게 고개를 끄덕였다.

"암, 그래야 내 집사지. 성에 관련된 일은 믿고 맡기마."

"알겠소."

이제 남은 건 자간이 데이트에 입고 나갈 옷을 손에 넣기만 하면 된다.

그렇지만 지금 나가기에는 시간이 좀 늦다. 이제 곧 저녁 식사 시간이기 때문이다. 마을에 가려면 늦은 밤이나 내일이 되어야 할 것 같다.

——시간이 없어. 위험 부담은 크지만 마뉴엘라에게 부탁해볼까…….

네피와 포레의 옷을 골라줬을 때를 생각하면 자간까지 인형 취급당할 위험이 있지만, 그 수상한 점원의 눈은 정확하다. 데이트에 어울리는 옷을 골라줄 것이다.

……하기야 이제 와서 그런 부탁을 할 수 있는 가게가 달리 있는 것도 아니다. 큐아노에이데스에서 자간의 이름은 너무 많이 알려졌다. 〈마왕〉에게 적당한 옷을 골라보라는 말을 들으면 대부분의 점원은 위축되어서 대답도 제대로 못할 게 뻔하다.

그나마 아직 일주일이나 시간이 남아 있을 때 라파엘이 지적을 해줘서 다행이다. 또다시 이 남자의 유능함을 절감했다.

다른 마술사들 몰래 성을 빠져나가려면 언제가 가장 좋을지 고민하고 있을 때였다.

"오해예요, 포레 아가씨! 전 그냥 내용이 살짝 신경 쓰였다고 할까, 아니, 저한테 온 편지인 줄 알았다고요!"

머리가 지끈거리는 비명에 자간과 라파엘은 눈썹을 찌푸렸다.

"이건 또 무슨 소란이지……?"

잠시 후, 노크와 함께 문이 열렸다.

들어온 것은 포레와 그녀에게 멱살을 잡혀서 질질 끌려오는 셀피였다.

포레는 오늘도 초록 머리를 세 가닥으로 땋아서 등 뒤에 늘어뜨리고 귀 뒤에는 용의 뿔이 솟아 있는 모습이다. 호박색 눈을 번뜩이며 거친 콧김을 내뿜고 있는 게 잔뜩 화가 난 것 같다. 하얀색과 진홍색을 베이스로 한 민족의상이 아주 잘 어울리는 이 소녀는 용의 후예이자 자간의 양녀이기도 하다.

왼손에는 셀피를, 오른손에는 봉투 한 장을 꽉 쥐고 있었다.

한편 포레에게 끌려온 셀피는 파란색 머리를 가진 소녀다.

입만 다물고 있으면 제법 예쁘장하게 생긴 얼굴이지만 지금은 폭포수 같은 눈물을 흘리며 목숨을 구걸하고 있었다. 그 눈물에 닿았기 때문일까, 하반신이 어류 같은 꼬리로 변해서 몸부림치고 있었다.

그녀는 세이렌(인어족)인 것이다. 노래가 특기라서 그런지 울음소리도 보통 시끄러운 게 아니다.

포레는 자간과 라파엘의 얼굴을 보더니 걸음을 멈췄다.

"들어가도 돼?"

진지한 이야기를 나누는 중이었다는 사실을 깨달은 모양이다. 방해가 되는 건 아닌지 묻고 있는 것이다.

——뭐, 데이트 때 입고 나갈 옷에 대한 이야기를 하고 있었을 뿐이니까.

옆에서 보면 세상을 멸망시키기 위한 회합이라도 하고 있는 듯한 긴박감이 흘러넘쳤지만 그런 줄은 꿈에도 모르는 자간은 고개를 끄덕인다.

"그래. 안 그래도 이야기가 끝난 참이다. 들어와도 돼."

그러자 포레는 **짐짝**을 든 채 자간이 있는 곳까지 왔다.

"자간, 편지야."

"음. 수고 많았다. ……그런데 **그것**은 뭐지?"

짐짝처럼 끌려오는 셀피에게 시선을 주자 그녀는 맹렬한 기세로 울어대기 시작했다.

"아니에요, 〈마왕〉님! 전 〈마왕〉님의 편지를 읽으려고 그런 게 아니라고 할까, 애당초 그렇게 간이 크지도 못하다고요!"

"그럼 왜 열어 보려고 한 거지?"

포레가 노려보자 셀피는 다시 비명을 질렀다.

"……뭐가 어떻게 된 건지 잘 모르겠는데, 요는 내 편지를 마음대로 읽으려고 했다는 건가?"

"응."

때마침 그 모습을 포레에게 들켰다고 한다.

"어차피 나한테 중요한 편지 같은 게 올 일은 없지만 다른 사람의 편지를 마음대로 열어 보는 짓은 하지 않는 게 좋아. 마술사가 보낸 편지 같은 경우에는 연 순간 폭발하는 것도 있다."

그렇게 말하자 셀피는 새파랗게 질린 얼굴로 떨기 시작했다.

"아니라니까요. 그 편지, 보낸 사람이 제 본가로 되어 있다고요. 그래서 직장으로 제 편지가 온 건 줄 알고……."

그 이야기는 사실일 것이다. 이 소녀는 생각이 없는 면은 있지만 자신이 자간의 변덕 하나에 죽을 수 있는 곳에서 일하고 있다는 사실 정도는 알고 있었다.

하지만 그렇다면 이 편지는 어떻게 된 것일까?

"왜 네 집에서 편지가 온 거지? 난 세이렌 중에는 아는 사람이 없는데."

잔뜩 기가 죽은 셀피의 모습에 자간도 어깨를 으쓱였다.

"일단 사정은 알았다. 포레, 이제 그만 놔줘."

"응."

"아앗!"

포레가 갑자기 손을 놓자 셀피는 뒤통수부터 대리석 바닥으로 떨어졌다.

으으윽, 하는 신음을 흘리며 쓰러지는 소녀를 보고 자간도 동정을 금치 못하며 말했다.

"포레, 살아 있는 생물은 좀 더 부드럽게 다루도록 해. 마술사와 달라서 금방 죽으니까."

"……몰랐어. 다음부터는 조심할게."

솔직하게 사과하는 포레의 머리를 쓰다듬어주자 셀피가 불만스러운 눈으로 쳐다봤다.

"생물이라니……. 아니, 살아 있다고 인식해주는 것만 해도 감지덕지해야 되는 건가요……."

어찌 됐든 포레가 일부러 여기까지 가져다준 편지다.

자간은 편지지 가장자리를 손가락으로 슥 어루만졌다.

그러자 봉투가 나이프로 자른 것처럼 열려 안에 든 편지지가 튀어나왔다. 마술이라 부를 만큼 대단한 건 아니지만 마력을 사용해서 절단한 것이다.

편지지로 시선을 떨어뜨린 자간의 눈썹이 찌푸려졌다.

"대륙종족장로회의……?"

처음 들어보는 이름이었다.

이 대륙에는 엘프와 수인(獸人)을 비롯한 무수한 이종족이 존재하고 있다. 그중에서도 용과 엘프는 특히 개체수가 적다. 내용을 보면 그런 종족들의 회합 같은 걸 말하는 듯한데…….

라파엘이 '호오' 라면서 말문을 열었다.

"이종족들의 대표가 모이는 회담을 말하는 거로군. 그들 중에는 멸종 직전의 희귀종도 존재하지. 그런 종족들의 존속을 위한, 또는 교류를 위한 회의다. 이곳에서 결정된 사항은 대륙 전체의 아인종들에게 적용되지."

"아주 잘 알고 있는걸?"

"인간들의 대표는 교회에서 선출되니까. 난 출석한 적이 없지만 개요 정도라면 알고 있다. 이번에는 아마도 샤스틸이 선출되지 않을까 싶은데."

확실히 마술사는 뒷 세계에서 살아가는 인간이다. 표면적인 영역에서 열리는 종족 회의라면 교회에서 참석할 사람을 뽑는 것도 당연한 일이다. 그러자 셀피가 덧붙였다.

"저희들도 마술사에게 쫓기게 되면 교회로 도망치라고 배웠어요. 교회는 돈은 받지만 우리 같은 데미휴먼(아종족)도 보호해주니까요."

얼마 전에 자간이 변덕을 부려서 주웠던 쿠로카와 쿠우, 두 수인족 소녀들을 교회에 보낸 것만 봐도 알 수 있듯 교회에는 피난처적인 측면도 있다. 그렇기 때문에 일반 서민들은 많은 기부금을 뜯기면서도 교회에 의지하고 있었다.

자간은 그 마음을 모르는 것은 아니지만 그래도 어이가 없어서 말했다.

"여기가 그 마술사의 성이라는 건 잊었나?"

"히이익, 그러고 보니 그랬네요."

어째서 이 아이는 이렇게 학습 능력이 없는 걸까.

하지만 자간은 더 의아한 표정을 지으며 고개를 갸웃거렸다.

"그런데 이 편지에는 마술사인 내게도 출석하라고 되어 있어. 멍청한 놈들인가? 살찐 양들의 무리 속으로 굶주린 늑대를 불러들이겠다는 건가."

——설마 마술사가, 그것도 〈마왕〉이 착한 사람이라고 생각하는 건가?

셀피가 한 말을 봐도 알 수 있지만, 희귀종이 멸종 직전에 처한 원인은 많은 경우 마술사에게 있다. 이종족은 인간에게는 없는 마술적인 가치를 가지고 있는 경우가 많다 보니 마술사는 그것을 촉매나 산 제물로 이용하기 위해 그들을 습격한다.

그런 마술사를 자신들의 소중한 회합 자리에 부르다니.

하지만 그 자리에서 웃음을 터뜨린 사람은 자간밖에 없었다.

포레가 보기 드물게 어이없다는 듯 말했다.

"자간, 가끔 보면 정말 뭘 모르는 것 같아."

설명하는 것도 귀찮아 죽겠다는 표정을 짓는 포레 대신 라파엘이 쓴웃음을 지으며 말했다.

"나의 왕이여, 이 성에는 하이 엘프에 용, 마인족에 사자수인, 최근에는 세이렌까지 살고 있다. 이렇게 다양한 종족이 별다른 충돌 없이 공존하고 있으니 관심을 가지지 말라고 하는 게 오히려 더 무리이지 않겠나? 바깥 녀석들 중에는 보호가 필요한 희소 종족이 얼마든지 있으니까 말이다."

"흠……."

네피와 포레는 그렇다 쳐도 다른 사람들은 자기들이 멋대로 온 거나 마찬가지다. 어쩌다 보니 이렇게 된 것에 지나지 않으니 자간의 입장에서는 수긍하기 어려웠다.

얼버무리듯이 다시 편지로 시선을 돌린 자간의 눈썹이 또 찌푸려졌다.

"이종족들이 무슨 생각을 하든 내 알 바 아니지만 이 편지는 인편에 보냈다고 적혀 있군. 이 편지, 누가 성까지 가지고 왔지? 죽인 건 아니겠지……."

이종족의 장로회의에서 보낸 사자(使者)다. 거기에 상응하는 신분을 가진 사람이었을 가능성이 높다. 그렇다면 마술사에게는 구미가 동하는 먹잇감일 것이다.

인간이든 아인종이든 얼굴도 모르는 사람이 죽는다고 한들 자간은 신경도 쓰지 않는다. 그렇지만 자신을 의지해서 찾아온 사람이 이야기를 들어보기도 전에, 그것도 자신의 부하에게 **실수로** 죽임을 당했다면 뒷맛이 영 찝찝하다.

그 순간, 자연스럽게 시선을 보낸 사람은 셀피였다.

"히익, 왜 그러세요?"

"이 편지, 네가 가지고 있었지? 어디서 발견한 거냐?"

"네……? 평소처럼 제 전서구가 가지고 왔는데요?"

"전서구……?"

이종족이라는 건 어디까지 이종족에 포함시켜야 되는지 애매한 부분이 있다.

――설마 그 전서구가 사자였다는 건 아니겠지?

불안해져서 계속 편지를 읽어보니 사자의 이름이 적혀 있었다.

"아인셀프 탈라사 네프티나라는 녀석이 그 사자인 모양이군. ……어떤 나라의 제3 왕녀라고 적혀 있는데?"

그러자 셀피가 어리둥절해서 고개를 갸웃거렸다.

"에, 저 말인가요?"

그러자 자간만이 아니라 그 자리에 있는 모두가 그녀를 찌릿 노려봤다.

자간은 한숨을 쉬며 말했다.

"지금 그런 농담을 할 때가 아닌 것 같은데."

"너무해요! 전 제 이름에 반응한 것뿐이라고요!"

아연실색하는 셀피를 보고 포레가 타이르듯 말했다.

"이름이 비슷한 건 어쩔 수 없지만 여기에는 왕녀라고 적혀 있어. 네 착각이야."

"이래 봬도 왕녀인데요?"

"어쩌면 그렇게 말도 안 되는 착각을 할 수 있는 거지……?"

포레가 이제는 불쌍하다는 눈으로 쳐다보며 말하자 셀피도 잔뜩 기가 죽었다.

"우웃, 정말이라고요! 셀피라는 건 아인셀프의 애칭이에요. 탈라사는 세이렌 왕족만 사용할 수 있는 이름이기 때문에 그런 거짓말은 할 수 없다고요!"

셀피가 울먹이며 말하자 라파엘이 그녀의 얼굴을 가만히 살펴봤다.

"음……. 그러고 보니 파란색 머리는 세이렌 중에서도 특별한 일족만 가지고 있다는 이야기를 들은 적이 있다."

"그렇죠, 그렇죠? 보세요, 꽤 기품도 있는 것 같지 않아요?"

"그건 아닌 것 같군."

즉시 부성낭하자 셀피는 결국 입을 다물었다.

자간도 그녀가 점점 불쌍해져서 일단 주장만이라도 들어주고 싶어졌다.

"그래, 백 번 양보해서 네가 왕족이라고 치자. 그런데 왜 왕족이 마술사의 배에서 가수로 일하고 무직으로 술이나 마시고 다니는 거지?"

"백 번 양보하지 않아도 저는 거짓말을 한 게 아니라고요!"

셀피는 자리에서 벌떡 일어나더니 그때까지의 우는 얼굴은 어디로 가고 수줍은 듯 콧등을 긁적이며 대답했다.

"그게, 우리 일족에게는 왕족의 노래는 신성한 것이라서 선택된 자에게만 들려줘야 된다는 **관습**이 있는데, 전 그게 싫어서 뛰쳐나온 거예요. 설마 〈마왕〉님의 하녀로 일하게 될 줄은 몰랐지만요!"

깔깔 웃는 소녀를 보니 자간도 머리가 아파오기 시작했다.

"그렇다면 왜 네가 사자로 되어 있는 거지?"

셀피는 팔짱을 끼고 고개를 갸웃거렸다. 본인도 모르는 듯했다.

시계의 초침이 한 바퀴 돌 정도 동안 기다려주자 마침내 셀피는 짝 하고 두 손을 마주쳤다.

"아, 혹시 그게 아닐까요? 〈마왕〉님에게 신세를 지게 되면서 집에서도 걱정을 할 것 같아서 편지를 써서 보냈거든요. 그랬더니 다음에 〈마왕〉님을 데리고 오라는 답장이 왔어요."

"왜 그때 말하지 않았지?"

"아하하, 〈마왕〉님을 바닷속에 있는 저희 집으로 부르다니, 아무리 제 낯짝이 두꺼워도 그건 무리예요."

일단 낯짝이 두껍다는 자각은 있는 모양이다.

――그렇다면 지금 이 타이밍에 편지가 온 것도 납득이 가는군.

셀피의 편지를 통해서 자간에 대해 알고 있었기 때문에 세이렌 일족도 이번에 열리는 장로 회의라는 곳에 그를 부르자는 생각을 한 것이리라.

자간은 귀찮다는 듯 테이블 위로 편지지를 던졌다.

"이래 봬도 난 바쁜 몸이라고……."

네피와의 데이트가 일주일 후로 다가왔다.

그리고 호주머니로 의식을 돌렸다. 그곳에는 마법은(銀)으로 만든 펜던트 하나가 들어 있었다.

——더 이상 오리아스를 기다리게 할 수는 없어…….

세 번째 〈마왕〉 오리아스——그녀는 네피의 어머니이기도 하다. 얼마 전에도 이 마을을 찾아왔었는데, 그때는 〈마왕〉 비프론스와 교전하고 있는 상황이었기 때문에 어쩔 수 없이 그냥 돌려보냈다.

자간은 오리아스와 네피가 모녀 사이라는 유일한 증거인 펜던트를 받아서 보관하고 있는데 아직 네피에게 전해주지 못했다. 데이트를 할 때와 같이 분위기가 좋은 곳에서 주자는 생각을 하다 보니 점점 나중으로 미뤄지게 된 것이다.

오리아스에게 경의를 표하는 자로서 네피와 그녀 모두 이 이상 기다리게 할 수는 없었다.

고민하는 자간의 표정을 어떻게 받아들였는지 셀피는 서둘러 외쳤다.

"아뇨, 저도 〈마왕〉님을 귀찮게 할 생각은 없어요. 게다가 이제 와서 어색하게 집에 얼굴을 보일 생각도……. 아, 아무것도 아니에요."

무심코 본심을 흘린 셀피의 입을 눈길 한 번에 다물게 만든 자간은 의자 등받이에 기대 기지개를 켰다.

"……뭐, 아무래도 상관없나."

지금은 네피와 연인들이 하는 일을 해보고 싶다. 안 그래도 바뻔데 더 이상 쓸데없는 일을 늘릴 생각은 없었다.

고민에 빠져 있자 포레가 종종거리며 걸어와 무릎 위에 앉았다. 진지한 이야기는 끝났다는 판단을 내리고 응석을 부리러 온 모양이다. 자간도 귀여운 딸의 머리를 가만히 쓰다듬어줬다.

──그렇지만 대륙 전체의 이종족이 모인다면 네피와 포레도 남의 일이 아닌 셈인데…….

특히 포레 같은 경우 용은 이미 이 세상에서 사라졌다고 할 정도다.

어쩌면 포레가 마지막 남은 한 마리인지도 모른다. 그렇다면 그녀의 입장과 몸을 지키기 위해서라도 무시해선 안 될 일이다. 용의 수명은 〈마왕〉인 자간보다 훨씬 더 기니까.

생각에 잠겨 있자 라파엘이 흠 하고 고개를 끄덕였다.

"이제 곧 만찬 시간이다. 너도 그만 네 직무에 목숨을 바치도록 해라."

"제가 조리당하는 게 아니거든요!"

"……음, 그러고 보니 류카온에는 인어를 '사시미'라는 요리로 만들어서 먹으면 불로장수한다는 전설이 있었지."

"왜 지금 그런 이야기를 하는 거예요?"

라파엘은 아연실색하는 셀피를 질질 끌다시피 해서 옥좌의 방을 떠났다.

──라파엘 녀석, 쿠로카와 만났나?

캐트 시인 쿠로카는 라파엘에게 있어 딸 같은 존재였다고 한다. 지난번 사건이 마무리되고 나서 교회에 갈 수 있도록 심부름을 시켰는데 그 후에 재회했는지는 듣지 못했다.

아무리 집사라고 해도 다른 사람의 사생활을 파고드는 취미는 없었고, 라파엘도 제법 멋쩍은지 먼저 이야기를 꺼낼 생각은 없어 보였다.

──〈아자젤〉에 대한 것도 결국 모른 채 끝났고…….

쿠로카는 〈아자젤〉이라고 불리는 조직 출신이었지만 열세 번째 성검 〈아자젤〉은 아니었다. 엘프와도 관련이 있는 것 같아서 확보해두고 싶었는데…….

그런 생각을 하며 멀어지는 두 사람을 보고 있자 무릎 위에 앉아 있던 포레가 무슨 말이 하고 싶은 것처럼 올려다보는 게 느껴졌다.

자간은 그런 딸의 머리를 쓰다듬으며 고개를 갸웃거렸다.

"그나저나 어쩐 일이냐? 하고 싶은 이야기가 있지?"

저번에도 포레는 이렇게 무슨 말이 하고 싶은 것처럼 자간을 바라봤었다. 그때는 아직 결심이 서지 않았는지 대신 그림책을 읽어 달라고 졸랐지만.

자간이 가능한 한 부드러운 목소리로 묻자 포레는 아무 말도 못한 채 입을 벌렸다가 다물기만 계속 반복했다.

인내심을 가지고 그녀의 생각을 말로 할 수 있게 되기까지 기다려주자 마침내 포레는 이렇게 말을 꺼냈다.

"자간, 있지."

"음."

또 침묵.

그래도 이번에는 다시 입을 열기까지 그렇게 긴 시간이 걸리지 않았다.

"힘을 원하면 훔치라고 말했잖아."

"뭐, 그렇게 말했지."

포레가 이 성에 처음 왔을 때 한 이야기다.

당시에는 양녀로 삼을 생각은 하지도 않았고 네피 말고 다른 제자를 들일 생각도 없었다. 그래서 했던 말이었다. 포레를 정식으로 딸로 삼은 지금, 자간이 직접 마술의 기초를 가르쳐주는 것도 나쁘지는 않지만…….

——포레에게는 딸로서 얻을 수 있는 행복을 주고 싶다.

그래서 너무 큰 힘은 주고 싶지 않다는 게 자간의 솔직한 심경이었다.

포레는 머뭇거리며 말을 이었다.

"그렇지만 고메리와 키메리에게는 힘을 줬잖아."

"……그랬지."

마족과 다른 〈마왕〉으로부터 부하들을 지키기 위해 자간은 그들에게 싸울 수 있는 힘을 주었다.

딸인 자신에게는 훔치라고 했으면서 다른 부하들에게는 힘을 준 것이다. 당연히 불만을 품을 만도 했다. 포레는 불안하게 중얼거렸다.

"나도, 힘을 가지고 싶어."

자간은 포레의 머리를 어루만졌다.

"그런 표정 짓지 마라. 네게 줄 힘도 생각해뒀다."

"——엇, 진짜?"

자간은 허공으로 손을 내밀더니 작게 중얼거렸다.

"——〈천린 · 설월화〉——"

그와 동시에 가루눈 같은 빛이 공중에 퍼졌다.

자간이 〈마왕〉들을 죽이기 위해 만든 두 가지 마술 중 하나. 무적의 방패인 방어 마술 〈천린〉. 어슴푸레한 옥좌의 방에 퍼지는 빛은 마치 밤하늘에 빛나는 별무리 같았다.

그 광경에 포레도 '와아' 하고 감탄했다.

"예뻐라……."

한동안 넋을 놓고 보고 있던 포레, 하지만 이내 불만스럽게 고개를 숙였다.

"자간, 이건 지키는 쪽의 〈천린〉?"

"그렇다만?"

"……난 불태우는 〈천린〉이 좋아."

생명 자체를 불사르고 맞닿는 모든 것을 먼지로 만드는 자간의 또 하나의 마술. 그것이 〈천린〉이다. 너무나도 강하기 때문에 즉시 금주(禁呪)로 봉인되어야 하는 힘이다.

그리고 바로 고메리와 키메리에스에게 준 힘이기도 했다.

그래도 그들 전용으로 조정한 것이라 자간의 힘에는 미치지 못하지만…….

——뭐, 힘을 원한다면 폭력을 추구하는 것도 필연인가…….

아무래도 포레는 마음에 들지 않는 것 같다. 그래도 자간은 불쾌한 기색 없이 딸의 머리를 쓰다듬었다.

"포레, 마술사에게 그 무엇보다 중요한 게 무엇인지 아나?"

"……강해지는 것?"

"그 대답은 50점."

"아니야?"

고개를 갸웃거리는 포레에게 자간은 말했다.

"마술사가 그 무엇보다 우선시해야 하는 건 살아남는 것이다. 나를 포함한 대부분의 자들은 살기 위해 마술에 손을 댔지. 힘은 살기 위해 필요하기 때문에 얻는 거다. 죽으면 지식이고 뭐고 다 사라지지. 그렇기 때문에 우선 살기 위한 힘을 손에 넣어야 하는 거야."

그래서 마술사는 초인적인 신체 능력을 가진다.

칼도 뚫지 못할 정도로 단단한 피부, 맨손으로 강철을 찢는 완력, 천 리를 달려도 숨이 차지 않는 심장을 가져야만 간신히 마술사를 자칭할 수 있는 것이다.

그리고 그것조차 마술사로서는 이제 막 출발 지점에 선 햇병아리다.

고메리나 키메리에스처럼 각자의 마술을 일정한 경지까지 끌어올리기 위해서는 몇 백 년이라는 세월이 더 필요하다. 그런 마술사의 정점에 있는 〈마왕〉의 자리에 10대의 몸으로 오른 자간이 이상한 것이다.

자간은 타이르듯 말을 이었다.

"포레, 너는 나보다 더 긴 시간을 살아왔을지도 모르지만 용으로서는 아직 어리다. 지금은 먼저 자신의 몸을 지키기 위한 힘을 배우도록 해. 〈설월화〉는 너의 피부를 지키는 새로운 비늘이 되어 줄 거다."

포레는 그 말을 이성적으로 이해하지 못할 정도로 멍청하지는 않다.

하지만 감정적으로 받아들일 수 있을 정도로 성숙하진 못했다.

포레는 입술을 깨물고 고개를 숙였다.

"……내가 어려서, 〈천린〉은 안 되는 거야?"

"그래. 네가 좀 더 자라면 반드시 가르쳐주마."

"……알았어."

그 목소리는 전혀 납득하지 못한 것 같았지만 지금의 자신이 자간을 설득하는 건 불가능하다고 느낀 것이리라. 포레는 자간의 무릎에서 내려왔다.

그리고 종종걸음으로 달려갔다.

——기분을 상하게 만들었군…….

포레는 자간이 불합리한 말을 한 게 아니라는 건 알고 있다.

그렇지만 이성적으로 행동하지 못하는 게 어린아이이다.

그리고 그렇게 '고집'을 부릴 수 있는 것도 어린아이의 특권이라고 생각한다. 무엇보다 자간은 그것을 허용하기 위해 포레에게 힘을 주는 것을 거부했다.

그래서 자간은 그런 딸의 뒷모습을 사랑스럽게 바라봤다.

——……미움 받은 건 아니겠지?

하지만 괴롭지 않느냐고 하면 전혀 그렇지 않았다. 자간은 옥좌의 방에 아무도 없다는 것을 확인하고 나서야 가슴을 누르며 괴로워했다.

◇

"그래서 자간 님의 방에서 뛰쳐나온 거예요?"

아버지와 싸운 아이가 도망칠 곳은 뻔하다. 포레가 찾아간 곳은 역시 네피가 있는 곳이었다.

그곳은 주방 뒤쪽에 있는 식량 창고였다.

셀피가 일하게 되면서 일손이 충분해진 덕분에 저녁 식사 준비는 이미 끝난 모양이었다. 한동안 이곳에는 아무도 오지 않을 것이다.

네피는 언제나 무릎을 꿇고 앉아서 포레와 눈높이를 맞추고 이야기해주었다. 그리고 어쩔 수 없다는 듯 포레의 머리를 쓰다듬어 주었다.

"그런 얼굴 하지 말아요. 자간 님은 포레를 얕보는 것도 아니고 심술을 부리는 것도 아니니까요."

포레는 자신의 얼굴을 만졌다.

——얼굴에 다 드러나나?

주방으로 뛰어들었을 때도 네피는 안색이 변해서 달려와주었다. 게다가 자간도 포레가 불만을 품었을 때 그런 표정 짓지 말라고 했다.

스스로는 의연하게 행동하고 있다고 생각했는데…….

의아하게 생각했다가 곧 답을 깨달았다.

——알아주겠다고 했잖아? 쓸데없는 일에 일일이 신경 쓰지 마——

자간은 그렇게 말하고 포레를 딸로 삼아주었다. 그도 네피도 얼굴만 봐도 무슨 생각을 하고 있는지 알 정도로 소중히 여겨주고 있다.

그건 알고 있다.

포레는 치맛자락을 꽉 잡았다.

"그렇지만 자간은 네피와 고메리, 키메리에게도 마술을 가르쳐줬잖아. ……나한테만 가르쳐주지 않는 건 불공평해."

자신 역시 그들보다 못한 게 없는데.

네피는 못 말리겠다는 듯 한숨을 쉬더니 세 가닥으로 땋은 포레의 머리를 풀었다.

"머리가 제법 자랐네요."

"그래?"

그러고 보니 포레가 이 성에 온 지도 3개월이 지났다. 네피도 처음 만났을 때보다 머리가 자랐으니 그저 알아차리지 못한 것일 뿐 자신 역시 그럴 것이다.

네피가 허공에 대고 손가락을 흔들어 마법진을 그리자 빛 하나가 나타났다. 소환 마술 중에서도 초보적인 마술이다.

"제가 자간 님에게 마술을 배우고 있는 건 그렇게라도 하지 않으면 이런 간단한 마술도 사용하지 못하는 초보이기 때문이에요. **훔쳐라**, 라는 말을 들은 포레는 그만큼 인정받은 거라고 생각할 수 있지 않을까요?"

"그럴지도, 모르지만……."

우물거리는 포레를 뒤로 빙글 돌린 네피는 빗으로 머리를 빗기 시작했다.

"괜찮습니다. 이렇게 머리가 자란 것처럼 포레 또한 강해지고 있으니까요. 포레라면 나는 말할 것도 없고 고메리와 키메리에스 님보다도 훨씬 더 강해질 수 있을 거예요. ……어쩌면 자간 님보다 더."

풀어 내린 초록 머리는 허리를 덮고 허벅지까지 내려왔다. 엉덩이 위에서 하늘거리는 머리카락 끝이 간지러웠다. 이곳에 왔을 때는 등허리 중간 즈음까지밖에 오지 않았는데.

네피는 빗질하던 손을 멈추고 뒤에서 가만히 안아주었다.

"자간 님은 그러기 위해 필요한 것을 순서대로 가르쳐주고 계신 것뿐이에요. 그러니 초조해하지 않아도 돼요. 우린 모두 포레를 좋아한답니다."

부드러운 온기에 감싸여 있자 무릎에서 힘이 빠지는 것 같은 안도감이 밀려들었다.

――이런 게 '엄마'인 건가…….

포레의 아버지는 위대한 현룡, 오로바스다. 하지만 어머니에 관해서는 들은 게 없다. 철이 들었을 무렵 없었던 걸 보면 이미 이 세상을 떠났는지도 모른다.

네피에게는 그런 포레가 본능적으로 '어머니'라고 느끼게 되는 포용력이 있었다.

자간 역시 오로바스와는 다른 방식으로 그녀를 대하고 있지만 자신을 사랑해주고 있다는 사실 정도는 알고 있다. ……알고, 있었다.

포레는 네피의 팔을 잡았다.

"……나도 네피와 자간을 좋아해. 아버지와 똑같이 좋아해."

"네. 알고 있답니다."

네피는 그렇게 말했지만 포레는 역시 모르고 있다고 생각했다.

——좋아하기 때문에 나도 다른 사람들을 도와주고 싶은 건데.

받기만 하는 건 싫다. 포레도 그들의 힘이 되고 싶다.

그리고 '잘했다'라는 칭찬을 받고 싶었다.

그런 마음이 줄곧 포레의 안에 있었지만 자간과 네피가 무슨 말을 하는지도 잘 알고 있었다. 그래서 참았다.

그런데 더 이상 참지 못하게 된 것은 며칠 전에 있었던 사건이 원인이었다.

비프론스가 보낸 키메라가 자간의 성을 습격한 것이다. '마신의 조각'을 넣어서 만든 역겨우면서도 무시무시한 적이었다. 분명 포레는 그것을 물리치지 못했을 것이다.

키메라를 물리친 것은 키메리에스였다. 그것도 주위에 조금도 피해를 입히지 않은 채 혼자 정리했다. 포레는 떨려서 우두커니 서 있는 것 말고는 아무것도 하지 못했는데.

자신과 동등하다고 생각했던 그가 그 정도까지 강해졌다는 사실은 물론 충격적이었지만 문제는 그 후의 일이었다.

돌아온 자간은 보기 드물게 상처를 입은 모습이었는데, 자신의 안위를 걱정하기도 전에 키메리에스를 칭찬해주었다. 두툼한 가슴팍을 툭 하고 치더니 '잘했다'라고 웃으며 칭찬해준 것이다.

부러웠고, 무엇보다 자신의 무력함을 절감했다.

예전에 '진흙의 마신'과 싸웠을 때도, 〈마왕〉 오리아스의 습격을 받았을 때도 포레는 아무것도 하지 못했다. 그 어떤 도움도 되지 못했다.

전부 다 자간이 강인한 주먹으로 쓰러뜨렸다.

——나도 자간의 도움이 되고 싶어. 그래서 칭찬 받고 싶어.

그렇지만 지금의 자신은 너무 작다.

너무 많은 것들을 받아서 그 은혜를 갚고 싶은데 어째서 자신은 이렇게 약한 걸까.

——게다가 그것 때문에 자간을 곤란하게 만들었어.

고집을 부리고 싶었던 것은 아니지만 아무래도 잘되지 않았다.

자신이 어린 게 원인이라면…….

"……빨리 크고 싶어."

그것은 자신의 마음을 정리하기 위한 중얼거림이었을 뿐 구원을 바라는 말은 아니었다. 분명 그랬는데——.

"크흐흐, 이야기는 잘 들었다!"

문제아 할머니, 〈요부(妖婦)〉 고메리가 문을 걷어차며 뛰어 들어왔다.

머리에는 산양처럼 구부러진 뿔이 달려 있고 오늘도 새까만 로브로 몸을 감싼 노파의 모습이다. 그 매부리코에서 피가 뚝뚝 떨어졌다.

“고메리, 코피…….”

“윽……. 사랑으로 인해 힘이 너무 강해졌나. 감히 말하지. 네피 아가씨, 나이스 사랑의 힘!”

노파는 소매로 얼굴을 슥슥 닦으며 만족스러운 미소를 지었다.

그리고 포레에게로 시선을 돌렸다.

“포레 아가씨. 네 소원, 나라면 이루어줄 수도 있을 것 같은데?”

그것이 좋지 않은 사태를 불러오는 속삭임이라는 건 대충 상상할 수 있었지만 포레는 그 유혹을 뿌리칠 말이 떠오르지 않았다.

포레를 대신해 시원한 미소를 지으며 대답한 건 네피였다.

“고메리 님, 자간 님이 곤란하실 일은 없는 거죠?”

최근에는 제법 표정이 풍부해졌지만, 그래도 이 소녀는 표정 변화가 거의 없는 편이다. 그런 소녀가 미소를 지으며 건네는 한마디에는 자간을 능가하는 위압감이 있었다.

“히익? 다, 당연하지. 이래 봬도 나는 무척이나 품행방정한 사람인데 왕이 곤란하실 일을 할 리가 있나!”

잔뜩 움츠러들어서 눈물을 글썽이는 고메리를 보고 포레는 깨달았다.

——제일 강한 건 자간이지만 제일 무서운 건 네피였어.

포레도 네피가 화낼 만한 일은 해선 안 된다는 것을 뼈저리게 느꼈지만…….

——커질 수 있다고?

고메리의 속삭임은 그 위험을 기꺼이 저울에 올릴 만큼 매력적이었다.

◇

밤. 자간은 옥좌의 방에서 몰래 빠져나왔다.

——좋아, 데이트에 입고 갈 옷을 사러 가볼까!

저녁 식사 자리에서도 포레는 안절부절 못하는 모습으로 자간과 눈을 맞추려 하지 않았지만, 그래도 아까 있었던 일 때문에 화가 난 것 같지는 않았다. 하룻밤 자고 나면 기분이 나아질 거라 믿고 싶다.

물론 그런 딸의 모습은 마음에 걸리지만 네피와의 데이트는 일주일 후다. 가만히 있을 시간은 없었다.

성안을 걸어가다가 부하 마술사와 우연히 마주쳐서 '어라? 〈마왕〉님, 이런 시간에 외출하시는 겁니까?'라는 말을 들었지만 자간은 어디까지나 왕의 위엄을 유지한 채 고개를 끄덕여 보이고 다시 현관으로 걸음을 서둘렀다.

뭐, 수상쩍게 보이기는 했겠지만 셀피나 고메리 같은 골치 아픈 놈들과 마주치지만 않으면 사소한 문제에 불과하다.

그렇게 해서 현관문을 살짝 밀어서 열고 아무도 보는 사람이 없는 것을 확인한 다음 작은 문틈으로 몸을 밀어 넣으려고 했을 때였다.

"——꺅!"

귀여우면서도 가련한 비명이 들렸다.

뒤를 돌아보니 그곳에 있는 것은 사랑스러운 소녀였다.

"네, 네피?"

"자간 님……?"

네피도 놀랐는지 뾰족한 귀를 떨면서 자간을 올려다봤다.

손에는 양초가 든 랜턴이 쥐어져 있는 모습을 보니 정원에서 막 돌아온 참인 것 같았다.

――네피에게 들키면 전부 다 수포로 돌아가는 거잖아!

한밤중의 쇼핑은 이 시점에서 수행이 불가능해졌다. 자간은 대충 얼버무리듯 말했다.

"으음, 이런 시간에 무슨 일이지?"

"그게, 조금 신경 쓰이는 일이 있어서……."

"신경 쓰이는 일?"

자간이 고개를 갸웃거리자 네피는 당황해서 우물거렸다.

"저, 아직 자간 님에게 말씀드릴 만한 일은 아닌데……. 그래도 조금 걱정이 되어서……. 그보다 자간 님이야말로 이런 시간에 어쩐 일이신가요?"

"이, 난, 서……."

변명거리를 찾아 이리저리 눈을 돌리다가 문득 밤하늘을 올려다봤다.

오늘 밤은 초승달이 떠 있어서 별들이 아름답게 빛나고 있었다.

――그러고 보니 네피와 처음 만난 날도 이런 달밤이었지.

금방이라도 사라질 것 같은 고월(孤月), 네피는 그 달을 향해 손을 뻗었었다.

그래서 자간 또한 달을 향해 손을 뻗어봤다.
“이런 밤이라 발이 이끄는 대로 가볼까 싶어서.”
그것은 ‘아무 생각 없이’라는 변명을 있는 힘껏 꾸며본, 한없이 두리뭉실한 대답이었지만 신기하게도 그럴싸하게 들렸다.
네피도 자간의 손가락 끝을 눈으로 좇으며 호오 하고 한숨을 흘렸다.
“정말 아름다운 밤이네요.”
“음. 너와 처음 만난 날의 밤이 떠올라.”
자간이 그리운 듯이 말하자 네피도 가만히 옆에 다가와 서서 달을 향해 손을 뻗었다.
여전히 그 손에 잡히는 것은 아무것도 없었지만 그래도 무언가를 잡았다는 생각이 들었다.
그리고 깜짝 놀랐다.
——어라? 이거 꽤 좋은 분위기 아닌가?
데이트 때 입을 옷을 사러 가지 못한 건 아쉬웠지만 이건 이것대로 좋은 것 같았다. 안 그래도 최근 들어 서로 괜히 의식하게 되면서 조금 어색해진 감도 없지 않아 있었고.
네피의 옆얼굴을 바라봤다.
““……!””
때마침 네피도 자간을 올려보려다가 그대로 눈이 마주쳤다.
“아, 아하하하하!”
“후후후…….”
서로 메마른 웃음을 흘리며 허둥지둥 시선을 돌렸다.

최근 며칠……, 아니, 거의 보름이나 이런 일을 반복해왔다.

——이래선 안 돼!

자간은 용기를 쥐어짜내 다시 네피의 얼굴을 봤다.

네피는 아직 부끄러움이 가시지 않았는지 자간의 시선을 느꼈지만 바라볼 엄두는 내지 못한 채 두 손의 손가락만 꼼지락거리고 있었다. 뺨은 발그레하게 달아올라 있지만 입김은 하얬고 추운지 손을 비비고 있었다. 가만히 보니 네피는 평소처럼 하녀복만 입고 외투는 걸치지 않은 상태였다.

자간은 시선을 어디 두면 좋을지 몰라 당황하면서도 망토를 벌려 네피를 안으로 들어오게 했다.

"후아……."

망토에 폭 감싸인 네피는 동요해서 외쳤다.

하지만 동요한 것은 자간도 마찬가지였다.

——어, 어라? 이러면 끌어안고 있는 거나 마찬가지잖아?

망토를 걸쳐주기만 할 생각이었는데 어깨를 끌어안는 모양새가 되고 말았다. 갑자기 이렇게 대담한 짓을 할 생각은 없었는데.

——그래도 연인 사이라면 이 정도는 허용되는 것 아닌가? 그렇지?

네피는 뿌리치기는커녕 오히려 가만히 자간의 로브를 잡았다.

"……따뜻해요."

"으, 음!"

뭐가 음인지는 모르겠지만 긴장한 자간은 간신히 그렇게 대답했다.

망토 안에 들어온 네피의 몸은 차가워져 있었다.

——데이트 때 쓸 만한 외투 한 벌 정도 사주는 게 좋을까?

지난번에 네피에게 받은 머플러는 따뜻했다. 그게 있으면 둘이 함께 추위를 막을 수 있겠지만 더러워질까봐 잘 보관해두었다.

뒤이어 자간의 시선이 네피가 들고 있는 랜턴으로 향했다.

그의 시선을 알아차린 네피도 의아해하며 랜턴을 들어 올렸다.

"랜턴에 무슨 문제라도 있나요?"

"아니, 랜턴을 사용하는 걸 보는 게 오랜만이라서."

최근에 사용한 건 한 달 전, 비프론스의 〈야회(夜會)〉에 초대받아서 갔을 때인가. 선상에서 흔들리는 랜턴의 불빛은 마녀들의 모임을 연상시키는 요사스러움을 연출하고 있었다.

애초에 마술사는 밤눈이 밝아서 등불이 없어도 괜찮다. 책을 읽을 때는 등불을 켜기도 하지만 그럴 때는 값싼 양초를 사용한다. 네피가 오기 전에는 마술로 등불을 만들어내서 사용했을 정도다. 물건을 들어서 옮길 때도 한 손은 사용하지 못하기 때문에 값비싼 랜턴은 별로 사용하지 않았다.

부끄러움을 참기 힘든지 네피의 귀가 아래로 늘어졌다.

"죄송합니다. 제가 미숙해서……."

네피는 이해력이 좋은 편이지만 그래도 마술을 배우기 시작한 지 몇 개월밖에 되지 않는 초보다. 작은 등불이라도 장시간 마술을 행사하는 건 자간이 허락하지 않았기 때문에 이렇게 랜턴이 필요했던 것이리라.

자간은 네피의 손에서 랜턴을 받아 들었다.

"뭘 그렇게 부끄러워하는 거지? 이런 등불도 운치가 있어서 좋은걸."

랜턴을 들어 올리자 등불에 비친 네피의 뺨은 살짝 발그레하게 물든 것처럼 보였다.

"……네. 감사, 합니다."

네피도 들뜬 기분을 감출 길이 없는 듯 귀를 떨면서 다가왔다.

자간은 주머니 안에 든 펜던트가 떠올랐다.

——이 펜던트를 주기에 딱 좋은 분위기인 것 같은데…….

그렇지만 지금 건네주면 데이트의 가장 큰 목적이 사라진다.

……물론 순수하게 데이트를 즐기면 될 일이지만 지금까지의 의욕이 물거품이 되는 느낌이라고 할까.

조금 고민했지만 결국 자간은 펜던트를 꺼내지 않았다.

그 대신 랜턴으로 밤의 정원을 비추었다.

"모처럼이니 조금 걸을까?"

네피는 놀란 것처럼 눈을 동그랗게 뜨더니 살짝 미소 지었다.

"네, 자간 님."

그냥 걷기만 하는 건 지루하지 않을까. 그런 불안감도 들었지만 아무래도 기우였던 것 같다. 자간과 네피는 손을 잡고 밤의 정원을 걷기 시작했다.

별빛은 근사했지만 역시 발밑은 어둡다. 자간에게는 문제없이 보이는 정도였지만 네피는 조심하지 않으면 발이 걸려 넘어질지도 모른다.

그런 생각을 하던 중 문득 아까 있었던 일이 떠올랐다.

"저기, 네피."

"네. 무슨 일이신가요?"

"이런 시간에 밖에 나와 있었던 건 포레 때문인가?"

아무래도 정곡을 찌른 모양이다. 네피는 뾰족한 귀 끝까지 쫙 펴진 채 그대로 굳어 버렸다.

그리고 변명거리를 찾는 것처럼 이리저리 시선을 헤맸지만 이내 얼버무려봤자 소용없다는 것을 깨달았는지 입을 열었다.

"잘, 알고 계시네요."

"포레의 기분을 상하게 한 지 얼마 되지 않았으니까. 게다가 예전에 그 녀석이 성을 뛰쳐나간 것도 이런 밤이었고."

포레가 이 성에 온 지 얼마 되지 않았을 때의 이야기다.

아버지의 원수인 성기사를 눈으로 직접 보게 된 포레는 초조한 마음에 힘을 손에 넣기 위해 성을 뛰쳐나갔던 것이다.

──그때는 단순한 오해로 끝났지만 라파엘에게 큰 부상을 입혔었지.

집사가 한 팔을 잃은 것은 그 사건이 원인이었다.

네피는 고개를 가로저었다.

"그 아이도 자간 님의 생각을 이해하고 있어요. 성을 뛰쳐나간 건 아니에요……."

"그렇지만 무슨 일이 있기는 했다는 거로군."

"……네. 고자질을 하는 건 아니지만, 고메리 님과 조금 곤란한 일을 저지를 것 같은 분위기라서."

──또 고메리 녀석인가.

그 할망구, 너무 풀어준 게 아닌가 싶다.

"고메리가 골치 아픈 녀석인 건 사실이지만 해도 되는 일과 안 되는 일 정도는 구분……, 할 수 있는지 의심스럽지만, 내 기분을 상하게 할 정도로 멍청하지는 않아. 그냥 놔둬도 돼."

게다가 어린아이가 할머니에게 울며 매달리는 광경은 결코 부자연스러운 일이 아니다.

"그렇다면 좋겠지만요……."

불안해하는 표정의 네피를 보고 자간은 웃었다.

"실은 포레가 〈천린〉을 가르쳐달라고 조르더군."

"네. 저도 들었어요."

"그렇지만 고메리에게 준 건 어디까지나 고메리용 〈천린〉이다. 그 〈천린〉 그대로는 포레도 다루지 못해. 그렇다면 그 외에 할 수 있는 일이라고 해봐야 뻔하지. 딸의 짜증 정도는 받아줄 줄 알아야 아버지라고 할 수 있어."

네피는 조용히 고개를 끄덕였다.

"자간 님의 생각은 아주 잘 이해하고 있어요. 힘을 얻는다는 건 보다 큰 재앙을 불러오는 일로 이어지기도 하는 법이니까요. 우리 딸이 그런 일과 가까워지는 건 저도 싫어요."

그렇지만, 하고 네피는 말을 이었다.

"포레의 심정도 알 것 같아요."

그렇게 말하며 네피의 시선이 향한 곳은 자간이 들고 있는 랜턴이었다.

"전 자간 님의 힘이 될 수 있는 사람이 되고 싶어요. 하지만 전

어두운 밤길을 걷는 데에도 도구의 힘이 필요하고, 고메리 님이나 포레의 발끝에도 미치지 못하는 걸요."

"네피에게는 마법과 신령 마법이 있잖아."

솔직히 말해 제대로 싸운다면, 그리고 숲이나 하천 같은 자연의 힘을 빌릴 수 있는 곳이라면 네피는 〈마왕〉에 비견할 수 있을 정도다. 뭐, 실제로 싸운다고 가정했을 때 네프테로스에게는 경험 차이로 인해 패배할 수도 있겠지만.

그런데도 네피는 고개를 옆으로 흔들었다.

"그건 제가 얻고자 해서 손에 넣은 힘이 아니잖아요. ……모두 자신의 힘으로 강해졌는데 저만 꾀를 부리는 것 같아서 별로 좋아하지 않아요."

선천적으로 타고난 '마법'이라는 힘과 그냥 보기만 해도 익힐 수 있는 신령 마법이라는 힘. 분명 대단한 재능이지만 네피는 아직 받아들이기 힘든 모양이다.

그건 포레에게도 그대로 적용할 수 있다.

――용으로서의 힘을 좀 더 능숙하게 사용할 수 있으면 훨씬 더 강해질 수 있을 텐데.

하지만 포레는 어쩐지 마술사로서 강해지는 것에 집착하고 있는 것처럼 보였다.

그 점이 시야를 좁게 만들고 있기도 하지만, 그 집착은 용이 가지지 못한 힘으로 향하기도 할 터. 일률적으로 어느 쪽이 옳다고 말할 수는 없지만 그것도 하나의 힘의 모습이라고 생각했다.

네피는 무언가 조르는 것처럼 자간을 올려다봤다.

"그러니 자간 님, 아무쪼록 포레를 나무라지 말아주세요."

"나무라긴 누가 나무란다고그래. 딸의 짜증 정도는 받아줄 수 있다고 했잖아?"

자간은 웃으며 대답했지만 그래도 신부가 이렇게나 진지하게 한 말이다.

——내가 포레에게 잘못된 태도를 취하고 있는 건가…….

강해지고 싶어하는 포레의 마음은 처음 만났을 때부터 알고 있었다.

그것을 무시하고 그저 어린아이로 있어주기를 바라는 건 자간의 욕심일지도 모른다. 그렇다고 금주(禁呪)나 다름없는 것을 주는 게 옳다고 생각하지도 않는다.

자간은 신음을 흘리며 중얼거렸다.

"포레에게 줄 힘도 생각해두지 않은 건 아닌데……."

그래서 주려고 한 게 바로 〈설월화〉였지만 포레는 별로 좋아하지 않았다.

네피는 그 이야기까지 듣지는 못했는지 깜짝 놀라서 눈을 깜빡거렸다.

"포레에게 어떤 힘을 주실 생각이셨어요?"

"음, 그게 말인데, 아직 불완전해서……."

자간은 랜턴을 든 채로 팔을 들어 〈설월화〉를 발동시켰다.

눈 깜짝할 사이에 주위가 무수한 별 같은 빛에 휩싸였다.

어둠 속에 펼쳐진 빛의 바다를 보고서 네피가 감탄의 한숨을 흘렸다.

"너무 아름다워요."

──아니, 네가 더 아름다워.

그런 말이 목구멍까지 치밀어 올랐지만 입 밖으로 꺼내기에는 너무 부끄러웠다.

자간은 걸음을 멈추더니 〈설월화〉의 빛에 마력 덩어리를 충돌시켜 보였다.

"강도는 나무랄 데가 없지만 조작법이 너무 복잡해서 자신의 움직임을 멈춰야만 하는 단점이 있어."

"방어를 위한 마술이니 그 점은 별다른 문제가 되지 않을 것 같은데요."

그렇게 말하고 나서 네피는 깨달았다.

"그렇구나……. 이건 **다음** 마술을 위한 습작이죠……?"

아무 설명도 하지 않았는데 그런 지적을 받자 자간은 당황했다.

"역시 네피는 마술 센스가 좋군."

네피는 아무 대답 없이 빛의 가루를 바라봤다.

"어렴풋하지만 기억하고 있어요. 자간 님이 사용하셨넌 커다란 빛의 마술. 이 〈설월화〉는 그것과 똑같은 색을 띠고 있으니까요."

그러더니 문득 어떤 생각이 난 것처럼 입을 열었다.

"자간 님, 이 〈천린〉은 하나하나가 개별적으로 제어되고 있는 건가요?"

"아니, 천 개 정도 되기 때문에 어느 정도는 자발적으로 움직이도록 해뒀어. 근처에서 발생하는 마력에 끌려가도록 말이지."

하나하나 제어하는 것도 불가능하지는 않지만 이것은 자간이 아니라 포레를 위한 마술이다. 포레가 다루지 못하는 마술은 만들어봤자 아무 의미도 없다. 그런 의미에서도 좀 더 간략하게 만들지 않는 이상 주기 힘들 것 같은데…….

네피는 〈설월화〉 조각을 가만히 관찰하며 중얼거렸다.

"말단의 〈천린〉까지 모두 동일한 '회로'가 깔려 있는 것 같은데, 이걸 무리로 제어할 수는 없을까요?"

"무리?"

"네. 몇 개의 무리로 나눠서 제어하는 거예요. 현재의 복잡한 '회로'는 통괄하는 역할만 하도록 장치해두고 나머지는 그것을 추종하는 구조로 만드는 건 어떨까요?"

자간의 눈이 동그래졌다.

"좋은 생각이야. 그렇게 하면 제어도 간단하고 마술을 사용하면서 움직일 수도 있겠어."

"제가 도움이 되었나요?"

"물론이지. ……그런데 용케도 그런 방법을 생각해냈는걸."

감탄하면서 묻자 네피는 수줍게 고개를 숙였다.

"전에 사용한 신령 마법에는 그런 특징이 있었거든요. 게다가 천 개 가까이 되는 〈천린〉을 제어하는 것은 제게는 불가능한 일이에요. 그렇다면 어떤 형태라면 가능할지 고민해봤더니 그런 방법밖에 떠오르지 않았어요."

그 말에 자간도 혀를 내둘렀다.

――하지 못하기 때문에 알게 되는 것도 있다 이건가.

자간은 천 개나 되는 〈천린〉도 제어**할 수 있다**. 그렇기 때문에 진정한 의미에서는 그것을 다루지 못하는 사람의 입장이 되어 생각하지 못한다.

네피는 자신이 약하다고 한탄하지만 바로 그렇기에 자간이 보지 못하는 것을 볼 수 있다.

"네피. 너의 그런 점이 나의 든든한 버팀목이 되어주는 거다. 그러니 좀 더 자신감을 가지도록 해."

자간은 어쩐지 기뻐서 네피의 뺨에 자신의 얼굴을 가까이 댔다.

"하, 하읏."

망토에 쏙 감싸인 네피가 귀를 위아래로 크게 떨었다.

또 뭔가 잘못한 게 아닌가 싶었지만 지금은 별로 신경 쓰이지 않았다.

네피는 한동안 아우우우 하고 말을 이루지 못하는 이상한 소리를 냈지만 이내 결심을 굳힌 것처럼 고개를 끄덕였다.

그리고 자간을 향해 두 팔을 벌리고 **땅을 찼다**.

네피는 자간의 목에 팔을 두르고 꼭 끌어안았다.

네피가 온몸을 던져 끌어안자 자간도 눈을 깜빡거렸다.

"어, 어엇?"

지면에서 떨어진 발이 허공에서 흔들렸다. 네피가 먼저 이렇게 대담한 행동을 하는 것은 아주 드문 일이다.

――뭐야, 이게, 부드럽고 따뜻하잖아. 네피가 이런 애정 표현을 하는 건 처음이라 너무 기뻐서 죽을 것 같아!

심장이 터지는 건 아닌가 하는 생각을 하면서도 자간 역시 네피를 꽉 끌어안았다.

새빨개진 귀를 쫑긋거리며 끌어안는 그 모습을 보니 예전에 네피가 어린 모습으로 변했을 때가 떠올랐다.

어쩌면 그 경험을 통해 당시의 네피다움을 떠올리게 된 건지도 모른다.

그렇다면 그때 오리아스가 한 행동은 옳았던 것이리라. 그렇지 않다면 소극적인 네피가 이런 식으로 애정 표현을 하는 것은 쉽지 않았을 것이다.

행복을 음미하고 있는데 갑자기 네피가 뭔가 생각난 것처럼 중얼거렸다.

"저기, 자간 님."

"응?"

"늦은 밤에 이렇게 둘이서 걸으니, 음, 너무 기쁘고 좋아요. 데이트라는 건 이런 걸까요?"

"에? 으음, 글쎄."

자간도 처음 경험하는 일이다. 데이트라는 게 어떤 건지 잘 몰랐지만 그래도 힘주어 고개를 끄덕였다.

"음. 분명 이런 거겠지. 그리고 더 대단할 거다! 평소에는 잘 가지 않는 거리와 가게에 가고, 한껏 멋을 부린 모습으로 산책도 하고 특별한 일을 할 거야!"

특별한 일이라는 건 물론 펜던트를 전해주는 것이다.

네피는 뾰족한 귀를 움찔움찔 떨며 보기 드물게 미소를 지었다.

"네. 기대하고 있을게요."

쓸데없이 자기 손으로 **난이도**를 높인 것 같기도 했지만 네피가 기뻐하니 신경 쓰지 않기로 했다.

다음 날 아침, 자신에게 어떤 재앙이 닥쳐올지도 모른 채…….

◇

"자간, 난 어른이 되고 싶어."

다음 날. 아침식사를 하기 전에 포레가 옥좌의 방으로 찾아와 그렇게 말했다. 뒤에는 머리에서부터 비지땀을 흘리고 있는 노파의 모습을 한 고메리도 있었다.

자간은 턱을 어루만지며 고개를 끄덕였다.

"음. 어디 한번 들어보지. 이야기해봐."

그렇게 재촉하자 포레의 뒤에서 고메리가 머뭇거리며 속삭였다.

(포, 포레 아가씨. 굳이 그렇게 갑자기 왕에게 말할 필요까지는 없을 것 같은데. 키메리에스나 〈연옥〉의 바보처럼 조건에 따라서는 도와줄 녀석도 있을 거란 말이지.)

창백해진 얼굴로 자간을 힐끔거리는 노파의 말에 포레는 고개를 흔들었다.

"고메리가 못한다면 다른 사람도 똑같아. 부탁한다면 자간밖에 없어."

(아니, 뭐, 그건 그렇지만…….)

포레가 이렇게 말하는 것을 보면 고메리도 꽤 신뢰를 얻고 있는 모양이다.

자간의 입장에서는 딸이 이상한 영향을 받을 것 같으니 사생활에서는 적당히 친하게 지냈으면 하는 심정이었지만, 자간 역시 고메리를 심복으로서 상을 내릴 정도로 믿고 의지하고 있었다. 그렇게 생각하면 어쩔 수 없는 일이기도 했다.

그건 그렇고.

——강해지고 싶다……는 게 아니라 어른이 되고 싶다?

생명력을 다루는 고메리의 마술이라면 가능하겠지만 지금 말하는 것을 들어보니 아직 성공하지 못한 것 같다. 그럼에도 불구하고 자간에게 말한다는 것은 무슨 의미일까. 그 답이 대충 짐작이 가지 않는 건 아니었지만 자간은 딸이 말을 계속하기를 기다리기로 했다.

이윽고 포레는 결심을 굳힌 듯 입을 열었다.

"자간은 내가 어리기 때문에 힘을 다루기에는 아직 이르다고 생각하고 있어. 그러니까 우선 어른이 되고 싶어."

"틀린 말은 아니군. 그래서?"

포레는 행동력이 있는 소녀다. 이미 거기까지 결론을 내렸다면 실제로 어른이 되고 나서 나타났을 것이다. 그렇지 않다는 것은 그렇게 못 하는 이유가 있기 때문이다.

자간이 다음 말을 재촉하자 포레는 굴욕감을 참는 것처럼 입술을 꽉 물고 말했다.

"……그렇지만 나와 고메리의 힘만으로는 불가능했어."

“그렇군. 용이라는 종이 가진 마술에 대한 저항력은 엄청나다고 들었다. 인간용 마술로는 힘이 부족하겠지.”

성체인 용의 비늘은 방어 행동을 취하지 않아도 그대로 마술을 튕겨낸다고 한다. 훌륭한 명검으로도 상처 하나 입히지 못하고, 누구보다 빠른 것으로 이름 높은 키메리에스조차 포레와 나란히 달릴 수는 있어도 다른 사람을 짊어지고는 불가능했다.

그런 엄청난 생물이 바로 용이다.

특히 포레는 현룡 오로바스라는 전설급 용의 피를 이어받은 딸이다. 잠재능력으로 따지면 자간은 말할 것도 없고 네피조차 능가한다. 아직은 어린 용이라고 해도 육체를 조작하는 마술은 아무리 전(前) 마왕 후보라도 쉬운 일은 아닐 것이다. 고메리가 감당하지 못하는 것도 무리는 아니다.

포레는 마치 용기를 쥐어짜는 것처럼 자간의 얼굴을 봤다.

“그러니까 자간, 도와줘. 난, 어른이 되고 싶어.”

“……그리고 어른이 되면, 〈천린〉을 가르쳐줘.”

자간이 힘을 주지 않는 이유를 이해하고 그것을 뒤집을 방법이 실패했음에도 불구하고 포레는 자간에게 도와달라고 말했다.

하지만 자간은 그것이 불합리하거나 어리석다고 생각하지는 않았다.

——이 즈음에서 타협하는 게 좋으려나.

포레는 자간의 허락을 받기 위한 방법을 스스로 찾아냈다. 그리고 자신의 미숙함을 인정하고 부끄러움을 무릅쓰며 자간에게 도움을 요청한 것이다.

딸이 그렇게 고민해서 찾은 답을 어떻게 비웃을 수 있겠는가.

게다가 지난 밤에 네피에게 들은 말도 있다.

——포레의 심정도 알 것 같아요.

자간도 포레의 마음을 이해해주고 있다고 생각했지만 부족했던 것인지도 모르겠다. 신부와 딸이 같이 간청하는데 어떻게 거절하란 말인가.

자간은 천천히 고개를 끄덕였다.

"……그러자꾸나."

"진짜?"

"단 조건이 있다."

호박색 눈동자를 반짝이는 포레를 향해 자간은 말했다.

"고메리의 마술이니 커질 수 있는 건 일시적인 것일 테지? 네가 커져 있어도 되는 시간은 내가 정한다. 내 허락 없이 사용하는 것도 금하고."

"……알았어."

그 정도 조건은 각오하고 있었는지 포레는 떨떠름한 표정이지만 망설이지 않고 대답했다.

그제야 자간도 표정을 풀었다.

"그것을 지킬 수 있다면 가르쳐주지——불태우는 〈천린〉을."

"——."

포레는 호박색 눈동자를 반짝이며 자간의 목을 끌어안았다.

"고마워! 아빠, 정말 좋아해."

"으흠."

피를 토할 정도로 기쁜 말이지만 동시에 포레도 그 정도까지 고민했다는 것을 알 수 있었다.

――조금 더 어린 딸의 모습으로 있어주길 바랐는데.

하지만 무릇 부모라면 자식의 성장을 기뻐해줘야 하는 법.

아침 식전이지만 모두 고메리의 연구실로 향했다.

◇

"그나저나 난 뭘 하면 되지?"

자간의 성에는 고메리와 키메리에스 등 일부 심복들의 방이 존재한다. 그곳은 기본적으로 각자의 마술 연구실로 쓰이고 있었다.

일단 모든 부하들을 위한 방이 마련되어 있지만 대부분은 또 하나의 거점인 마왕전을 사용하고 있다. 갑자기 부하가 30명이나 늘어나는 바람에 관리가 힘들었기 때문이다.

고메리의 연구실로 들어가자 그곳에는 이미 거대한 마법진이 준비되어 있었다.

마술이란 형태는 천차만별이라도 마법진을 그린 시점에서 이미 완성된 것이나 마찬가지다. 마법진이 있다는 것은 마술의 구조는 완성되었다는 뜻이다. 자간의 지식이 필요한 건 아닌 모양이다.

고메리는 큰 낫의 손잡이로 마법진을 툭 두드리더니 히히 하고 웃었다.

"마술의 구조 자체는 완성되었다. 마력 강화와 최적화 모두 완벽하게 해두었으니 더 이상 '회로'를 증설해봤자 아무 의미도 없을 게야."

"그건 보면 알아."

마법진은 '회로'라 불리는 문양으로 만들어내는데 고메리의 마법진에는 대략 만 개가 넘는 '회로'가 깔려 있었다. 전문 분야가 다르다고 해도 이 정도로 정교한 마법진을 과연 자간이 만들어낼 수 있을까. 넋을 잃고 바라볼 정도의 완성도였다.

고메리는 기분 좋은 듯 눈을 가느스름하게 떴다.

"키히히, 우리의 왕에게 마술 설명 따윈 불필요했지. 부족한 건 용의 마술 내성을 상회할 마력. 요컨대 〈마왕〉 정도 되는 파워가 필요하다는 말이다."

"그 정도인가……."

그 대답에 솔직히 자간도 당황했다.

용이라는 종족의 힘에 대해서는 잘 알고 있다고 생각했는데 자간의 상상을 훨씬 능가하는 것 같았다. 역시 현룡 오로바스의 유복자다.

――즉 〈마왕의 각인〉을 사용하라는 건가.

자간 자신의 마력은 그들과 현격한 차이가 날 정도로 강력하지는 않다. 이 〈각인〉이야말로 〈마왕〉이라는 증거지만, 사실 자간은 별로 탐탁지 않게 생각하고 있었다. 그래서 손에 꼽을 정도로만 사용했다.

이것은 빌린 힘이자 언제 자신에게 이를 드러낼지 모르는 위험한 힘이기 때문이다.

다른 〈마왕〉들의 〈각인〉을 봉인하는 쐐기에는 사용하지만 그 이상 의지할 생각은 없다.

하지만 이것이 막대한 마력의 저장고라는 점 또한 사실이다.

──뭐, 포레의 마력을 대신해주는 정도는 문제없겠지.

자간은 그것을 확인하고 고개를 끄덕였다.

"그럼 〈각인〉의 마력을 포레에게 보내면 되는 건가?"

"음. 그래."

"좋아. 그럼 마력을 공급……, 엇? 아니, 잠깐! 마력의 공급이라고?"

자간은 노골적으로 당황했다.

물론 타인에게서 마력을 빼앗는 마술도 존재하지만 지금 눈앞에 있는 고메리의 마법진에는 그런 마술이 포함되어 있지 않았다. 애당초 이렇게 정밀한 마술 속에 그렇게 쓸데없는 구조를 집어넣는 건 〈마왕〉 클래스라도 불가능하다.

그렇다면 마술에 영향을 미치지 않는 원시적인 수단을 취해야 되는데…….

──딸을 상대로 입맞춤이나 성교를 하라는 건가?

아무리 그래도 성교는 아니다. 지금 상황이라면 입맞춤 정도일 텐데, 그래도 딸과 입맞춤을 나누는 건 좀 꺼려졌다.

──네피와도 아직 입맞춤을 못 했는데!

정작 당사자인 포레는 무슨 말인지 이해가 되지 않는 듯 고개를 갸웃거리고 있었다.

"자간, 왜 그래?"

"그게, 지금 같은 경우에 마력의 공급이라고 하면……."

말을 하다가 멈췄다. 어린 딸에게 이런 걸 어떻게 설명하란 말인가.

하지만 자간은 어른이 되고 싶다는 포레에게 협력하겠다고 했고 무엇보다 스스로 고민하고 노력한 딸을 도와주고 싶었다. 그렇지만 아무 설명도 없이 입맞춤이라니, 당치도 않은 일이다.

덧붙여 '후웃, 나이스, 사랑의 힘! 어떻게 할 텐가, 〈마왕〉? 내게 그대의 가능성을 보여주는 게――……아흣, 코피가'라며 거친 콧김과 함께 고함을 지르고 있는 고메리는 조금도 도움이 될 것 같지 않다. 나중에 가만히 두지 않겠다고 결심했다.

고민한 끝에 자간은 설명을 포기했다.

"으음, 지금부터 타인의 마력을 네 안에 흘려 넣을 텐데 넌 아무 거부감도 없는 거냐?"

"잘 모르겠어. ……그렇지만 자간의 힘이라면 아무렇지도 않아."

힘을 얻기 위해 무리를 해서라도 성장하고자 하는 게 지금의 포레다. 쓸데없는 질문이었던 것 같다.

――그렇다면 부모인 내가 꼬리를 말 수는 없지.

자간 역시 최연소로 〈마왕〉이 된 마술사다. 갈팡질팡하는 동안 답은 이미 나와 있었다.

자간은 포레의 어깨에 손을 올리고 조용히 말했다.

"그럼 포레, 눈을 감도록 해."

"으, 응……."

포레는 몸을 긴장시키며 눈을 꼭 감았다.

그리고 자간도 포레를 향해 얼굴을 가까이 가져갔다.

(에엣, 진짜 하는 거냐? 이런 전개는 좀 갑작스럽다고 할까, 사랑의 힘이란 건 좀 더 차분하고 엄숙한 것이라고 할까, 아니, 그래도 잘못을 범하는 나의 왕도 사랑과 보람이 있다고 할까, 아아아, 말리고 싶기도 하고 지켜보고 싶기도 하고, 어떻게 하지?)

본인은 목소리를 죽인 채 말한다고 한 모양이지만 정말 시끄러운 노파였다.

――키메리에스는……, 저혈압 때문에 아침엔 힘을 못 쓰는데.

평소에 얼마나 그 마술사의 도움을 많이 받았는지 절실히 깨달았다.

포레도 싫어하는 표정을 짓고 있어서 마술로 소리를 지웠다. 이론적으로는 질이 다른 바람의 장벽을 겹쳐서 안과 밖을 차단하는 것이다. 물리적인 방어력은 없지만 밖에서 벼락이 떨어져도 안에는 들리지 않는다.

"……!"

갑자기 주위에서 아무 소리도 들리지 않게 되자 포레도 움찔 몸을 떨었다.

그런 딸을 안심시키듯――

자간은 포레의 **이마에** 입을 맞췄다.

"흐앗……?"

포레가 깜짝 놀라 눈을 떴다.

——마력이 지나갈 패스(통로)를 만들기만 하면 되니까!

마력 공급을 위해서는 입맞춤을 해야만 한다. 그 난제에 대한 자간의 답은 이것이었다. 마력을 보내기만 하면 되니까 문제없을 것이다.

포레는 당황해서 이마를 만지작거렸다.

"이마에 입을 맞추면 마력이 공급되는 거야?"

"음, 그래."

"……몰랐어."

아무리 이마라도 역시 쑥스러운 모양이다. 포레는 뺨을 살짝 붉혔다.

——역시 제대로 설명을 해줄 걸 그랬나?

이 일로 자신을 싫어하게 되면 아무리 자간이라도 다시 일어날 자신이 없다.

그런데 포레는 꺼져 들어갈 것 같은 목소리로 이렇게 말했다.

"그렇지만 싫진 않아."

"그, 그런가……."

왜 자신의 딸과 이런 분위기가 되어야 하는 건지 모르겠다.

그러다 문득 그 시끄러운 노파가 너무 조용하다는 사실을 깨달았다.

——아, 그러고 보니 무음의 결계를 쳐뒀지.

결계를 푼 순간, 자간과 포레는 말문이 막혔다.

"명 · 답! 아후……. 역시 어린 소녀에게 입을 맞출 때는 이마에 뽀뽀가 왕도. 과연 나의 왕. 그나저나 사랑의 힘이 넘쳐흘러서 그대로 한 줌의 설탕이 될 것 같아."

새하얘진 노파는 자신의 코피로 이루어진 바다에 빠져 곧 죽을 것 같은 상태였다.

"자간, 고메리가……."

"보면 안 돼."

온몸으로 딸의 시야를 가리자 고메리는 비틀거리며 일어났다.

"키히히, 죽는 줄 알았네. 자, 마력 공급 준비는 다 된 것 같군."

포레는 실감이 나지 않는지 고개를 기울였다.

"이걸로 마력이 공급된 것 맞아?"

"음. 포레 아가씨가 마술을 사용하면 '패스(통로)'를 통해 왕으로부터 무한정 공급받을 수 있지. 약식이긴 하지만 문제는 없을 터."

고메리의 설명에 자간도 고개를 끄덕였다.

"마력은 내가 대신 맡아주마. 해보면 알 거다."

"……응!"

포레는 힘껏 고개를 끄덕인 후 마법진 한가운데에 섰다.

그것을 확인한 고메리도 낭랑하게 주문을 외우기 시작했다. 그 모습은 어느새 노파가 아니라 미녀로 변해 있었다. 육체적으로 전성기 때의 모습이다.

이제부터 하는 것은 그 모습이 필요할 정도로 고도의 마술이라는 뜻이다.

"——시간이란 달에서 태양을 향해 순환하는 원환. 높은 곳에서 낮은 곳으로 흐르는 나선. 시작과 끝을 관장하는 것. 그런 고로 태양에서 달로, 낮은 곳에서 높은 곳으로, 끝에서 시작으로 이어지는 것 또한 시간이니——."

하이 엘프인 오리아스의 직계 제자이기에 신령 언어와 비슷한 주문이었다.

자기도 모르게 열심히 듣고 있는데 갑자기 몸 안에서 힘이 빠져나가는 것 같은 허탈감이 밀려들었다. 포레가 마력을 필요로 하자 자간 안에서 흘러나가고 있는 것이다.

자간은 오른손을 들었다.

"힘을 빌려다오——〈마왕의 각인〉."

그 순간, 숨이 막힐 것 같은 마력이 부풀어 오르더니 허탈감이 희미해졌다.

——용의 허용량은 엄청나군…….

자간은 인간은 〈마왕의 각인〉을 감당하지 못할 거라고 생각했는데 그것을 아무렇지도 않게 소비할 수 있는 종도 존재한다는 사실을 깨달았다.

마침내 마법진 안에 있는 포레에게도 변화가 나타났다.

포동포동하던 팔다리가 늘씬하게 자라고 그와 동시에 초록 머리도 점점 더 길어졌다. 평평했던 몸에도 굴곡이 생기면서 아이에서 여인으로 그 모습이 변해갔다.

——성공한 건가?

그렇게 생각했을 때였다.

"윽……?"

자간의 시야가 일그러졌다.

"자간?"

그 사실을 알아차리고 달려오려는 포레를 한 손으로 제지했다.

——이렇게 정밀한 의식을 치르는 중에 마술을 중단하는 건 위험하다.

〈마왕의 각인〉의 마력까지 주입했다. 자칫 잘못하면 폭주해서 성이 통째로……, 아니, 큐아노에이데스가 날아갈 수도 있다.

고메리도 주문을 멈추려 하지 않았다. 그녀 또한 이상과 그 위험성을 알아차렸을 것이다. 영창이 빨라지면서 의식의 종료를 서둘렀다.

포레는 불안한 얼굴을 하고 있었지만 그런 두 사람의 모습은 여전히 마법진 안에 머물러 있었다.

그 모습은 이미 네피와 비슷한 나이까지 성장해 있었다.

— 그런데 너무 커진 것 아닌, 가……?

자간이 웅크리고 앉아 있어서 그런 것도 있지만 포레는 고개를 들어서 봐야 할 만큼 크게 보였다.

당황한 자간 이상으로 포레도 당혹스러운 표정을 짓고 있었다.

"자간, 그거……."

말을 끝까지 하기도 전에 눈부신 빛과 함께 마법진이 깨졌다.

의식이 완료된 모양이다. 고메리에게도 상당한 부담이 되었는지 숨을 헐떡이며 주문을 끝맺었다.

포레의 몸은 입고 있는 민족의상이 찢어질 것처럼 크게 성장해 있었다. 인간으로 따지면 10대 후반 정도 될까. 자간과 동년배이거나 조금 위로 보인다.

"아얏!"

성장한 몸에 어린아이의 옷은 너무 작다. 특히 성장이 현저한 가슴의 압력을 견디다 못한 단추가 튕겨 날아와 자간의 이마에 명중했다.

일단 의식은 성공한 것으로 봐도 될 것 같았다.

"자간……."

포레는 무릎을 꿇은 자간을 향해 달려가려고 했지만——

"——앗."

갑자기 커진 몸에 아직 익숙해지지 않은 탓일까, 비틀거리며 넘어지고 말았다.

"위험해——에?"

자간은 넘어지는 포레를 받으려고 뛰쳐나갔지만 어쩐지 생각대로 몸이 움직이지 않았다. 게다가 그를 덮쳐누르는 딸의 몸은 상상 이상으로 컸다.

간신히 바닥에 닿기 전에 손을 뻗는 데는 성공했지만 자간은 버티지 못하고 포레와 함께 쓰러지고 말았다.

풍만하게 성장한 가슴에 얼굴이 파묻히는 바람에 살짝 얼굴이 붉어……, 아니, 질식할 것 같은 압력에 감촉 같은 걸 신경 쓸 여유는 없었다. 포레의 체중이 덮치면서 깔려 죽을 것만 같았다.

"우, 우우읍."

"괘, 괜찮아, 자간?"

평소의 딸답지 않게 당황한 목소리였다. 포레는 몸을 비키려 했지만 몸이 뜻대로 움직이지 않는지 계속 버둥거리기만 했다.

"진정들 해. 아직 감각이 익숙하지 않아서 그런 거다. 당황하면 더 움직이기 힘들어져."

이제야 호흡이 진정되었는지 고메리가 포레를 도와서 일으키자 자간도 가슴의 압박에서 해방되었다.

그 순간 고메리도 경악으로 얼굴이 굳었다.

"이, 이게 어떻게 된 일이지? 자간……, 아니, 자간이 맞긴 한가?"

"무슨 뜻이냐?"

고개를 갸웃거리다가 자신의 목소리가 이상하다는 사실을 깨달았다.

평소에는 좀 더 험악한 목소리였는데 묘하게 높게 들렸다.

목소리만이 아니었다. 옷이 헐렁헐렁해져서 당장이라도 벗겨질 것 같았다. 포레를 받아내지 못한 건 헐렁해진 로브 자락을 밟고 있었기 때문이라는 사실을 깨달았다.

그리고 손을 봤다.

투박했던 손은 작고 둥그스름해져 있었다.

──어이, 이게, 어떻게 된 거지……?

흠칫거리며 얼굴을 만져봤다. 탱탱하고 말랑말랑해서 자신의 얼굴을 만지고 있는 것 같지 않았다.

포레와 고메리는 그런 자간이 자신들이 알고 있는 자간이라고 확신하지 못하는 것처럼 멍하니 있었다.

무엇보다 마술사로서 초인적인 신체 능력을 자랑하는 자간이 어째서 10대 딸의 몸 하나를 받아내지 못한 걸까. 자간이라면 포레가 용으로서 본래의 모습을 하고 있더라도 간단히 안아 들 수 있는데.

깜짝 놀라서 주위를 둘러보자 연구실 한쪽 구석에 놓여 있는 물병이 보였다.

——도대체 무슨 일이 일어난 거지?

물병 속을 들여다보자 이번에야말로 자간은 핏기가 가시는 것을 느낄 수 있었다.

수면에 비치는 것은 자간을 많이 닮은 작은 아이였다.

「오랜만이군, 소년.」

눈 아래에 서 있는 작은 노인을 내려다보며 그는 말했다.

아니, 노인이 작은 게 아니다. 자신이 큰 것이다. 그것도 노인을 가볍게 넘어갈 수 있을 정도의 크기다. 적어도 인간의 신장은 아니다.

희미한 의식 속, **그**는 그런 생각을 했다.

이것은 꿈이다. 꿈속에서 자신은 다른 누군가가 된 것이다.

후드 사이로 보이는 노인의 입가에 희미한 미소가 떠올랐다.

「당신이 볼 때 인간 따윈 모두 어린아이 같겠지만 이 나이에 소년이라 불리니 어떤 반응을 보이면 좋을지 모르겠군. 당신도 **큰 도마뱀**이라 불리는 건 기분이 나쁠 텐데?」

노인의 비아냥거림에 그는 과장되게 웃었다.

「하하하, 내게 그런 농담을 하는 건 이젠 그대 뿐. 소소한 농담에 화내지 말게.」

유쾌해하는 그의 말에 노인도 작게 한숨을 흘렸다.

「나를 한숨 쉬게 만드는 것도 당신뿐. ……그나저나 그로부터 벌써 천 년이 지났나.」

노인의 말에 그의 가슴에도 적적함이 차올랐다. 그 적적한 마음을 공유할 수 있는 상대도 이제는 이 노인 정도밖에 없었다.

그가 아무 말 없이 조용히 눈을 가늘게 뜨자 노인은 문득 생각난 것처럼 입을 열었다.

「천 년이라고 하니 생각났는데 얼마 전에 '그분'을 많이 닮은 딸을 찾았다네.」

「호오……. 설마 하이 엘프인가.」

「그래, 선조회귀인 것 같은데 아주 멋진 백발을 가지고 있더군. 천 년 전에도 그 정도로 **순수한** 개체는 '그분' 정도밖에 없었지. 우리쪽 애송이가 흥미를 가진 것 같아서 이쪽에서 보호하기로 했네.」

그는 옛날 생각을 하는 것처럼 눈을 감았다. 그 눈에 떠오른 것은 인간 청년과 소년, 그리고 소녀, 세 사람의 모습이었다. 아주 오래된 기억인지 얼굴과 옷이 모두 희미하고 선명하지 않았다.

그것이 그에게 어떤 존재였는지는 알 수 없지만, 그래도 이렇게 그리워할 만큼 강하게 마음에 남아 있는 모양이었다.

그는 그런 노인을 이상하다고 비웃지 않고 오히려 기분 좋게 고개를 끄덕였다.

「한번 만나보고 싶군. 천 년 전에는 한 번도 대화를 나눌 기회가 없었지.」

「그래주면 좋지. 아무래도 그 녀석에게는 도움이 필요한 것 같아. 하지만 유감스럽게도 난 그런 재주가 없어서.」

「또 골치 아픈 얘기를 꺼내는군.」

「인간을 이끌어주는 게 당신들 용족이지 않나?」

노인의 말에 그는 신음 같은 한숨을 흘렸다. 그리고 조용히 고개를 들었다.

「내게 타인을 이끌어줄 힘이 있다면 **이렇게** 되지 않았겠지.」

그와 노인이 응시하는 곳에서는 세계가 일그러지기 시작하고 있었다.

있어서는 안 되는 것이 이곳에 나타나려 하고 있다.

노인의 입가에 다시 희미한 미소가 떠올랐다.

「잘 이끌어주었고말고. 그래서 나도 솔로몬도 '그분'도 행복했었고, 그랬기에 절망하고 또 저항했지.」

노인은 그 목소리에 확실한 감사의 뜻을 담아 되물었다.

「그러고 보니 당신에게도 딸이 생겼었지. 잘 자라고 있나?」

「이제 막 걷는 법을 배운 햇병아리다. 언젠가 그 아이는 이 세계 최후의 용이 되겠지. 난 아주 잔인한 짓을 한 것인지도 모르네.」

「최후의 용이라…….」

노인은 친근함을 담아 말했다.

「나도 그 아이를 만나보고 싶군.」

「그렇다면 언젠가 만나러 보내도록 하지. 세상을 알기에 좋은 기회다.」

그는 조용히 고개를 들더니 전방의 '일그러짐'을 응시했다.

「……〈아자젤〉은 파괴되고 성검은 절반도 남지 않았다. 〈마왕의 각인〉은 그대가 가진 하나밖에 없지. 천 년 전처럼 되지는 않을 거야.」

그리고 그는 웃었다.

「그래도 죽기엔 좋은 날이지.」

노인은 깜짝 놀라 입을 열더니 마주 보고 웃었다.

「또 만남세, 현룡 오로바스.」

「그것과 많이 닮은 하이 엘프를 만날 날을 기대하고 있도록 하겠네, 〈**마왕**〉 **마르코시어스**.」

그것은 자간과 네피가 만나기 얼마 전의 기억.

누구도 아는 이 없는, 잃어버린 기억이었다.

◇

"——이게 어떻게 된 일이죠?"

그 목소리는 조용했지만 천둥처럼 날카롭게 울려 퍼졌다.

언뜻 보면 네피의 얼굴에 분노의 빛은 보이지 않았다. 평소의 무표정한 얼굴에 비하면 부드러워 보이기까지 했다.

그런데도 그녀 앞에 정좌하고 있는 포레와 고메리는 한겨울에 알몸으로 쫓겨난 것처럼 창백하게 질려 있었다.

"……미안해."

"그, 그게 아니다, 네피 아가씨. 난 괜찮을 줄 알고……. 네, 잘못했습니다."

그곳은 옥좌의 방. 아침 식사 시간이 되었는데도 식당에 오지 않는 그들을 찾으러 온 네피는 작아진 자간을 목격하고 범인인 고메리와 포레를 힐문하는 중이었다.

지금은 자간 대신 옥좌에 앉아 서늘한 미소를 지으며 두 사람을 내려다보고 있었다.

……하지만 그 발밑의 바닥은 어느새 이끼로 뒤덮여 있었다.

네피의 감정이 고조되면서 마법이 발동되려 하고 있는 듯했다. 확인해볼 것도 없이 **심기가 불편하시다**.

——네피가 화난 모습을 보는 것은 그날 이후로 처음인가.

자간과 네피가 만난 지 얼마 되지 않았을 무렵, 성기사가 쳐들어와서 자간이 다친 적이 있다. 그때 처음으로 네피는 자간 앞에서 '마법'을 사용했다.

그때만큼은 아니지만, 그래도 한눈에 알 수 있을 정도로 분노를 드러내고 있었다.

——이런 모습은 보이고 싶지 않았는데…….

자간은 반쯤 포기한 상태로 그런 생각을 했다.

가까운 사람일수록 자신의 과거를 알게 되기를 원하지 않는 법이다. 착실한 인생을 살아오지 않은 자간 같은 마술사는 특히 더 그렇다. 그런 과거를 엿볼 수 있는 어린아이의 모습을 보여주고 싶을 리 없다.

포레는 늘 입던 민족의상은 더 이상 입을 수가 없어서 고메리의 옷을 빌려 입었다. 미녀의 모습을 할 때 입는 옷인지 노출도가 꽤 높지만 지금은 어쩔 수 없다.

다시 보니 현재 포레의 모습은 인간으로 따지면 18세 정도 될 것 같았다.

그에 반해 어려진 자간은 대략 10세 전후. 두 사람의 나이가 뒤바뀐 것——용에게 인간의 나이를 적용시켜도 되는가 하는 의문은 있지만――같은 상태였다.

참고로 고메리도 지금의 네피를 상대로 노파나 어린 소녀의 모습으로 얼버무리는 건 어리석은 짓이라는 사실을 알고 있는지 착실하게 미녀의 모습을 하고 있었지만, 그 얼굴은 식은땀으로 흠뻑 젖어 있었다.

이대로 놔두면 포레는 그렇다 쳐도 고메리는 더 이상 버티지 못할 것 같았다. 자간은 어쩔 수 없이 헛기침을 했다.

"아~, 저기, 네피……? 이번에는 고메리도 장난으로 그런 게 아니야. 〈마왕의 각인〉을 잘못 제어한 내 실수도 있다. 그러니 그렇게 화내지 마."

지금의 네피에게 참견하는 건 자간도 망설여지는 일이었다.

슬쩍 중재에 들어가자 네피는 **자간을 꽉 끌어안았다**.

"그렇지만 자간 님을 이렇게 귀여……, 작은 모습으로 만들어버리다니."

"방금 무슨 말을 하려고 했지? 아니, 그보다 이제 그만 내려줬으면 좋겠는데."

이무리 자간이라도 비명을 지르지 않을 수 없었다. 그도 그럴 것이――

네피는 어린 모습으로 변한 자간을 인형처럼 끌어안고 놔주지 않았던 것이다.

……물론 자간도 숨으려고 했었다.

하지만 어린아이로 변한 자신의 한심한 모습을 가장 보이고 싶지 않은 상대에게 들키자 그대로 굳어버렸다. 그리고 정신을 차리기 전에 갈팡질팡하다 보니 이렇게 되어버렸다.

……이렇게 되어버린 것이다.

덧붙여 포레와 달리 이 성에는 어린이용 옷이 없어서 자간은 지금도 헐렁헐렁한 로브 차림이다. 덕분에 제대로 움직일 수도 없어서 네피의 무릎 위에서 탈출하지도 못하고 있었다.

그 광경에 고메리가 가슴을 누르며 엄지를 세웠다.

"으음, 나이스 사랑의 힘――앗, 아무것도 아니다."

어째서 이 노파――뭐, 지금은 젊은 모습이지만――는 학습 능력이 없는 걸까. 네피가 찌를 것처럼 차가운 시선으로 쳐다보자 고메리는 덜덜 떨기 시작했다. 심지어 표정은 여전히 미소를 짓고 있어서 자간까지 식은땀이 흘렀다.

그렇지만 고메리를 괴롭힌들 사태는 해결되지 않는다.

네피는 이마를 짚고 물었다.

"……그나저나 이런 곳에 모여 있는 걸 보니 자간 님을 원래 모습으로 되돌리지는 못하는 모양이네요?"

그들은 포레가 커지기 위한 의식을 치렀다. 그 와중에 자간까지 작아진 것은 예기치 못한 사태였다.

회로의 제어에서 벗어나 폭주하는 마력은 마술과는 성질이 다른 '저주'로 변모한다. 이렇게 되자 자간의 '마술 먹어치우기'로도 무효화시킬 수 없었다.

물론 원래라면 〈마왕〉 정도 되는 마력을 가진 자가 저주에 당할 일은 없지만…….

고메리는 굴욕으로 물든 얼굴로 고개를 끄덕였다.

"나의 왕과 포레 아가씨의 힘이 폭주했다. 이 정도면 마술이 아니라 신화급 재난이라고 불러야 하지 않을까 싶을 정도야. 내 힘으로도 금방 원래대로 되돌리지는 못할 터. ……용과 〈마왕〉, 양쪽 모두로부터 저주가 걸린 상태라고 하면 조금 이해가 되겠나?"

"저주……."

네피는 엘프의 숨겨진 마을에서 '저주 받은 아이'라고 불리며 학대당했었다. 그 단어에 몸을 움찔 떨었다.

――고메리 녀석도 꽤나 풀이 죽은 것 같군…….

평소엔 툭하면 장난이나 치는 노파지만 마술사임에는 틀림없다. 그런 그녀가 자신의 특기 분야에서 마술을 폭주시킨 것도 모자라 수습도 못한다는 것은 견디기 힘든 굴욕――

"――이렇게 신나고 재미있는, 사랑의 보람이 있는 일이 벌어졌는데 이래서는 재현할 수가 없지 않나. 이 무슨 굴욕인가!"

"고메리 님."

"……네. 농담입니다. 이번 사건의 해결을 위해 최선을 다하도록 하겠습니다."

네피의 감정이 실린 말에 고메리는 바닥에 엎드려서 용서를 구했다.

슬슬 머리가 아파오기 시작한 네피도 이마를 짚고 말했다.

"우선 초보인 나도 이해할 수 있도록 설명해주세요."

눈에 띄게 언짢아진 네피 앞에서는 아무리 고메리라도 으으음

하고 신음을 흘리는 것 말고는 아무것도 하지 못했다.

그녀 대신 포레가 입을 열었다.

"내가 힘을 얻지 못하는 건 어리기 때문. 그래서 커지려고 한 거고. 그렇지만 나와 고메리만으로는 힘이 부족해서 자간이 도와준 거야."

자신보다 커진 딸의 모습에 네피도 어떤 반응을 보이면 좋을지 모르겠다는 표정을 지었다.

포레는 오른손 손등을 들어 보였다.

"그랬더니 실패해서 **이렇게 되었어**."

포레가 든 오른손에는 자간과 똑같은 〈마왕의 각인〉이 떠올라 있었다.

자간은 자신의 손을 봤다. 마력으로 이루어진 문장은 지금도 변함없이 그곳에 새겨져 있었다.

포레의 손에 새겨져 있는 것은 마력이 통하고 있다는 점에서는 똑같지만 피부에 떠오른 멍 같은 모습이었다.

"'성흔(聖痕)'이라는 현상의 일종이 아닐까? 마력을 공유하기 위한 '패스'를 만든 영향으로 포레에게 〈각인〉이 전사된 거지."

"성흔……이라고요?"

자간의 말에 네피는 고개를 갸웃거렸다.

"타인의 상처가 자신의 것처럼 나타나는 현상을 말한다. 교회에서는 신성한 것으로 알려져 있지만 마술사가 거기에 걸리면 골치

만 아프지. 까딱하면 한쪽이 죽었을 때 자신까지 길동무가 될 수 있거든."

그렇지만, 하고 자간은 말을 이었다.

"내가 포레와의 사이에 만든 '패스'는 일방통행이다. 영향이 있다면 내게서 네게 전해지는 것뿐."

포레는 깜짝 놀라 말했다.

"혹시 아까부터 등이 따뜻한 건 그것 때문?"

"아, 음. 아마도."

네피가 자간을 무릎에 앉힌 채 놔주지 않아서 등은 행복한 감각에 빠져 있었다.

정신을 차리고 싶지 않았던 것은 이 현실을 알게 되면 얼굴이 한껏 풀어질 것 같아서 그런 것도 있었다.

"어쨌든 지금 내 마력은 포레를 향해 무한정으로 흘러 들어가고 있다. 이 이상한 연령 교체도 그것이 원인이겠지. 한창 고메리의 의식이 진행 중이었으니까."

그 중심에 있는 것이 방금 포레가 가리킨 〈각인〉의 성흔이다. 몸은 자라도 정신까지 성장한 것은 아니기 때문에 포레 쪽도 설명이 부족했지만 말이다.

자간이 설명을 보충해주자 그제야 네피도 고개를 끄덕였다.

"원래 용에게는 효과가 없는 마술을 〈마왕의 각인〉을 이용해 억지로 행사한 거다. 그럼에도 폭주를 경계하지 않았다는 내 부주의도 있는 셈. 지금은 고메리를 비난한들 무의미하다."

"……나의 왕, 아까부터 나만 계속 비난하는 점이 묘하게 신경 쓰인다만."

자간은 불만을 토로하는 고메리를 묵살하고 설명을 계속했다.

"일단 내 힘이 회복되면 해결책을 찾을 수 있지 않을까 해서 옥좌의 방으로 돌아온 건데……. 뭐, 결론부터 말하면 소용없었다."

이 성을 중심으로 한 영지에는 자간의 힘을 강하게 만들어주는 결계가 무수히 많이 쳐져 있다. 그리고 효력이 가장 강하게 발휘되는 것이 이 옥좌의 방인데, 아무래도 상황은 생각했던 것보다 더 까다로운 것 같았다.

그리고 그 모습을 네피에게 들키고 만 것이다.

덧붙여 네피는 진지하게 이야기를 듣고 있는 것 같지만 그 손은 무의식적으로 자간의 머리를 계속 쓰다듬고 있었다. 심지어 의외로 기분이 좋아서 섣불리 그만두라고 할 수도 없었다.

——……조금이지만 평소 포레의 기분을 알 것 같군.

어린아이 취급을 당하는 것은 분하지만 왠지 기분이 좋아서 저항할 수가 없는 것이다.

그때 문득 네피가 놀란 표정을 지었다.

"그렇다면 자간 님의 힘도 약해진 건가요?"

자간은 검지를 입에 대고 '쉿' 하고 말했다.

"……뭐, 예전 같지는 않지. 예를 들어, 지금 이 성의 결계를 다시 치려면 보통은 몇 분이면 끝나지만 지금은 며칠은 걸릴 거다. '마술 먹어치우기'도 상대의 역량에 따라 처리가 힘들지도 모르고."

포레에게 가르쳐줄 생각이었던 〈천린〉도 평소처럼 사용하는 건 불가능할 것이다.

그런 사실이 외부에 알려져선 안 된다. 네피도 서둘러 입을 막았다.

다행히 이곳에 있는 자는 자간과 네피에 딸인 포레, 그리고 고메리 뿐이다. 고메리는 자간이 가장 신뢰하는 심복 중 한 명이라 그녀가 다른 곳에서 떠들고 다닐 일은 없다고 단언할 수 있었다.

그렇지만 현재 자간이 굉장히 위험한 상태에 처해 있다는 사실에 변함은 없다.

네피가 뺨을 대고 비비다시피 하며 한숨을 흘렸다.

"자간 님, 가여워서 어떡해……."

그러다가 문득 의문이 들었는지 고개를 갸웃거렸다.

"'통로'가 일방통행인 것이 원인이라면 다시 한 번 양쪽을 연결시킬 순 없는 건가요?"

입술은 아니어도 아까처럼 포레가 자간의 이마나 뺨에 입을 맞추면 동일한 효과를 얻을 수 있을 것이다.

그런데 고메리는 고개를 가로저었다.

"말했지 않나? 이건 단순한 마술의 불안성함 때문이 아니라 '저주'라고. 오히려 일방통행 상태이기 때문에 이 정도 폭주로 끝난 건지도 모른다. 경솔하게 이 상태를 무너뜨리는 건 위험할 터."

"……이 상태가 더 심해지면 어떻게 되나요?"

"최악의 경우, 자간이 소멸하게 될 수도 있지."

네피는 헉 하고 숨을 삼켰다.

자간을 안고 있는 팔에도 힘이 들어갔다.

——하긴 나라도 네피가 소멸될지도 모른다는 말을 들으면 저런 얼굴을 하겠지.

네피는 떨리는 목소리로 말을 쥐어짰다.

"즉 제가 어려졌을 때와는 상황 자체가 다르다는 뜻인가요?"

"유감스럽지만 그렇다."

전에 네피가 어린아이의 모습으로 변했을 때는 모든 마술이 〈마왕〉 오리아스에 의해 완벽하게 제어되고 있었다. 그런 의미에서는 '완벽'했다.

그러다 문득 깨달았다.

——응? 오리아스는 고메리의 스승이기도 하지 않나?

즉 오리아스도 고메리와 동일한 마술을 다루고 있고, 〈마왕〉으로서 힘과 경험이 있는 만큼 실력도 더 뛰어나다. 애당초 예전에 네피를 어리게 만든 장본인이기도 한데, 그 힘은 마술이 아니라 마법이었다고 했다. 오리아스라면 이 골치 아픈 저주를 어떻게든 할 수 있을지도 모른다.

고메리도 그 가능성을 알아챘는지 자간의 눈을 가만히 바라보았다.

"……그래. 최악의 경우에는 네 스승에게 부탁하는 수밖에 없나."

"연락을 취해보지."

그 대화를 들은 네피의 눈이 동그래졌다.

"자간 님, 고메리 님의 스승님과 아는 사이세요?"

"어? 아……."

자간은 자신의 발언이 경솔했다는 것을 깨달았다.

——아뿔싸. 여기서 오리아스에게 부탁하겠다고 하면 반드시 네피도 따라오겠지!

지금도 한시라도 떼어놓을 수 없다는 듯 그를 꽉 끌어안고 있다. 어려진 자간을 혼자 밖으로 내보낼 일은 절대 없을 것 같다.

오리아스는 네피의 친모이기도 하다. 그렇지만 네피는 그 사실을 들었을 때의 기억이 흐릿해서 지금은 아무것도 모르는 상태다. 얼마 전에 다시 얼굴을 볼 기회가 있었지만 다른 〈마왕〉인 비프론스와의 언쟁 때문에 그냥 지나가고 말았다.

이런 형태로 모녀를 만나게 하는 건 자간이 원하는 게 아니다.

어떻게 할까 고민하고 있자 고메리가 침통한 얼굴로 머리를 옆으로 흔들었다.

"음. 나의 스승도 〈마왕〉이라 나의 왕과도 안면이 있지. 허나 네피 아가씨는 만나지 않는 게 좋을지도 몰라."

"어째서죠?"

"말했을 텐데? 나의 스승이라고. 내게 '사랑의 힘'의 진수를 가르쳐준 것도 스승님. 하이 엘프라는 사랑하는 보람이 있는 그대가 스승과 만나서 무사하리라는 장담은 하지 못해."

"——!"

그 말에는 네피도 말문이 막혔다.

——어이, 그만해. 네피와 오리아스가 만났을 때 이야기가 복잡

해지잖아!

하지만 지금 상황에서 네피를 떼어놓을 이유로 달리 떠오르는 게 없었다.

굉장히 마음이 아팠지만 자간도 살짝 고개를 끄덕였다.

"……확실히 녀석과 만났을 때 네피가 어떻게 될지는 나도 상상이 되지 않아."

물론 '어머니로서'라는 뜻이지만 굳이 애매모호하게 말했다.

네피는 머뭇머뭇 입을 열었다.

"그런 분과 지금의 이렇게 귀여운 자간 님을 만나게 해도 될까요?"

"어? 음~, 글쎄. 기본적으로 스승님은 인간에게는 흥미가 없으시니 괜찮지 않을까 싶다만."

――어이, 거기서 진지하게 고민하면 어떡하냐? 네피도 귀엽다는 말 좀 그만하고!

자간은 오리아스는 성실한 인간이라고 믿고 있다. 그 노파가 고메리와 똑같은 말을 하면 경의를 표할 자신이 없다.

새파랗게 질려 있자 네피가 기력을 북돋우려는 듯 말했다.

"상황을 정리해보죠. 자간 님이 원래대로 돌아올 수 있는 방법으로 무엇을 생각해볼 수 있을까요?"

"한 가지는 방금 말한 것처럼 내 스승에게 부탁하는 거다. 내 연령 조작 마술은 원래 스승님이 개발하신 거니까."

고메리는 손가락을 하나씩 세우며 말을 이었다.

"다음은 포레 아가씨와 이어진 '통로'를 어떻게든 절단하는 거다. 단, '통로'를 다시 연결시키는 것과 마찬가지로 더 심한 폭주를 일으키거나 자간이나 포레 아가씨의 생명에 영향을 미칠 위험이 있지. 방법으로서는 고려해볼 수 있지만 최후의 수단에 지나지 않아."

그 설명에 네피도 마른침을 삼키며 고개를 끄덕였다.

고메리는 끝으로 세 번째 손가락을 세웠다.

"마지막으로 이 대륙 밖에 있는 기술의 도움을 받는 거다."

"대륙 밖……이라고요?"

고개를 갸웃거리는 네피를 향해 고메리는 고개를 끄덕였다.

"대륙의 마술은 뿌리가 모두 동일하다. 그러니 스승이 원래대로 되돌리지 못하게 되면 더 이상 손 쓸 도리가 없는 셈이지. 허나 대륙 밖에 있는 섬나라 류카온에는 마술과는 다른 힘이 존재한다고 하더군. 눈을 돌려볼 가치는 있지 않을까."

그러자 네피의 눈썹이 올라갔다.

"그렇다면 저와 네프테로스 씨의 마법, 혹은 신령 마법으로도 가능성이 있지 않을까요?"

"이론적이지만 난 어려울 거라고 생각해. 마법은 강력하지만 네피 아가씨와 네프테로스는 제어가 애매해서 신령 마법은 좀……."

고메리는 거기서 말을 머뭇거리다가 이내 입을 다물어버렸다. 하지만 고메리가 하려던 말이 무엇인지는 자간도 알 것 같았다.

그것은 포레도 마찬가지로 느끼고 있었던 모양이다. 훌쩍 자란 딸은 조심스럽게 입을 열었다.

"신령 마법은 어쩐지 싸우는 것을 목적으로 한 힘인 것 같은 느낌이 들어."

철퇴와 공성병기인 파쇄추(破碎鎚)를 비교했을 때 파쇄추가 엄청나게 강력한 것과 비슷하다. 치유하는 힘을 포함해서 신령 마법은 지나치게 강력했다. 마치 인간이 아닌 '무언가'와 싸우기 위한 병기인 것 같은 힘이었다.

네피의 귀 끝이 크게 떨렸다.

"싸우는, 힘……?"

원래 마술은 마술사들의 소원을 이루기 위한 수단이지 파괴나 전투를 목적으로 한 힘이 아니다. 지식을 얻는 것과 힘을 키우는 것이 직결되어 있기 때문에 뛰어난 마술사일수록 강력한 것이다.

뿌리부터 싸움을 목적으로 하고 있는 자간이 이단인 셈이다.

네피도 초보이긴 해도 마술사로서 그 이론은 이해하고 있었다. 그래서일까, 충격을 받았는지 눈을 커다랗게 떴다.

——아, 그래. 자신의 힘이 다른 사람을 다치게 할 수 있는 위험한 것이라고 생각한 건가.

자간은 네피의 무릎 위에서 헛기침을 했다.

"오해하지 마, 네피. 대부분의 기술은 마술과는 반대로 전쟁 중에 발전해왔다. 전쟁이 뛰어난 대장장이를 배출해서 *단조와 주조 기술의 발전을 가져왔지. 이는 농기구와 쇠장식, 나아가 건축 기술에까지 영향을 미쳤다."

*단조: 鍛造. 금속 재료를 일정한 온도로 가열한 다음 압력을 가하여 어떤 형체를 만드는 작업.

"그렇, 군요……."

"그래. 포레의 말은 신령 마법은 그 전 단계, 다른 분야에 응용되기 전의 힘처럼 느껴진다는 거다. 그렇지?"

포레를 향해 시선을 돌리자 고개를 끄덕여 보였다.

"응. 맞아. 그래서 신령 마법은 강한 대신 세세한 일에는 어울리지 않아."

왠지 안심한 것처럼 네피의 표정이 풀어졌다.

그러더니 어째서인지 자간의 머리를 쓰다듬었다.

"후후후, 힘을 북돋워주셔서 감사해요. 자간 님은 정말 현명하신 것 같아요."

"네, 네피? 왜 자꾸 어린애 취급을."

자간이 비명을 지르자 네피는 깜빡했다며 입을 막았다.

"죄송합니다. 왠지 포레를 보고 있는 것 같아서."

사과는 했지만 자간의 머리를 어루만지는 손은 멈추지 않았다.

——뭐, 나쁘진 않지만…….

네피가 머리를 쓰다듬어주는 것은 처음이 아니지만 예전에는 손실이 좀 더 조심스러웠다. 그런데 지금은 대담하다고 할까, 온몸으로 어루만져주고 있는 것 같은 느낌이다.

자기도 모르게 만족스러운 한숨이 흘러나왔다.

"——앗! 이게 아니지!"

정신을 차린 자간은 목소리를 높였다.

——이런 모습으로는 옷을 사기는커녕 데이트 자체를 할 수 없잖아!

데이트까지 일주일밖에 남지 않았는데 이 무슨 사태란 말인가.

"고메리! 지금 우리에겐 시간이 없다. 어서 오리아스에게 연락을 취하도록 해!"

"알겠다."

고메리는 자리에서 일어나더니 머리를 깊이 숙였다. 그리고 소리도 없이 옥좌의 방을 떠났다.

◇

듬직한 심복을 배웅한 후 자간은 네피를 올려다보았다.

"그래서 말인데, 네피. 용건이 좀 생겼다. 오늘은 자리를 비워야 할 것 같으니 네피에게 성을 맡기지."

네피에게 성을 잘 지키고 있어달라는 부탁을 하는 것도 잊지 않았다.

——네피와 오리아스는 좀 더 제대로 된 상황에서 만나게 해주고 싶으니까!

그리고 무릎에서 뛰어내리자 네피도 고개를 끄덕였다.

"알겠습니다. ……아."

그 순간 네피가 깜짝 놀란 것 같은 소리를 냈다.

"무슨 일이야?"

"자간 님, 다른 〈마왕〉님을 만나러 가는데 그 차림은……."

열 살짜리 아이가 된 자간에게 평소에 입던 옷은 너무 커서 바닥을 질질 끈다……고 할까, 커다란 천에 감싸여 있는 것 같은 상태였다.

그러자 포레가 짝 하고 두 손을 마주쳤다.

"그러면 내 옷을 입을래?"

"……포레, 지금 무슨 말을 하고 있는지 아나?"

그야 크기는 맞을지도 모르지만 아무리 이런 모습이라도 여자 차림을 할 수는 없다.

네피도 고개를 옆으로 흔들었다.

"그건 그것대로 보고 싶지만 제대로 된 옷이 필요해요."

"잠깐, 네피. 보고 싶다니, 무슨 말을 하는 거냐?"

자간이 어려진 후로 네피의 말과 행동이 조금 이상해진 것 같다. 하지만 불행하게도 그 점을 신경 쓰는 사람은 이곳에 없었다.

"자간이 작아진 건 나 때문. 그러니 내가 마을에 옷을 사러 다녀올게."

포레가 씩씩하게 대답하자 네피는 걱정스럽게 귀를 떨었다.

"혼자 괜찮겠어요?"

"괜찮아."

봄은 커졌지만 알맹이는 여전히 자간과 네피의 어린 딸이다. 대화 곳곳에 묻어나는 불온한 말에 일말의 불안을 느끼면서도 자간은 말했다.

"그럼 내가 따라가지. 가는 길에 오리아스와 만나면 수고도 덜게 되니까."

아무리 오리아스라고 해도 그 자리에서 치료해줄 수 있다는 보장은 없다. 더 이상 시간을 지체하면 최악의 경우 네피와의 데이트 자체가 위험해질 수도 있다.

그 전에, 라고 포레가 말했다.

"네피."

"왜 그러시죠?"

"다리가 저려서 서지를 못하겠어."

줄곧 정좌하고 있었기 때문일까. 포레는 호박색 눈동자에 눈물을 글썽이며 그렇게 말했다.

——팔다리의 길이가 변하는 바람에 감각이 미처 따라가지 못해서 그런 것도 있겠지.

고메리의 도움 없이는 옷도 제대로 갈아입지 못할 정도다. 네피는 어쩔 수 없다는 듯 포레를 향해 달려갔다.

"나보다 커졌는데도 정말 못 말리는 아이군요."

변함없이 딸을 대하는 목소리였다.

두 팔을 뻗는 포레를 안아서 간신히 일으켜 세웠다.

나란히 서자 포레의 키는 네피보다 상당히 컸다. 머리 하나 정도의 차이는 아니지만 네피가 올려다봐야 할 정도는 되었다.

포레는 신기하다는 듯 고개를 갸웃거렸다.

"내가 더 커? 그럼 내가 엄마가 된 거야?"

"그 정도는 나이 차이는 아니에요……."

"그럼 언니?"

감동이라도 했는지 포레의 눈동자가 반짝거렸다.

그 모습에 자간도 눈을 가늘게 떴다.

——몸만 커졌지 역시 딸은 딸이군…….

생각해보니 엘프의 숨겨진 마을에서도 어린 네피에게 '언니'라는 말을 듣고 많이 좋아했었다. 평소에는 다른 사람들보다 어리고 작으니 그런 호칭을 동경하는 것인지도 모른다.

그 직후, 찌익 하고 뭔가가 찢어지는 소리가 들렸다.

"아, **또** 찢어졌어."

포레가 가슴을 편 순간, 옷의 가슴 언저리가 버티지 못하고 찢어진 것이다.

"어떻게 하지? 고메리에게 빌린 옷인데……."

어깨를 축 늘어뜨리는 포레를 보고 자간은 발뒤꿈치로 살짝 땅을 찼다. 포레의 발밑에 마법진이 펼쳐지더니 찢어진 섬유들이 가슴 부근으로 모여들어 옷을 원래 상태로 되돌리기 시작했다.

초보적인 마술이지만 포레는 '오' 하고 놀라서 외쳤다.

"자간, 방금 그거, 어떻게 한 거야?"

"……뭐야, 처음 보는 거냐? 간단한 마술이니까 나중에 가르쳐 주마."

"응. 자간, 대단해."

그러더니 자간의 머리를 마구 쓰다듬었다.

——……왠지 딸에게도 어린애 취급을 당하는 것 같은 기분이 드는데.

자간이 불만을 참지 못하고 뺨을 부풀리자 포레는 자신의 가슴을 곤혹스럽게 내려다봤다.

"그런데 왜 금방 찢어지지? 예전에는 이러지 않았는데."

아무래도 자신의 몸이 어떻게 성장했는지 아직 제대로 이해하지 못하고 있는 것 같았다.

——부모가 직접 그런 설명을 하려니 부끄럽군.

자간은 한동안 고민하다가 적당한 말을 고르듯 입을 열었다.

"음, 그게, 설명하기 좀 어려운데, 네 몸은 성장했다. 그런데……, 용이라서 그런지 고메리보다, 저기, 더 커진 것 같아."

——너무 직접적이잖아, 무슨 말을 하는 거냐!

포레는 결국 직접적으로 말하고서 머리를 싸매는 자간은 신경쓰지도 않은 채 깜짝 놀라서 눈을 휘둥그레 떴다.

"강해지면 옷이 버티지 못하는 거야? 난 몰랐어."

"아~……. 음. 뭐, 그런 셈이지."

자간은 설명을 포기했다.

네피는 손으로 입가를 가리더니 흐뭇한 얼굴로 귀를 떨었다.

"그럼 오늘은 두 사람 모두 옷을 구해야겠네요. 포레, 자간 님을 잘 부탁할게요."

그 말에 포레는 기대로 가득한 눈동자로 자간을 바라봤다.

"자간, 나 언니 노릇 잘할게!"

"그래, 기대하마."

그런 두 사람의 모습에 네피의 얼굴에도 절로 미소가 떠올랐다.

바로 그때였다. 옥좌의 방의 문을 조용히 두드리는 소리가 들려왔다.

"누구냐?"

"나다, 나의 왕."

라파엘의 목소리였다.

"아침 식사 자리에 나타나지 않아서 부르러 왔는데……, 무슨 문제라도 있나?"

충직한 집사는 옥좌의 방으로 들어오지 않고 주위를 경계하는 것처럼 그렇게 물었다.

——뭐, 라파엘이라면 괜찮겠지…….

데이트 때 입을 옷에 대한 상담까지 하는 사이다. 이럴 때야말로 솔직하게 의지해야 한다.

"라파엘, 혼자 있나?"

"그렇다."

"그럼 들어와."

라파엘은 소리 없이 문을 열더니 작은 틈 사이로 몸을 미끄러뜨리듯 옥좌의 방으로 발을 들여놓았다.

그리고 외모가 완전히 달라진 자간과 포레를 보고 눈을 커다랗게 떴다.

"이건……, 나의 왕과 포레, 가 틀림없나?"

"그래."

자간은 대충 사정을 설명했다.

"……이것 참, 일이 골치 아파졌군."

"방법이 없는 건 아니다. 〈마왕〉에게 신세를 지는 건 내키지 않지만 그 녀석이라면 어떻게든 할 수 있을 거야."

"그런, 가……."

그 표정은 이 상황 외에도 뭔가 문제를 가지고 있는 것처럼 보였다.

"라파엘, 네게도 무슨 일이 있었나?"

"……그리 대단한 일은 아닐세. 그보다."

라파엘은 자간과 포레, 그리고 네피의 얼굴을 순서대로 살펴보았다.

"아침 식사는 어떻게 할 건가?"

""""……아.""""

그러고 보니 네피는 원래 아침 식사를 하라고 부르러 왔었다.

마술사는 하루 종일 식사를 하지 않아도 아무 문제가 없지만 네피와 라파엘이 애써 준비해준 아침을 먹지 않는다는 선택지는 그들 안에 존재하지 않았다.

네피가 결심한 것처럼 말했다.

"라파엘 님. 옥좌의 방까지 가져다주실 수 있을까요?"

"물론. 그리고 옥좌의 방에 가까지 가지 않도록 부하들에게 엄명을 내려두지."

"감사합니다."

눈치 빠르게 배려해준 대답에 그들은 저절로 머리가 숙여졌다.

잠시 후, 라파엘은 세 사람의 식사를 들고 왔다.

"약 30분 후에 그릇을 치우러 오지. 그대로 놔두면 되네."

그리고 라파엘은 옥좌의 방에서 나갔다.

이 옥좌의 방에는 티타임용 작은 테이블이 있다. 각자 자리에 앉으려고 하자 네피가 자간을 번쩍 들어 자기 무릎 위에 앉혔다.

"어, 어이, 네피?"

"그 차림으로는 먹기 힘드실 거예요."

그러더니 자간을 무릎에 앉힌 채 스푼을 들었다.

"내가 먹을 수 있어!"

"안 돼요. 이제 곧 외출을 하실 거니까 이럴 때 정도는 제게 기대주세요."

그런 말을 들으니 왠지 더 강하게 나갈 수 없었다.

반론할 거리는 이것저것 더 있었지만 자간은 저항을 포기했다.

"……이번만이다."

"네!"

자간은 수프 접시를 가리켰다.

"저걸 먹고 싶다."

"네, 드세요."

네피는 즐겁게 수프를 떠서 자간의 입에 흘려 넣어주었다.

――크으으으, 기쁘지만 부끄러워!

특히 이 작은 모습이 한심하다. 좋아하는 여자에게 자신의 어린 시절의 모습을 보인 것도 모자라 어린애 취급을 당하는 것이 이렇게나 정신적으로 힘든 일인 줄은 몰랐다.

하지만 네피는 평소와 달리 기뻐 보여서 싫은 표정을 지을 수는 없었다.

……그렇게 싫으냐고 하면 꼭 그런 건 아니지만.

그 모습을 보고 있던 포레까지 거친 콧김을 내뿜기 시작했다.

"자간, 빵도 좀 먹어봐."

"어이, 왜 너까지……."

"누나 말도 들어야지!"

완고하게 '누나'라는 점을 강조하자 자간은 떨떠름한 표정을 지으면서도 입을 열 수밖에 없었다. 딸의 손에 의해 부드러운 빵이 입 안으로 들어왔다.

"맛있어?"

"네피와 라파엘이 만든 요리다. 당연히 맛있지!"

"응. 잘했어."

그렇게 말하자 포레도 만족스럽게 웃었다.

——식사 중에는 장난감 노릇이나 해주지 뭐…….

어린애 취급을 당하는 건 내키지 않지만 신부와 딸이 이렇게 기쁜 얼굴을 하고 있다. 게다가 두 사람 모두 자간을 바보 취급하는 게 아니라 기쁘게 해주려고 그런다는 것을 안다. 그러니 불평을 늘어놓을 순 없었다.

그래서 최소한의 저항으로 먹고 싶은 음식을 지정했다.

"다음은 디저트가 먹고 싶다."

"자간 님, 아직 샐러드가 남아 있어요."

응석을 받아주고 싶은 건지 아니면 엄하게 대하고 싶은 건지 잘 모르겠지만, 네피는 환한 얼굴로 디저트로 나온 푸딩을 스푼으로 떴다.

"자간, 내 푸딩도 줄게."

특별히 많이 먹고 싶은 것도 아니었지만 포레도 못 기다리겠다는 듯 스푼을 내밀었다.

——뭐, 가끔은 이런 것도 나쁘지 않겠, 지?

무릇 왕이란 예측할 수 없는 사태에도 당당한 태도를 보여야 하는 법.

옆에서 보면 거만한 아이와 응석을 받아주는 누나들의 모습으로밖에 보이지 않았지만 자간은 깊이 생각하지 않기로 했다.

◇

교회 집무실. 샤스틸이 집무를 보면서 아침 식사로 빵을 먹고 있었을 때의 일이다.

"아앙? 장로 회의라고?"

그림자 속에서 얼굴을 내밀고 아침 식사인지 뭔지 **뼈 붙은 고기**를 뜯으며 발바로스가 말했다.

오늘도 건강과는 거리가 먼 다크 서클을 달고——예전에 네프테로스가 고쳐줬지만 며칠 만에 다시 이 모양이다——목에는 무수히 많은 목걸이를 하고 있다. 덥수룩한 머리를 긁적이며 샤스틸을 수상쩍게 올려나봤다.

샤스틸은 헛기침을 했다.

"대륙 전체의 이종족이 모이는 중요한 회합의 자리다. 소란을 일으키지는 않겠지? 그리고 먹으면서 말하는 것 좀 그만둬. 예의 없이 그게 뭐야!"

"이봐이봐이봐, 샤스틸. 지금까지 널 지켜준 신사인 내가 무슨 소란을 일으킨다고 그러는 거야?"

"진귀한 종족이 있으면 잡아서 팔거나 마술에 사용할 거라고 얼굴에 다 써 있어."

"아? 그야 마술사니까 진귀한 종족을 발견하면 잡기도 하고 마술에 효과가 있는지 시험도 해보겠지."

머리가 지끈거리기 시작한 샤스틸은 한숨을 쉬었다.

이런 남자지만 자간의 악우이자 전(前) 마왕 후보 중 한 명이며 샤스틸의 호위를 맡아주고 있는 마술사다. 신용할 수는 없지만 의지할 수는 있다.

"그러니까 그걸 하지 말라고 했잖아. 난 교회만이 아니라 인간 대표로 출석해야 한단 말이다."

"예이, 베이비시터인 저는 어디든 함께 하겠습니다요."

그렇다. 이 남자의 마술은 공간을 건널 수 있다. 부르면 언제든 나타나는 대신 어디를 가도 쫓아낼 수 없다.

근본적으로 나쁜 인간은……, 아니, 근성부터 썩은 악당이긴 하지만, 그래도 아주 드물게, 백 번에 한 번 정도는 좋은 점도 있다. 하지만 평소에는 이렇게 구제불능인 남자였다.

발바로스가 히죽거리며 웃고 있을 때였다.

발바로스의 눈앞에 있는 바닥에 단검이 날아와 박혔다.

"히익?"

"아, 죄송합니다. 빗나갔네요. 다음에는 제대로 목을 떨어뜨리도록 하겠습니다."

"사과해야 할 건 그게 아닐 텐데!"

조금도 미안해하지 않는 목소리로 말한 사람은 쿠로카였다. 보아하니 서류를 들고 온 것 같았다. 문 옆에는 네프테로스와 시중을 드는 성기사의 모습도 있었다.

쿠로카의 손에는 단검 두 자루가 쥐어져 있었고, 그중 하나를 지금 당장이라도 발바로스의 얼굴을 향해 날릴 것 같은 자세를 취하고 있었다.

"이 자식, 갑자기 무슨 짓이냐!"

"엇, 그냥 청소를 하려던 것뿐인데요……?"

맹인 소녀는 초점이 맞지 않는 눈동자를 서늘하게 뜨고 고개를 갸웃거렸다.

"조심해서 말하도록 하세요, 마술사 씨. 내가 지금 여기서 당신의 목을 날리지 않은 건 어디까지나 샤스틸 님에 대한 의리 때문이니까요."

"너 도대체 마술사에게 무슨 원한이 있는 거냐?"

"눈의 빛을 포함해서 모든 것을 다 빼앗긴 원한입니다만?"

'아뿔싸, 이거 **신짜**로군'이라며 발바로스도 입을 다물었다.

쿠로카는 샤스틸과 화해했고 자간과도 우호적이지만 전(前) 아자젤로서 마술사를 미워하는 마음까지 사라진 건 아니다. 오히려 샤스틸이 마술사와 융화적인 태도를 취하고 있기 때문에 더더욱 경계심을 강화하고 있다는 면도 있었다.

네프테로스가 어이없다는 듯 말했다.

"쿠로카, 저 녀석에게 일일이 화내봤자 너만 피곤해."

"……덕분에 목숨을 건진 줄 아세요, 마술사 씨. 하지만 다음에는 어떻게 될지 몰라요."

쿠로카는 무표정한 얼굴로 그렇게 말하더니 발밑에 떨어져 있는 칼집 끝을 발로 탁 하고 차올려서 공중에서 능숙하게 납도(納刀)를 했다.

"바라던 바다! 얼마 전에 반대로 호되게 당한 걸 벌써 잊은 거냐!"

"정말……. 그만해, 발바로스. 장로 회의에 간다고 했잖아. 당신도 준비 정도는 해야지."

그러면서 말리자 발바로스는 의외라는 듯 눈을 동그랗게 떴다.

"뭐야, 따라오지 말라고 안 하는 거냐?"

"그래도 따라올 거잖아? 그럴 거면 그냥 옆에 있어줘."

"……그, 그래."

발바로스는 어떤 반응을 보이면 좋을지 몰라 이리저리 눈을 돌리더니 그대로 그림자 속으로 푹 가라앉았다. 다른 곳으로 간 모양이다. 쿠로카는 마지막까지 두 개의 꼬리를 거꾸로 세우고 위협했지만 발바로스는 이미 자리를 떠난 것 같았다.

샤스틸은 어쩔 수 없다는 듯 말했다.

"쿠로카, 그는 나를 놀리는 것뿐이다. 진지하게 상대하지 않아도 돼."

"샤스틸, 님, 무례를 무릅쓰고 말씀드리는데 그 자는 악당입니다. 그것도 악취가 코를 찌를 정도로 근성이 썩은 악당이에요. 모든 마술사가 악이라고 할 수는 없지만 성기사장인 샤스틸 님이 엮

여선 안 되는 부류의 마술사라고 생각합니다."

——어떡하지? 단 하나도 부정할 수가 없어.

압도적인 정론에 아무 말도 못하고 있자 네프테로스가 도움의 손길을 내밀었다.

"돈에 집착하는 마술사이기 때문에 보수를 받고 있는 동안에는 배신하지 않을 거야."

"그런 식으로 생각할 수도 있지만……."

쿠로카가 불만 어린 대꾸를 하자 네프테로스는 은색 머리를 흔들며 고개를 가로저었다.

"그리고 그 녀석, 보수 같은 게 없어도 샤스틸을 배반하는 일은 없을 것 같은데?"

"……? 왜지?"

샤스틸과 쿠로카가 고개를 갸웃거리자 네프테로스는 자못 당연한 일처럼 이렇게 말했다.

"왜냐니, 그 녀석, 샤스틸을 좋아하잖아?"

한순간 무슨 말을 들은 건지 이해가 되지 않았다.

——조아해? 조아(爪牙)……? 아니, 이 조아(藻雅)인가……?

도저히 이해가 되지 않아서 한동안 다양한 단어가 머릿속을 날아다녔다.

반쯤 사고가 정지된 샤스틸을 보다 못한 네프테로스가 덧붙여 주었다.

"사랑한다는 뜻이야."

"q아w세drftgy우냐lp엇?"

샤스틸은 말이 아닌 이상한 소리를 냈다.

"무, 무무무무무무슨 말을 하는 거냐, 갑자기!"

"맞아요, 네프테로스 님! 어디서든 기어 나오는 마술사가 샤스틸 님을 사랑한다니, 질 나쁜 스토커잖아요!"

"아, 아니, 그렇게 말할 것까진……."

반쯤 공황에 빠진 샤스틸을 보고서 네프테로스는 눈썹을 찌푸렸다.

"아니야?"

"당연히 아니지! 그도 그럴 것이, 발바로스잖아!"

"그게 무슨 이유야……."

네프테로스는 어이없어하며 말했다.

"그 사람, 당신과 이야기할 때는 목소리의 톤이 반음 정도 올라가고, 최근에는 당신을 성이 아닌 이름으로 부르고 있잖아. 무엇보다 당신과 이야기할 때는 징그러울 정도로 기분이 좋아 보이고."

"읏, 앗, 그, 그럴 리……."

묘하게 짚이는 곳이 떠오르자 샤스틸은 동요했다.

——그러고 보니 쿠로카의 공격을 받았을 때도 몸을 던져 구해줬지…….

보수만을 원하는 마술사는 자신의 생명을 저울에 올리는 짓은 하지 않는다.

그런데 그 당시 발바로스는 샤스틸 대신 몇 번이나 칼에 베이면서 방패가 되어주었다. 그 남자가 그런 사람이 아니라는 것은 자신도 잘 알고 있는데…….

네프테로스는 최후의 일격을 가하듯 말했다.

"게다가 아까 당신이 옆에 있어달라고 했을 때, 그 자식, 귀까지 새빨개진 거 못 봤어? 그런 걸 사랑에 빠졌다고 하는 거 아니야?"

"자, 잠깐! 거기까지만!"

샤스틸은 네프테로스의 말을 가로막았다.

"그, 그런 말을 들으면 앞으로 어떤 얼굴로 발바로스를 대하면 좋을지 모르겠잖아!"

"그럼 제가 끝장을 내고 올게요! 괜찮아요. 이래 봬도 전(前) 〈아자젤〉이라 **암살**이 특기 중의 특기거든요."

"잠깐 기다려……."

네프테로스는 훌쩍 집무실에서 나가려는 쿠로카의 목덜미를 잡아 세웠다.

"배신하지 않는다는 확증이 필요하다는 거지? 인간은 사랑하는 사람을 배신하지 않는 것 아니야?"

"음, 뭐, 그럴지도 모르지만……."

――그렇지만, 그 발바로스가, 나를?

말도 안 된다고 생각했지만 어쩐지 부정할 수 없는 무언가가 있었다.

고민에 빠져 있자 네프테로스 옆에 가만히 있던 성기사가 씁쓸하게 웃었다.

"네프테로스 님, 다른 사람들 앞에서 사랑 이야기를 꺼내면 대부분의 여성들은 당혹스러워한답니다."

"그런 거야?"

"네. 네프테로스 님에게는 그런 경험이 없으십니까?"

성기사의 말에 네프테로스는 어깨를 으쓱였다.

"없어. 내 나이는 겉모습과 똑같지 않으니까."

네프테로스는 네피의 **복제**다. 실제로는 아직 태어난 지 1년도 지나지 않았다.

그 일로 굉장히 큰 상처를 받았고 지금도 고민하고 있지만 신기하게도 그 목소리에서는 그 어떤 고통의 흔적도 느껴지지 않았다.

——그 일을 숨김없이 이야기할 정도로 마음이 정리된 건가.

그렇다면 그보다 기쁜 일은 없다.

성기사는 흐뭇하게 말했다.

"언젠가 네프테로스 님 앞에도 그 누구보다 당신을 사랑해주는 남성이 나타날 겁니다."

"그렇게 특이한 취향을 가진 사람이 있을까……."

"네. 있고말고요. 저 리처드가 보장하겠습니다."

——사랑에 흥미를 가지고 있으면서 자신을 향한 호의에는 둔감하군…….

성기사 리처드는 네프테로스가 키메라의 습격을 받았을 때 만난 순찰팀 중 한 명이다. 부상이 다 나은 후로는 네프테로스를 돌봐주고 있는데 그가 네프테로스에게 호감을 가지고 있다는 것은 샤스틸이 봐도 알 수 있었다.

그러자 쿠로카도 귀를 눕히고 한숨을 쉬었다.

"……리처드 씨, 건투를 빌게요."

동정으로 가득한 말에 리처드의 얼굴에도 씁쓸한 미소가 떠올랐다.

그런 모습을 보며 샤스틸도 호흡을 가다듬었다.

――지금은 발바로스에 대한 건 생각하지 않기로 하자.

분명 네프테로스의 착각이다.

그렇게 결론 내렸다가 문득 생각했다.

――나는 발바로스에 대해 어떻게 생각하고 있을까……?

처음으로 실연을 겪은 지 아직 일주일도 지나지 않은 샤스틸은 그 의문에 대한 답을 가지고 있지 않았다.

◇

"잠깐 기다려라, 포레."

큐아노에이데스 마을로 나온 자간은 손을 마구 잡아당기는 포레를 제지했다.

참고로 자간은 맞는 옷이 없어서 평소에 입는 옷에서 걸리적거리는 소매를 잘라내고, 그래도 남는 부분은 대충 묶어서 그럭저럭 옷 비슷한 형태로 만들어 입은 상태였다.

포레는 의아해하며 고개를 갸웃거렸다.

"왜 그래?"

"왜 그러냐니. 왜 하필 이 가게로 들어가려 하느냐 말이다!"

그곳은 단골 옷가게였다.

자간도 자주 이용하고 있고 잘 아는 점원도 있지만…….

"내 옷도 여기서 샀으니까 남자아이 옷도 있을 거야. 괜찮아."

"……네가 몰라서 그러는 거다. 그 점원이 지금의 너와 나를 보면 무서운 일이 일어날 거야."

"……? 네피는 다정하고 좋은 사람이라고 했는데."

그것도 뭐, 거짓말은 아니지만 그 점원은 이래저래 한도라는 것을 모르는 게 문제다.

그렇게 옥신각신하고 있는데 가게 쪽에서 수상쩍게 여기는 목소리가 들렸다.

"……당신들, 그런 곳에서 뭐하는 거지?"

덜컹 문을 열고 나온 사람은 초록 날개를 가진 익인족 점원, 마뉴엘라였다.

이 여자는 네피의 친구이자 자간도 신뢰하는 상대지만……, 옷에 관해서는 이성을 잃는 괴상한 성벽을 가지고 있다.

——아니, 잠깐. 지금까지 장난감 취급을 당한 건 모두 여자였지. 남자에게는 흥미가 없을지도 몰라.

뭐, 단순히 자간이 〈마왕〉이기 때문에 감히 그런 짓을 할 생각을 못한 것뿐일 가능성도 있지만.

자간이 경계하고 있자 포레는 망설임 없이 앞으로 나갔다.

"옷을 사러 왔어."

그 말에 마뉴엘라는 눈썹을 찌푸렸다.

"으, 으으음? 어, 설마……, 포레 짱?"

"응."

그제야 현재 자신이 어떤 모습을 하고 있는지 생각난 모양이다.

두 팔을 벌리고 그 자리에서 빙글 돌아 보였다.

"이만큼이나 커졌어."

가슴 부근의 트임이 또 커졌다. 자간은 재빨리 옷을 복구했다.

"그러니까 격한 움직임은 자제하라니까……."

그런 자간의 모습이 마뉴엘라의 주의를 끌었다.

"어, 그럼, 이 작은 아이는?"

"자간."

"푸핫!"

마뉴엘라는 가차 없이 웃음을 터뜨렸다.

"엇, 뭐야, 엄청 귀엽잖아! 왜 이렇게 재미……가 아니라 유쾌, 도 아니고……, 유열(愉悅)? 음~, 뭐, 됐어——재미있고 귀엽게 변한 거야?"

"포기하지 말고 제대로 말을 선택하도록 해봐!"

왜 이 여자는 금방 포기하는 걸까.

미리를 싸매고 있자 갑사기 방에서 다리가 번쩍 들렸다.

"헤헤헤, 자세한 이야기는 안에서 듣기로 하자고. 손님, 안내해 드릴게요~!"

뭐라고 하기도 전에 마뉴엘라는 자간을 인형처럼 안아 들고 가게 안으로 돌진했다. 어린아이가 되었다고는 해도 자간은 마술사였지만 할 수 있는 일은 없었다.

그제야 깨달았다.

——아아, 이 녀석, 성인 남성에게 흥미가 없을 뿐, 〈마왕〉이라는 것과는 아무 관계도 없구나…….

그렇게 가게 안으로 끌려 들어가자 당혹스럽게도 그곳에는 낯익은 얼굴이 또 하나 있었다.

"어서 오세요~!"

복슬복슬 하얀 귀를 흔들며 웃는 얼굴로 맞아준 건 호수인(狐獸人) 소녀였다.

이곳의 유니폼……이라기보다는 마뉴엘라의 취향일까, 네피처럼 원피스와 앞치마 차림이다. 단 호수인 소녀가 입고 있는 것은 레이스 프릴과 자수로 장식되어 있고 여우 귀 사이에는 팔랑거리는 헤드 드레스를 쓰고 있었다. 복슬복슬한 귀는 그것이 거추장스러운 듯이 떨리고 있었다.

"쿠우? 왜 네가 여기에……."

"응? 꼬마야, 누나가 누구인지 아니? 그렇지만 누나에게 '너'라고 하면 못써. 그랬다간 무서운 누나가 장난감으로 삼아버릴지도 모른다?"

아무래도 눈앞에 있는 아이가 자간이라는 사실을 눈치채지 못한 것 같다.

——아는 사람들이 이 모습을 보게 되는 거, 더는 못 참겠다!

그 굴욕에 비하면 여기서 '어린아이처럼' 행동하는 것은 아무 것도 아니다.

자간은 입술을 깨물며 억지웃음을 지어 보였다.

"미, 미안해, 누나. 예전에 교회에서 본 적이 있어서 그만."

푸하앗 하고 커다란 소리가 났다. 뒤를 돌아보니 마뉴엘라가 배를 잡고 괴로워하고 있었다.

——제길, 두고 보자!

아무리 네피의 친구라고 해도 그렇지 완전히 자기 하고 싶은 대로다. 그 자유분방한 모습을 보니 평소의 고메리가 떠올라 왠지 등골이 오싹해졌다.

그런 자간의 표정을 보고 무슨 생각을 했는지 쿠우는 기분 좋게 자간의 머리를 쓰다듬었다.

"그랬구나. 후후후, 그래도 미안하다고 사과할 줄도 알고 착한 아이네. ……아~, 그렇지만 웃는 연습은 제대로 해두는 게 좋겠어. 싸움을 할 때 자간 씨가 짓는 표정과 비슷해."

자간의 몸이 움찔 굳었다.

——이 녀석, 혹시 비프론스에게 조종당했을 때의 일을 기억하고 있는 건가?

이 소녀는 비프론스에게 몸을 조종당해서 끔찍한 짓을 저질렀다. 그래서 오리아스에게 기억을 지워달라고 부탁했는데 그 〈마왕〉은 '알겠나'는 대답도 하지 않았다.

기억하고 있어봤자 괴롭기만 할 기억일 텐데…….

그나저나.

——나도 웃는 게 서툴구나…….

예전에 네피가 자신의 뺨을 잡고 웃는 연습을 했던 게 떠올랐다. 신부가 했던 노력을 자신은 하지 않아도 된다는 것은 말이 안 된다.

자간은 심각한 얼굴을 한 채 자신의 뺨을 잡아당겨봤다. 표정근이 굳어 있는 줄 알았는데 어린아이가 된 자신의 뺨은 의외로 잘 늘어났다.

그때 누가 뒤에서 꽉 끌어안았다.

"으앗, 뭐야?"

무슨 생각을 한 건지 포레가 더는 못 참겠다는 듯 자간을 꼭 안고 있었다.

"귀여워."

"뭐어? 귀, 귀엽다니, 무슨 말이냐!"

포레는 항의의 목소리를 높이는 자간을 묵살하고 귀여워 죽겠다는 듯 뺨까지 비벼댔다.

그런 포레를 떼어내려고 하자 이번에는 쿠우가 또 머리를 쓰다듬었다.

"응, 그래, 남자아이는 귀엽다는 말을 듣는 걸 별로 좋아하지 않지. 그렇지만 누나는 별로 나쁘지 않다고 생각하는데? 눈앞에서 그렇게 귀여운 짓을 하면 당연히 꼭 안아주고 싶은걸."

"으으으……."

그러고 보니 예전에 네피가 어려졌을 때도 포레는 '귀엽다'고 감동하면서 꼭 끌어안았었다. 자간의 딸은 귀여운 사람을 보면 안아버리고 싶은 버릇이 있는지도 모른다.

그러다가 쿠우는 고개를 갸웃거렸다.

"응~? 그런데 왠지 묘하게 자간 씨를 닮은 것 같아. 마술사 같은 모습을 하고 있고. 혹시 친척?"

"그, 그건……."

머뭇거리는 자간의 마음도 모른 채 포레는 고개를 기울였다.

"자간은 자, 으읍."

망설임 없이 정체를 밝히려는 포레의 입을 마뉴엘라가 막았다.

"이 아이는 자간 씨의 먼 친척인 다간 군이야. 여기 있는 미인은 누나인 파라 짱. 둘 다 자간 씨의 손님이니까 쿠우도 정중하게 대해줘."

그리고 포레의 귀에 대고 작게 속삭였다.

(대충 그런 걸로 말을 맞춰줘.)

보기 드물게 분위기 파악을 해준 한마디에 포레도 고개를 끄덕였다.

그러자 마뉴엘라는 쿠우를 향해 웃어 보였다.

"그런데 아까 말한 '나쁜 아이를 장난감으로 삼아버리는 무서운 누나'는 누구를 말하는 거지?"

"**주임님**! 쿠우는 그런 말은 하지 않았어요! 나쁜 아이에게는 쿠우가 야단을 칠 거라고 말한 것뿐이에요!"

몸을 곧게 펴고 식은땀을 줄줄 흘리며 쿠우는 목소리를 높였다.

——아아, 이 녀석도 여기서 장난감 취급을 당하고 있는 건가…….

자간도 동정을 금치 못했지만 쿠우의 얼굴은 곧 다시 풀어졌다.

"그나저나 다간 군은 자간 씨의 친척이구나. 나중에 어른이 되면 자간 씨처럼 될까? 아, 그러면 지금부터라도 여자는 좀 더 부드럽게 다루지 않으면 안 된다는 걸 배워두는 게 좋겠어."

——역시 이 녀석, 그때 일을 기억하고 있군…….

자간은 맨손으로 가차 없이 심장을 꿰뚫었다. 어쩌면 기억이 지워졌어도 그 고통과 공포가 남아 있는지도 모른다.

자간은 치밀어 오르는 죄책감에 헛기침을 했다.

"음, **자간도** 신경 쓰고 있는 것 같았고 그렇게 심한 짓은 두 번 다시 하지 않겠다고 했어. 그러니까, 저, 걱정하지 마. 더 이상 아픈 일은 없을 거고 그런 짓도 하지 않을 거야."

자간에게는 최선을 다한 사죄의 말이었다.

그런데 어째서일까, 쿠우의 얼굴이 발그레하게 물들었다.

"……후우, 이 기분은 도대체 뭐지? 아, 안 돼, 쿠우. 상대는 손님이고 아직 어린아이라구."

쿠우는 동요한 모습으로 가슴을 부여잡고 서둘러 자리를 떴다. 손으로 얼굴에 부채질을 하고 있던 게 마음에 걸렸다.

——하기야 위로의 말로 잊을 수 있는 일도 아니지.

결국 싫은 기억만 떠오르게 한 건지도 모른다.

하지만 마뉴엘라는 어깨를 축 늘어뜨리는 자간은 아랑곳하지 않은 채 머리를 싸매고 있었다.

"자간 씨, 지금은 다른 사람에게 너무 다정하게 대하지 않는 게 좋을 것 같아."

"왜 내가 약간 아는 사이인 소녀에게 다정하게 대해야 하는 거지? 난 해야 하는 말을 한 것뿐이다."

"으음……. 그러니까 내 말은 평소 모습이라면 그래도 상관없지만 이렇게 자그마한 모습으로 방금 같은 말을 하면 애쓰는 모습이 너무 흐뭇하다고 할까, 나라도 사랑으로 쓰러뜨리고 싶어지니까 조심하라는 거야."

"사, 사랑으로……?"

그녀의 말은 알 것 같기도 하고 알고 싶지 않은 것 같기도 한, 머리 한쪽 구석에라도 감춰둬야 할 것 같은 말처럼 느껴졌다. 하지만 자간은 불온한 단어가 오가고 있다는 사실에 더 등골이 오싹해졌다.

——그러고 보니, 이 녀석들, 말하는 것과 행동이 쏙 빼닮았잖아…….

이 점원과 그 노파가 만나면 무시무시한 일이 일어날 것 같다.

"……조심하지."

순순히 대답하자 마뉴엘라의 입가에 씩 미소가 떠올랐다.

"그럼 옷을 골라볼까요!"

"아니, 옷은 내가 직접 고르면 돼. ……어이, 내 말 듣고 있나? 잠깐만, 그 손에 들고 있는 건 뭐지? 잠깐 기다리라고 했잖아. 더 이상 다가오지 마!"

무슨 이유에서인지 마뉴엘라는 망설임 없이 스커트와 원피스를 집어 들더니 조금씩 다가왔다.

"으흐흐, 부끄러워하니까 더 귀엽잖아. 이후에 딱히 용건도 없지? 포레 짱, 잠깐 좀 잡아줄래?"

"응. 알았어."

몸은 커졌지만 속은 여전히 순진한 포레는 마뉴엘라의 말을 조금도 의심하지 않고 자간의 어깨를 잡았다.

"그만둬, 이거 놔……. 으아아아아아아아아아아!"

몇 분 후.

명문가 아가씨처럼 프릴투성이가 된 자간이 무릎을 꿇고 앉아 있었다.

——이 여자, 이렇게까지 할 줄이야……!

평소에 옷을 사는 건 자신과는 관계없는 일이고 네피만 이런 일을 당하지 않으면 아무 문제도 없기 때문에 딱히 신경 쓰지 않았는데, 막상 자신이 당해보니 이 정도일 줄은 몰랐다. 거의 재난 수준이다.

"음하하하하! 내 눈은 정확해. 역시 당신은 옷걸이가 좋다니까! 자신에게 좀 더 자신감을 가지도록 해!"

"무슨 자신감? 웃기지……."

항의하는 말에도 더 이상 힘이 없었다.

그러자 포레가 고개를 갸웃거렸다.

"마뉴엘라, 이건 여자아이 차림. 장난은 안 돼."

포레가 뺨을 부풀려 보이자 마뉴엘라는 오히려 눈을 반짝였다.

"포레 말이 맞아. 어른이 되었는데도 이렇게나 사랑스럽다니. 그렇지만 잘 봐. 지금 자간 씨의 모습, 한없이 귀엽지 않아?"

"귀여워. 그렇지만 자간이 곤란해하잖아. 그러니까 안 돼."

의연하게 말하는 딸의 모습에 자간도 가슴이 뜨거워졌다.

마뉴엘라도 감동했는지 눈가를 훔쳤다.

"응, 그래. 포레 짱의 말이 맞아. 포레 짱은 겉모습만이 아니라 마음도 누나가 되었구나."

"누나……! 응, 난, 누나."

포레는 발그레해진 얼굴로 가슴을 폈다.

——그런 점이 아직 어린아이라는 건데……. 뭐, 괜찮겠지.

자간은 딸이 너무 사랑스러워서 아무 말도 하지 않기로 했다.

그러자 마뉴엘라가 다시 자간의 어깨를 덥석 잡았다.

"조금이지만 원하는 대로 놀았으니 나도 만족했어. 슬슬 진지하게 옷을 골라볼까."

그러더니 그 자리에서 자간을 한 바퀴 돌렸다.

그러자 어떻게 된 걸까. 자간의 옷이 프릴이 잔뜩 달린 것에서 깔끔한 재킷과 바지로 바뀌었다. 목에 리본 형태의 넥타이가 있는 귀족 가문의 적자가 입을 법한 의상이다. 장치해둘 수 있는 마술의 수는 격감하지만 보기 좋은 차림이라고 생각한다.

자간은 새로 입은 옷을 만져봤다.

——원래는 네피와의 데이트 때 입을 옷을 골라달라고 할 생각이었는데…….

이 옷을 크게 만들면 데이트 때 입고 가도 별로 무리가 없을 것 같다. 그보다 과연 원래 모습을 되찾은 다음 옷을 사러 갈 시간이 있을까.

하지만 마뉴엘라는 눈 깜짝할 사이에 이렇게 괜찮은 옷을 골라주었다.

포레가 눈을 반짝이며 박수를 쳤다.

"마뉴엘라, 역시 유능해."

"우후후, 그렇지, 그렇지? 좀 더 칭찬해도 돼!"

익인족 점원은 점점 더 거만해졌지만 확실히 실력 하나는 최고다. 자간도 무슨 일이 일어난 건지 감이 잡히지 않았다. 그는 경계심을 담아 물었다.

"……너, 사실은 마술사지?"

"난 평범한 옷가게 점원인 마뉴엘라, 그 이상도 이하도 아니야. 그보다 포레 짱은 어때?"

어느새 포레도 옷을 다 갈아입은 상태였다.

포레는 드레스풍의 원피스 위에 가벼운 갑옷을 입고 있었다. 그 두 가지를 위화감 없이 잘 조화시킨 모습에 자간도 감탄을 금할 수 없었다.

포레는 빙글 돌아보더니 고개를 끄덕였다.

"조금 갑갑하지만 의외로 움직이기 편해. 그렇지만 갑옷은 내게 무의미. 걸리적거리기만 해."

아직 어린 용이지만 포레의 피부는 용의 비늘에 의해 보호를 받고 있다. 인간의 모습을 하고 있어도 마술적인――모습이 변해도 마력의 크기는 변하지 않는 것과 똑같다――강도는 그대로라서 웬만한 칼이나 마술로는 상처 하나 입히지 못한다.

하지만 마뉴엘라는 고개를 가로저었다.

"아니야. 포레 짱, 몸이 커지면서 가슴이 무거워졌지?"

포레의 눈이 동그래졌다.

"어떻게 알았어?"

"보면 알아. 가슴 크기가 포레 짱 정도 되면 어깨에도 부담이 가고 움직이는 데도 거추장스럽지? 그렇지만 호구(護具) 같은 갑옷을 입고 있으면 흔들림이 경감되어서 어깨에 가해지는 부담도 가벼워져. 옷 위에 입는 속옷이라고 생각하면 돼."

"그렇구나. 마뉴엘라, 역시 유능해."

포레는 순수하게 감탄했지만 대화를 듣고 있던 자간은 얼굴이 새빨개졌다.

——이상한걸. 속옷이라는 말을 듣기만 했는데도 왜 이렇게 동요하는 거지?

그야 네피가 입고 있는 속옷 이야기라면 평상시에도 동요하겠지만 상대는 딸이다. 아무리 어른이 되었어도 그런 눈으로 보는 것은 있을 수 없는 일이다.

그 순간 예전의 네피가 떠올랐다

——정신이 몸의 영향을 받고 있는 건가……?

네피도 어려졌을 때 정신까지 어려졌었다. 자간에게도 그와 동일한 증상이 나타나고 있는 건지도 모른다.

아무래도 느긋하게 있을 시간은 없을 것 같다.

그때 가게의 문이 열렸다.

가게 안에 있으면서도 멀찍이서 이쪽을 바라보고 있던 쿠우가 즉시 반응했다.

"어서 오세요~! 앗, 고메리 씨, 안녕하세요!"

"음. 오늘도 사랑의 보람이 있는 얼굴을 하고 있구나."

"무슨 뜻인지 모르겠지만 감사합니다!"

새로 온 손님은 고메리였다.

——응? 쿠우 녀석, 고메리와 아는 사이였나?

고메리는 손을 살짝 들어 쿠우에게 인사를 하더니 곧장 자간을 향해 시선을 돌렸다. 그리고 그대로 가까이 걸어오는가 싶더니 마뉴엘라 앞에서 걸음을 멈췄다.

"어서 오세요, 동지, 고메리."

"음. 나의 왕에게 옷을 골라주느라 수고 많았다, 동지, 마뉴엘라."

경례를 나누는 두 사람을 본 자간은 말문이 막혔다.

──아, 이 마을은 이젠 틀렸어…….

'동지'니 어쩌니 하는 걸 보니 이 두 사람은 이미 지인 정도의 차원을 넘어선 것이리라. 만나선 안 되는 두 사람이 이미 결탁하고 있었던 것이다.

그런 사실에 새파랗게 질려 있자 그제야 고메리의 시선이 자간을 향했다.

"역시 여기였나. 옷을 고르는 것도 무사히 잘 끝난 것 같군. 나도 스승님과 연락이 닿았다."

"아~, 음, 수고 많았다."

어두운 표정으로 고개를 끄덕이자 고메리는 자신만만하게 가슴을 폈다.

"이런, 나의 왕이 그렇게 어두운 얼굴을 하고 있으면 안 되지. 나와 스승님이 있지 않나. 반드시 그대를 원래 모습으로 되돌려 놓을 거다. 그러니 마음 푹 놓고 있도록 해."

자간과 포레는 그런 고메리의 손에 이끌려 가게를 뒤로했다.

과연 그 앞에 기다리고 있는 것은──.

◇

"——멍청한 제자 때문에 거듭 사과하겠네."

오리아스는 얼굴을 보자마자 머리를 깊이 숙이면서 그렇게 말했다.

오늘도 깊숙이 눌러쓴 후드에 커다란 로브를 걸쳐서 체격이 어떤지 가늠할 수 없는 모습이었지만, 그 정체는 네피와 똑같은 하이 엘프다. 현존하는 하이 엘프는 그녀들 두 사람과 네프테로스 정도밖에 없다.

고메리의 스승이니 자신의 육체 나이를 조작하는 일 정도는 아무것도 아닐 텐데 후드 사이로 보이는 입가는 노파의 모습이고 목소리도 쉬어 있었다.

덧붙여 고메리는 머리에 커다란 혹을 달고 아우아우 신음을 흘리고 있었다. 만나자마자 주먹이 날아들었기 때문이다.

"아니, 이번 일은 내 부주의도 있어. 이 녀석 혼자만의 책임이라고는……."

"더 이상 응석을 받아주지 말게. 예전에 숨겨진 마을에서 저지른 일도 있잖나. 게다가 이 멍청한 제자는 우왕좌왕하는 자네를 마술로 지켜보면서 히죽거리고 있었단 말이다."

"좋아. 아주 혼쭐을 내줘."

자간 안에서 동정심이 사라졌다.

"나의 왕, 내게 조금만 더 다정하게 대해준다고 벌을 받는 것도 아니지 않나?"

"네 평소의 행실을 돌아보고 말해."

"설마 또 저지른 일이 있는 거냐?"

두 〈마왕〉이 노려보자 노파(미녀)도 정좌하고 앉아서 침묵할 수밖에 없었다.

"어째 아침부터 계속 정좌만 하고 있는 것 같은 느낌이……."

자간은 불만스럽게 웅얼거리는 노파를 묵살하고 오리아스와 마주 보고 섰다.

"고메리에게 이야기는 들은 것 같지만, 마술에 실패해서 이 모양이 되었다. 원래 모습으로 돌아갈 방법을 찾고 있는데 뭔가 아는 건 없나? 물론 그에 상응하는 답례는 하지."

거듭 머리를 숙이자 오리아스는 어깨를 으쓱였다.

"섭섭하게 무슨 말인가. 자네에게는 이미 빚이 있다. **딸아이**를 행복하게 해준, 아무리 갚아도 다 갚을 수 없는 빚이 말이야."

그리고 이어서 포레를 봤다.

"이쪽은 전에 본 그 용이군. 자네의 양녀라고 들었는데."

"윌 포레. 포레라고 불러줘."

"그러면 난 '**할머니**'라고 부르도록 하거라."

"알았어. 그랜드마."

포레가 진지한 얼굴로 그렇게 대답하자 오리아스는 당황한 것처럼 콧등을 긁적였다.

"……미안하구나, 그냥 농담으로 한 말이었는데."

알기 쉬운 농담에 자간 역시 자기도 모르게 쓴웃음을 지었다.

——이 사람, 늘 사과만 하는군…….

오리아스는 나름대로 배려를 한 모양이지만 실패한 것 같다.

그런데 포레는 고개를 갸웃거렸다.

"오리아스는 네피의 마마. 그러면 내 그랜드마. 하나도 이상하지 않아."

그 말에 오리아스는 깜짝 놀라서 입을 반쯤 벌리더니 미소를 지었다.

"**네피**는 참 솔직한 딸을 가졌구나."

그러더니 입술을 꾹 다물고 자간을 쳐다본다.

"그럼 일단 한번 살펴볼까. 두 사람 다 오른손을 보여주게."

시키는 대로 자간과 포레는 오른손을 내밀었다. 두 사람의 손등에는 역시 〈마왕의 각인〉이 떠올라 있었다.

"……흠. **똑같은 표식**인 것 같군."

"무슨 뜻이지?"

오리아스는 그 물음에는 대답하지 않고 〈각인〉을 만지거나 가까이 끌어당겨 관찰했다. 그러더니 한동안 신음하듯 중얼거렸다.

"꽤 골치 아픈 상태인 것 같아. 이렇게 복잡하게 새겨진 저주는 처음 보는군."

"당신도 고치기 힘들 정도인가?"

"……결론부터 말하면 맞아. 미안하네."

오리아스가 머리를 깊이 숙이자 자간은 서둘러 고개를 옆으로 흔들었다.

"어서 고개를 들어. 당신이 사과할 일이 아니잖아."

그렇게 말하자 오리아스는 어쩔 수 없다는 듯 머리를 숙이고 이렇게 말했다.

"일단 알고 있는 범위만이라도 대답하도록 하지. 우선 자간, 자네의 〈각인〉은 거의 힘을 잃었어. 내 〈각인〉으로 힘을 억눌러도 자네에게만 그 효과가 나타날 걸세."

포레에게도 〈각인〉이 나타났지만 본체는 어디까지나 자간. 포레에게 유출된 힘에는 효과가 없다는 뜻이다.

"그리고 포레, 넌 아마 용 중에서도 아주 희귀한 핏줄을 가진 아이일 터. 네 안에 있는 힘은 신화 시대의 힘이다. 즉 말 그대로 '신과 같은 힘'. 지금 있는 〈마왕〉들을 간단히 쫓아낼 수 있을 정도의 힘이지."

그렇군, 하고 자간은 고개를 끄덕였다.

"포레의 아버지는 현룡 오로바스다. 그 용은 신화 시대부터 살았다는 이야기가 있지. 그 또한 납득이 가는 이야기군."

그 대답에 오리아스는 보기 드물게 눈을 커다랗게 뜨고서 경악했다.

"세상에……. 어떻게 그리 기구한 일이. 나 역시 운명이라는 것을 믿고 싶어지는군."

"무슨 의미지?"

오리아스는 부드러운 눈으로 포레를 보며 이렇게 말했다.

"〈최장로〉 마르코시어스는 현룡 오로바스의 맹우였단다."

포레가 숨을 삼켰다.

——이곳, 왠지 그리운 느낌이 들어——

마르코시어스의 거성(居城)——마왕전. 그곳에 포레를 처음 데려갔을 때 그녀는 그렇게 말했었다. 마왕전에는 용의 술식을 사용한 장치가 무수히 많이 존재했다.

어쩌면 그가 가졌던 〈마왕〉의 힘은 현룡에게서 얻은 것인지도 모른다.

"이건, 우연인가……?"

"글쎄. 마르코시어스의 〈각인〉을 이은 자간이 오로바스의 딸을 양녀로 삼았다. 사전에 계획된 일이 아닌지 의심할 만도 하지."

그리고 다시 포레를 봤다.

"원래 하던 이야기로 돌아가서, 포레, 네 힘은 오랜 세월과 함께 조금씩 풀려났어야 했는데 그 힘을 억지로 끌어낸 게 바로 지금의 상태다. 무한정 솟아나는 우물의 물이 한꺼번에 흘러나와서 주위에 홍수가 난 것과 같은 셈이지."

"나, 때문……."

역시 책임을 느꼈는지 고개를 숙이는 포레를 보고 오리아스는 고개를 가로저었다.

"그건 결과론이다. 진정한 의미에서 네 힘이 폭주했다면 자간도 내 바보 제자도 살아 있지 못했겠지. 그러니 이것도 하나의 결말로 받아들이고 좋은 공부를 했다고 생각하도록 해. 그게 바로 어린 네가 짊어져야 하는 책무다."

다정하면서도 엄한 말에 포레도 힘주어 고개를 끄덕였다.

——이런 말은 원래 내가 해줬어야 했는데.

몸이 작아지는 바람에 동요했다는 건 이유가 되지 못한다. 자신의 미숙함을 절실히 깨달았다.

오리아스는 부드럽게 웃으며 말을 이었다.

"자, 설명한 대로 지금 넌 수문이 망가진 수류(水流)다. 수문의 열쇠는 〈마왕의 각인〉인데 그것도 함께 떠내려가고 말았지. 이것을 막으려면 새로 수문을 만들거나 수문의 열쇠를 찾아야 하는데 그 어느 쪽도 쉬운 일이 아니야."

막연하지만 자간에게도 저주의 윤곽이 보이기 시작하는 것 같았다.

——그 이야기는, 억지로 '통로'를 열면 나보다 포레가 더 위험하다는 건가.

수문이 망가진 호수에서 수원을 앗아가면 호수는 말라버린다. 그렇지만 수류를 막지 않으면 아무것도 못한다. 오리아스조차 손을 쓰지 못할 정도다.

그러나 오리아스의 이야기는 아직 끝나지 않았다.

"하지만 상황이 이렇게 된 것에는 자간의 〈각인〉을 사용한 것 또한 이유일 수가 있지."

"무슨 말이지?"

오리아스는 대답 대신 오른손을 내밀었다.

"이게 바로 나의 〈각인〉이다. 자네의 것과는 조금 형태가 다르다는 걸 알 수 있겠나?"

"그래."

예전에 비프론스의 〈각인〉을 봤을 때부터 어렴풋이 느끼고 있었다.

언뜻 보면 똑같은 것 같지만 자간과 오리아스의 〈각인〉은 세부적인 부분이 묘하게 달랐다. 예를 들면 똑같은 문양 안에 다른 기호가 들어 있거나 하는, 그런 차이 말이다.

자간은 고개를 끄덕였다.

"이것과 조금 비슷한 것을 알고 있다. 교회의 성검이다. 거기에 새겨져 있는 건 신령 언어라고 하던데."

"역시 대단하군. 맞아. 그리고 이 〈마왕의 각인〉도 신령 언어로 이루어진 '회로'의 일종이라고 할 수 있겠지. 암호라고 하는 게 더 비슷할지도 모르겠군. 하지만 나 역시 이것을 재현하는 건 어려워."

〈마왕〉도 재현하기 힘들 정도로 고도의 기술이라는 대답에 자간의 눈도 휘둥그레졌다.

"그래도 시간도 때울 겸 이 '암호'를 풀어보려고 했지. 나야 어차피 시간이 남아도니까."

"뭐가 적혀 있었지……?"

"별것 아니야. 봉인, 힘, 잇는다, 신, 마(魔), 대충 그런 것들. 의미를 가진 말은 그 정도이고 나머지는 나도 이해할 수 없는 것투성이더군. 다만……."

오리아스는 잠깐 말을 멈추더니 자간의 눈을 가만히 바라봤다.

"〈각인〉 속에 '오른손'을 의미하는 말이 있었다."

자간이 아는 한 〈마왕의 각인〉은 모두 오른손에 깃들어 있다.

무슨 의미가 있는 걸까?

"음. 나도 꼭 오른손이어야 하는 이유라도 있나 생각했지만 아무래도 그건 아니었던 것 같아."

어쩐지 의미심장한 어조로 그렇게 말한 오리아스는 자간의 〈각인〉을 가리켰다.

"나의 〈각인〉에는 '오른손'이라고 되어 있는 부분이 자네의 〈각인〉에는 '심장'이라고 되어 있어."

자간의 눈이 휘둥그레졌다.

오리아스는 조용히 고개를 끄덕였다.

"마술사에게 '심장'이라는 장기는 단순히 생명의 요체가 아니라 거대한 마력을 만들어내는 마력로(魔力爐)이기도 하다. 즉 자간, 자네의 〈각인〉은 열세 명의 〈마왕〉 중에서도 아주 강력한 마력을 만들어내는 것이었을 가능성이 높아. 바로 그 〈최장로〉의 〈각인〉이니까."

경악할 만한 사실이었지만 자간은 다른 점이 더 신경 쓰였다.

——심장에, 오른손……. 전부 몸의 일부다.

그렇다면 비프론스의 〈각인〉에는 다른 팔다리나 눈 같은 곳이 적혀 있는 건 아닐까.

그 사실에서 도출할 수 있는 것은——

"즉 〈마왕의 각인〉에는 역시 마신의 몸이 봉인되어 있는 건가."

그렇다면 자간의 〈각인〉에는 마신의 심장이 봉인되어 있는 셈이다. 마신의 심장은 무한한 마력로나 마찬가지다. 비프론스의 예측이 틀리지 않았다는 뜻이다.

그런데 오리아스는 의아해하며 말했다.

"마신……? 아아, 자네는 '그것'을 그렇게 부르고 있군. 음, 알기 쉽긴 하네."

――그러고 보니 '마신'이라는 이름은 비프론스가 먼저 꺼냈던 말이다.

그것은 단순한 호기심에서 나온 말이었다. 거기에서 어떤 의미를 느낀 것도 아니었다. 정말로 한담이라도 나누는 듯한 물음이었던 것이다.

"당신은 그것을 뭐라고 부르고 있지?"

"나 말인가? 그냥 '그것'이라고 부르고 있지. 애당초 이름을 입에 담을 기회 따위는 거의 없으니까. 아, 맞다, 그래도……."

오리아스는 옛날 일을 생각하는 것처럼 말했다.

"마르코시어스는 그것을 이렇게 불렀지――원초의 마왕――이라고."

그것이 무엇을 의미하는지는 모른다.

하지만 이 표식은 분명 그렇게 불리고 있는 것이다.

마신이 아니라 〈**마왕의** 각인〉이라고.

――왠지 전제 자체가 잘못 된 것 같은 위화감이 드는군…….

그것을 명확하게 말로 표현하기에 자간은 이 〈각인〉에 대해 아직 모르는 것이 너무 많다.

비프론스 정도 되는 〈마왕〉도 신령 마법 하나를 연구하는 데에 몇 백 년이라는 세월이 걸렸다. 신참인 자간의 몇 개월밖에 되지 않는 노력으로 〈마왕〉의 진리에 대해 알기에는 아직 한참 멀었다.

이야기가 끝나자 그제야 오리아스는 어깨에서 힘을 뺐다.

"나도 자네들의 저주를 푸는 방법을 찾아보겠지만 너무 기대하지는 말게. 하이 엘프에 불과한 내게 신화의 힘은 너무 버거우니까."

"아니, 오히려 고맙지."

자간이 감사하며 말하자 오리아스는 조용히 말을 이었다.

"맞다, 자간, 류카온이라는 섬나라에 대해 알고 있나?"

"알고 있지. 안 그래도 최근에 그곳 출신인 지인이 생긴 참이야."

"그렇군, 정말 다행이야."

오리아스는 말했다.

"지금 내가 해줄 수 있는 마지막 조언이다. 류카온에 희망을 걸어보게. 그 나라에는 이 대륙에서는 사라진 힘도 몇 가지가 남아 있어. '신기(神器)'라 불리는 성검과 흡사한 제기(祭器) 같은 것도 유명하고. 어쩌면 저주에 관한 고대의 힘이 남아 있을지도 몰라."

류카온에는 마술과 다른 힘이 존재한다는 이야기는 자간도 들은 적이 있다. 고메리도 그것을 선택지 중의 하나로 포함시켜두었었다.

——마냥 앉아서 기다리기만 하는 것보다는 훨씬 낫겠지.

자간은 고개를 끄덕였다.

"대륙 이종족 장로회의라는 걸 알고 있어?"

"이래 봬도 엘프다. 이름 정도는 들어서 알고 있지."

"류카온 사람들도 그곳에 올까?"

"물론 오지. 가장 중요한 참가자 중 하나니까."

"실은 그곳에 참가해달라는 초대를 받았다. 어떤 이들이 오는지는 모르지만 그곳에 얼굴을 내밀어볼까 하는데."

그 말에 반응한 사람은 고메리였다.

"뭣이라? 왜 내겐 말해주지 않은 거냐! 대륙 전체의 이종족을 사랑으로 쓰러뜨리다니, 생각만 해도 침이……."

흥분하는 고메리를 오리아스가 차가운 목소리로 나무랐다.

"이 바보가! 너는 나와 저주를 풀 방법을 찾는 거다. 이 칠칠맞지 못한 것."

"이, 이번 한 번만 봐주십시오! 회의에서 돌아오면 반드시 협력하겠습니다. 그러니 적어도 하룻밤만이라도!"

"내가 그걸 허락할 만큼 네가 내게 성실했더냐?"

"마귀 할멈!"

자간과 포레는 비명을 지르는 고메리를 두고 성으로 돌아갔다.

◇

"——그나저나 정말 다행이지 뭐예요. 〈마왕〉님, 전의 그 회의에는 전혀 관심이 없으신 것 같더라구요."

성의 주방에서 셀피는 즐겁게 수프를 저으며 말했다. 무척 기분이 좋아서 콧노래가 절로 나왔다.

그러자 뒤에서 메인인 고기 요리를 조리하고 있던 상사 라파엘이 신음을 흘리듯 말했다.

"어리석긴. 나의 왕은 다망하기 때문에 사소한 일에 신경 쓰지 못하는 것뿐, 그것이 네가 용서 받을 이유가 된다고 생각하는 거냐?"

"음, 대리인이 갈지도 모르니까 쓸데없이 들뜨지 말라는 뜻이죠? 괜찮아요. 〈마왕〉님은 정말 흥미가 없어 보였고, 오히려 저쪽에서 무서워할지도 모르니 사양하자는 분위기였잖아요?"

라파엘은 얼굴이나 말, 행동은 무섭지만 막상 이야기해보니 좋은 사람이었다.

아니, 지금까지 셀피가 만난 인간 중에서도 손에 꼽히는 인격자라고 할 수 있다. 그를 제외하면 인격자는 이곳의 신부인 네피 정도밖에 떠오르지 않는다.

——일도 꼼꼼하게 잘 가르쳐주고 잘 해내면 칭찬도 해주고.

그가 하는 말도 나중에 진정하고 생각해보면 틀린 말은 하나도 없었다. 뭐라고 할까, 말주변이 없다고 할까, 뭔가 엇갈리는 것뿐이다.

——그런 점이 고향 친구와 비슷하다니까!

셀피에게도 친구 한 명 정도는 있다. 고향을 뛰쳐나온 후 연락을 주고받지는 않았지만 사이좋게 지냈던 소꿉친구가 이렇게 말과 행동이 서툰 소녀였다.

나머지는 노래를 부르게 해주면 만족이다.

라파엘은 조소 어린 목소리로 말을 이었다.

"흠. 너도 나의 왕이 얼마나 넓은 아량을 가지고 있는지 알게 된 것 같군. 나의 왕은 진정한 야망을 위해 어리석은 백성들을 단순히 멸하는 것뿐만 아니라 길들이는 방법도 숙지하고 계시다."

"진정한 야망……. 아, 네피 씨를 말하는 거군요. 뭐, 그렇죠. 그렇게 허구한 날 닭살 떠는 모습을 보게 되면 무서운 것도 무서워할 수가 없다고 할까."

그 집사에 그 〈마왕〉이라고 할까, 두 사람 모두 똑같이 헷갈리기 쉽게 말하기 때문에 골치가 아프지만 〈마왕〉은 비교적 알기가 쉽다.

특히 연인인 네피와 이야기할 때, 말주변이 좋지 못해서 우왕좌왕하는 모습은 위엄이나 공포와는 거리가 먼, 흔히 볼 수 있는 서툰 오빠, 그 이상도 이하도 아니다.

——그렇지만 주먹 한 방에 호화 여객선을 산산조각 내기도 한단 말이죠…….

즉, 그가 장난삼아 셀피의 머리를 살짝 쥐어박기라도 하면 그 자리에서 저세상으로 갈 수도 있다.

그런 면은 역시 〈마왕〉이라고 생각하지만, 다른 〈마왕〉들도 모두 자간 같은 인간이라면 이 세상에서 싸움 따위는 없어지지 않을까 싶다.

"어이!"

혼자 흡족해하고 있는데 라파엘이 목소리를 높여 불렀다.

가만히 살펴보니 귀신 같은 형상을 한 집사가 자신을 노려보고 있었다.

"히익, 건방진 생각을 하고 있던 게 들킨 건가요?"

"너무 끓였다. 어서 냄비를 불에서 내려놔."

"아, 네. ……음~, 어떻게 할까요? 살짝 달콤한 게 좋을까요?"

재빨리 젖은 행주 위에 냄비를 내려놓고 식혔다. 불에서 내려놓아도 한동안은 남은 열로 익지만 이렇게 하면 경감시킬 수 있다. 셀피는 수프를 작은 접시에 따라서 맛을 보더니 고개를 갸웃했다.

라파엘도 맛을 보더니 고개를 옆으로 흔들었다.

"아니, 이것으로 됐다. 메인 요리인 고기는 맛이 진하니까 곁들이는 수프는 이 정도 맛이 딱 좋아. 아주 잘했다."

"와~, 라파엘 씨에게 칭찬 받았다!"

두 손을 들고 기뻐하고 있자 키가 큰 수인(獸人)이 주방으로 들어왔다.

"실례합니다. 시간이 남는데 제가 도와드릴 일이 있을까요?"

복슬복슬한 갈기를 가진 사자 얼굴을 한 수인은 키메리에스.

고베리와 마찬가지로 자간이 심복으로 곁에 두고 있는 이 성에서도 1, 2위를 다툴 정도로 강력한 마술사다. 하지만 천성은 아주 착해서 가끔 나서서 주방 일을 도와주기도 한다.

라파엘이 즉시 고개를 끄덕이며 지시를 내렸다.

"음, 마침 잘 와주었다. 이쪽은 다 마무리 되었으니 사람 수에 맞춰 접시를 준비해주게."

"네. 아, 셀피 씨, 그건 무거우니까 제가 들겠습니다."

"감사합니다, 키메리에스 씨. 오늘 수프는 라파엘 씨도 칭찬해준 자신작이에요!"

"그거 아주 기대되네요."

사자의 얼굴에 미소가 떠오르더니 이내 고개를 갸웃거렸다.

"자간 씨와 포레 아가씨 식사는 어떻게 할까요? 오늘은 외출하신 것 같습니다만."

"언제 돌아오실지 모르지만 일단 준비는 해두도록 해."

키메리에스는 재빨리 집사의 지시에 따라 움직였지만 이내 상황을 살피는 것처럼 물었다.

"……그런데 오늘 무슨 일이 있었습니까? 자간 씨뿐만 아니라 고메리 씨도 보이지 않는데요."

"음……. 자네라면 나의 왕이 직접 가르쳐주겠지만 문제가 좀 생겼다. 고메리는 왕의 보좌로 동행 중이고."

그 대답에 키메리에스는 머리를 싸맸다.

"……고메리 씨, 이번에는 무슨 짓을 저지른 겁니까?"

"그렇지만 꼭 고메리 언니가 원인이라고는 할 수 없는 것 아니에요?"

다른 마술사들에게는 골치 아픈 노파 취급을 받는 고메리지만 셀피는 좋은 사람이라고 생각하고 있었다. 과자도 잘 주고 셀피가 기뻐하고 있으면 생글생글 웃는 얼굴로 그런 셀피를 바라봐줬다.

하지만 가장 가까운 친구인 키메리에스는 험악한 표정으로 고개를 옆으로 흔들었다.

"아니, 자간 씨라면 이런 일이 있을 때 제게도 말씀해주실 겁니다. 그러지 않았다는 건 고메리 씨 일로 제가 책임을 느끼지 않도록 배려해주신 거라고 생각합니다. 뭐, 단순히 말할 시간도 없었던 건지도 모르지만요."

그리고 마지막으로 쐐기를 박듯이 이렇게 말했다.

"그리고 어제, 고메리 씨가 네피 씨에게 야단을 맞았습니다. 네피 씨가 화가 난 걸 보면 그럴 만한 짓을 저지른 게 분명해요."

"……아~."

더 이상 대꾸할 말이 없었다.

셀피 역시 네피의 화난 모습은 상상이 되지 않았다. 그런 네피를 화나게 만들었으니 보통 일은 아닐 것이다.

그러고 나서 키메리에스는 라파엘을 향해 시선을 던졌다.

"그러고 보니 라파엘 씨, '그 일' 말인데, 자간 씨에게 상담해보셨습니까?"

"음……. 그게, 바쁘신 것 같아서 아직 말씀드리지 못했네."

라파엘답지 않게 불분명한 말에 셀피도 '어라?'라고 생각했다.

"무슨 일이라도 있었어요?"

"별일 아니다. 너와는 상관없어."

"에이, 알고 싶어요! 같은 주방 동료잖아요. 저만 따돌리는 건 너무해요. 가르쳐주세요~!"

셀피가 전력을 다해 떼를 쓰자 어째서인지 키메리에스가 미안한 표정을 지었다.

"죄송합니다, 라파엘 씨. 제가 경솔한 짓을……."

"아니, 괜찮네. 딱히 숨길 이야기도 아니고."

그리고 라파엘은 어쩔 수 없다는 듯 말했다.

"최근 들어 기묘한 꿈을 계속 꾸고 있다. '어떤 용'에 대한 기억이지."

"용이라면 포레 아가씨 같은 용 말인가요? 왜 인간인 라파엘 씨가?"

"……어떤 사정이 있어서 내게는 용의 피가 흐르고 있다. 이렇게 빈번하게 꾸는 걸 보면 그 용이 무언가를 전하려 하는 게 아닐까 싶은데."

그렇군요, 하고 셀피는 고개를 끄덕였다.

"그래서 포레 아가씨가 라파엘 씨한테 찰싹 달라붙어 있는 거군요!"

""……….""

라파엘과 키메리에스가 바보라도 보는 듯한 눈으로 바라봤다.

"뭐, 어차피 꿈이다. 굳이 나의 왕이 어려운 문제를 안고 있는 지금이 아니어도 돼."

이 집사는 안 그래도 말주변이 없다고 할까, 말로 표현하는 데 능숙하지 못한 사람이다. 셀피조차도 '이 사람, 혼자 이것저것 다 끌어안고 있다가 쓰러지는 건 아닐까'라고 걱정할 정도다.

그러다가 셀피가 '앗' 하고 소리를 높였다.

"꿈에 대한 거라면 제 친구 중에 릴리스라는 아이가 잘 알아요."

"세이렌은 굳이 말하자면 영원한 잠을 주는 종족이 아닌가?"

"아니에요. 릴리스 짱은 몽마(夢魔)라는 종족으로 사람의 꿈속에 들어가거나 그 꿈에 장난을 칠 수 있어요. 저도 낮잠을 자다가 마술사에게 죽는 꿈을 꾼 적이 있는데 깨어보니 언니가 제 머리를 힘껏 때리고 있더라구요!"

"맞았기 때문에 그런 꿈을 꾼 게 아닐까……?"

라파엘은 어이없다는 듯 말했지만 이내 씁쓸한 미소를 지었다.

"다음에 기회가 있으면 부탁해보지."

"그렇지만 사실 본가 쪽에 있는 친구라서 만날 기회가 별로 없어요. 게다가 이젠 서먹해져서 본가에 얼굴도 못 내미는 걸요!"

그래서 한층 더 자간이 장로회의를 무시해준 게 고마웠다.

아하하, 하고 웃고 있을 때였다.

"라파엘! 셀피 녀석이 거기 있나!"

왠지 낯익은 말투, 하지만 모르는 아이의 목소리가 들렸다.

뒤를 돌아보니 열 살 정도 되는 남자아이가 문을 걷어찰 듯한 기세로 주방을 향해 뛰어 들어오는 참이었다.

어떤 좋은 가문의 적자라도 되는 걸까. 귀족처럼 깔끔한 셔츠와 재킷을 입고 있는 게 마술사와 가까운 사람으로는 보이지 않았다. 혹시 납치당한 걸까? 누군가를 닮은 것 같은 느낌이 들었지만 셀피의 지인 중에 어린아이는 없다.

——아이? 길을 잃고 여기까지 온 걸까?

셀피가 눈을 동그랗게 뜨고 있자 키메리에스가 깜짝 놀라서 중얼거렸다.

"엇……? 자간 씨……입니까?"

"키메리에스도 여기 있었군. 잘됐다. 안 그래도 너도 찾고 있던 참이었어."

아이는 거만하게 대답했다.

왜 여기서 자간의 이름이 나오는 걸까. 하긴 키메리에스도 마술사 일로 피곤할 테니 말을 잘못 했거나 잘못 들은 것이리라.

누가 데려왔는지는 모르지만 무섭게 생긴 집사와 동물 얼굴을 한 마술사가 바싹 다가가는 걸 보니 아이가 참 가여웠다. 셀피는 '흐음' 하고 가슴을 펴고 남자아이 앞에 섰다.

"잠깐만요, 주방에 들어올 때는 손을 깨끗하게 씻어야죠! 귀신처럼 무섭게 생긴 라파엘 씨에게 야단을 맞을지도 몰라요."

"시끄러. 그보다 나를 장로회의라는 곳으로 안내하도록 해. 지금 당장."

셀피는 눈썹을 찌푸렸다.

"건방진 꼬맹이네~. 그러면 못써! 여기서 그렇게 거만하게 말해도 되는 건 집사인 라파엘 씨와 왕인 자간 씨뿐이란 말이야."

"내가 그 자간이다!"

"그렇구나~. 그럼 난 네피야. 자간 씨는 네피 씨와 이야기할 때는 20초 정도 **고민**하지 않으면 목소리가 나오지 않거드으으으으으으은?"

셀피는 성인이다. 가슴을 펴고 '소꿉놀이' 상대를 해주고 있는데 느닷없이 얼굴을 잡혔다.

"왜 네가 그런 걸 알고 있지?"

"우아우아우아아?"

이 아이가 무엇 때문에 이렇게 화를 내는지는 모르겠지만 어쨌든 심상치 않은 악력이었다.

그대로 정신이 아득해지기 시작했을 무렵 라파엘이 말려줬다.

“왕이여, 더 이상 하면 죽을 텐데 그래도 괜찮겠나?”

“아……. 미안, 힘 조절을 한다는 걸 깜빡했군. 괜찮나, 셀피?”

그 아이는 의외로 고분고분 셀피를 잡은 손을 놓았다.

……너무 아파서 머리가 터지는 줄 알았지만.

그때 키메리에스가 입을 열었다.

“자간 씨, 그 모습은 도대체 어떻게 된 겁니까? 역시 고메리 씨가 또……?”

“아니, 그런 것 같기도 하고 아닌 것 같기도……. 어이, 괜찮아? 네피에게 치료해달라고 할까?”

셀피가 계속 아파하고 있자 아이는 걱정스럽게 얼굴을 살폈다.

——폭력적이지만 나쁜 아이는 아닌가……?

계속 어린아이에게 걱정을 끼치는 것도 안 될 일 같아서 셀피는 웃어 보이며 자리에서 일어났다. ……뭐, 눈가에는 눈물이 맺혀 있지만 그 정도는 괜찮을 것이다.

“괜찮아! 이래 봬도 이 누나는 끈질긴 걸로 유명하거든!”

“아니, 그러니까…….”

아이가 곤란한 듯 중얼거리자 보다 못한 키메리에스가 끼어들었다.

“셀피 씨, 이 아이는 자간 씨가 틀림없습니다. 고메리 씨도 아이가 되기도 하고 노인이 되기도 하잖아요?”

"에, 이 아이, 고메리 씨의 손자가 아니었어요?"

""""……."""""

그로부터 그들은 약 1시간에 걸쳐 마술 중에는 나이를 조작할 수 있는 마술이 있다고 설명해주었다. 그리고 자간이 왜 어려졌는지도.

"——마술이 그렇게 위험한 것이었어요?"

"너야말로 지금까지 마술을 뭐라고 생각한 거냐?"

어이없는 표정을 지으면서도 남자아이——자간은 셀피를 똑바로 바라보며 말했다.

"부탁이다, 셀피. 내가 원래 모습으로 돌아가기 위해서는 네 힘이 필요해. 나를 장로회의에 데리고 가줘."

으으음, 신음을 흘리고 나서 셀피는 입을 열었다.

"솔직히 지금도 자간 씨가 어려졌다는 것도 믿기지 않고 본가에 얼굴을 내미는 것도 어색해서 싫어요."

"안 되나……?"

어깨를 축 늘어뜨리는 자간. 하지만 셀피는 가슴을 두드리며 고개를 옆으로 흔들었다.

"그래도 그 배에서 구해주고 무직이었던 제게 일을 준 건 자간 씨잖아요. 그러니 이번에는 제가 도와드릴 차례예요. 좋아요. 제가 그 회의에 데리고 가드릴게요!"

"정말이냐! 고맙다."

자간은 두 손을 들고 기뻐했다.

——그러고 보니 다른 사람에게 이렇게 진지하게 부탁을 받는

것도 처음이네.

지금도 마술사는 무섭지만 이곳은 왠지 마음 편하고 좋았다.

자간이 거친 콧김을 내뿜으며 말했다.

"좋아! 그렇게 정해졌으니 서둘러 준비에 들어가자. 이번에는 네피를 데리고 가야만 하니 바빠질 거다."

"아! 그거라면 잠깐만 기다리세요!"

서둘러 주방에서 나가려는 자간을 셀피가 불러 세웠다.

"왜 그러지?"

"이제부터 한동안 성에 돌아오지 않을 거죠? 그럼 라파엘 씨의 이야기도 들어주세요."

"어이, 셀피."

라파엘은 왠지 화난 투로 말했지만 이미 늦었다.

"……무슨 일이지? 혹시 무슨 일이라도 있었나?"

"아니, 이런 때 할 이야기는 아닐세."

고집 세게 말하려 하지 않는 라파엘을 무시하고 셀피는 종알종알 이야기를 늘어놓았다.

"라파엘 씨가 최근에 이상한 꿈을 꾼대요. 그래서 자간 씨에게 상담하고 싶었다는 것 같은데……, 히이익?"

득의양양하게 대답하고 있자 라파엘이 시선만으로 찔러 죽일 것 같은 눈으로 노려봤다.

셀피는 이내 움츠러들었지만 자간은 라파엘을 향해 돌아섰다.

"라파엘, 이야기해봐."

"으으음……."

찡그린 표정을 지었지만 역시 자간에게 그런 말을 들으면 대답하지 않을 수 없는 모양이다. 라파엘은 머뭇거리며 이야기를 시작했다.

"——오로바스의 꿈이라고?"

"음. 아마도 우리가 함께 싸웠던 마지막 전장인 것 같다. 다만 마음에 걸리는 건 그곳에서 싸웠던 상대가 아무래도 마족과는 다른 '어떤 것'인 것 같았다는 점이다."

"무슨 말이지? 네가 싸웠던 마족은 마왕전에 있는 키메라의 근간이 된 것이 아니었나?"

그 부분은 셀피가 모르는 이야기였지만 라파엘은 고개를 가로저었다.

"내가 물리친 건 그 마족이다. 허나 그 전장에 있었던 건 그것만이 아니었어. 오로바스가 싸웠던 건 마족보다 더 강대한 '어떤 것'이었는지도 모른다네."

자간의 얼굴이 심각해졌다.

"이해가 안 되는군. 그런 것이 존재한다면 마신밖에 없지 않나? 하지만."

그렇게 말하며 오른손을 들었다. 그곳에는 빛으로 이루어진 문장이 떠올라 있었다.

"마신은 이곳에 봉인되어 있다. 열세 개의 〈각인〉 중 일부가 사라졌다는 이야기는 들어본 적이 없어."

적어도 자간이 〈마왕의 각인〉을 계승한 자리에는 열세 개가 모두 모여 있었다.

"그래서 나도 이해가 안 된다는 거다."

"……마신과는 다른 위협도 존재한다는 뜻인가? 아니, 그렇지만."

그런 것이 그리 간단히 존재한다면 이 세상은 이미 멸망하고 없을 것이다. 하지만 신화시대부터 살아왔다는 현룡 오로바스가 마족 한 마리보다 약하다고 보기도 어렵다.

자간은 고개를 숙인 채로 웅얼웅얼 중얼거리더니 머리를 흔들었다.

"알았다. 꿈의 정체는 모르겠지만 일단 기억해두지. 신경 쓰이는 건 그것뿐인가?"

"아니, 하나 더 있네."

라파엘은 말하기 곤란한 듯 자간의 오른손으로 시선을 주었다.

"현룡 오로바스와 〈마왕〉 마르코시어스는 오랜 지인 사이였던 것 같다. 그것도 천 년이 넘는."

그 말에 자간의 눈도 휘둥그레졌다.

"……안 그래도 오리아스에게 그 이야기를 듣고 온 참이다. 천 년이 넘는다는 건 처음 듣지만."

생각해보면 자간은 〈마왕의 각인〉을 포함해서 마르코시어스의 유산을 상속받았는데도 그 〈마왕〉에 대해서는 아무것도 몰랐다.

수명 때문에 어쩔 수 없었다고 해도 조금만 더 정보를 남겨두었으면 좋았을 텐데.

──잠깐, 수명……?

자간은 깜짝 놀랐다.

"라파엘, 네가 오로바스와 싸운 게 정확히 언제지?"

"음, 벌써 반년도 더 전이군. 나의 왕과 만나기 두 달 전인가."

즉, 자간과 네피가 만나기 한 달 전이라는 뜻이다.

그 대답을 들은 키메리에스도 알아차렸는지 '앗' 하고 목소리를 높였다.

"자간 씨, 그건 설마……."

"……그래."

자간은 자신에게 어이가 없어서 이를 갈았다.

"선대 〈마왕〉 마르코시어스가 죽은 것과 같은 시기다."

――이렇게 멍청할 데가. 왜 지금까지 의문시하지 않은 거지?

그 말에 라파엘의 눈도 커졌다.

"그럼 마르코시어스도 그때 싸움에서 목숨을 잃었다는 건가?"

"그렇게 생각하는 게 타당하겠지. 녀석이 갑자기 죽었기 때문에 네피의 신병이 공중에 뜨면서 경매장에 나온 거니까."

네피는 원래 마르코시어스에게 삼혀 있어야 했다.

생명 연장을 위해 사용할 생각이었을 가능성도 없지는 않지만, 그렇다면 더더욱 네피가 살아 있는 게 이상하다. 남은 생명이 얼마 되지 않는 자라면 마족이나 마신이 상대라도 자신의 목숨을 우선시한다.

인간은 세상의 운명보다 자신의 목숨이 더 소중한 법이니까.

라파엘이 깜짝 놀라 말했다.

"그러고 보니, 꿈속에서 나눈 대화는 잘 기억나지 않지만 마르코시어스는 누군가를 '보호'했다는 식으로 말했다."

"보호? 잡은 게 아니라 보호라고? 〈마왕〉이?"

"나도 기묘하다고 생각하지만 그게 바로 네피 아가씨라고 생각하는 건 억측일까?"

——아무리 하이 엘프라고 해도 〈마왕〉이 보호를 해준다고?

산 제물이라면 아주 잘 납득이 되지만…….

——마르코시어스에 대해서도 다시 한번 조사하는 게 좋겠군.

그렇지만 지금 여기서 이야기해봤자 더 이상의 진전은 없을 것이다. 무엇보다 자간은 자신의 본래 몸을 되찾아야 한다.

자간은 조용히 고개를 끄덕였다.

"이야기는 알겠다. 지금 이 시기에 그런 꿈을 꾼다는 건 우연치고는 너무 이상해. 분명 어떤 경고일지도 모른다. 일단 경계는 하도록 하지. 너도 더 이상 신경 쓰지는 말고."

"알겠다."

그리고 자간은 셀피에게로 시선을 옮겼다.

"너도 수고 많았다.

"어라? 제가 무슨 일을 했던가요?"

"……아니, 너처럼 무신경한 녀석이 하나쯤 있는 것도 괜찮겠다고 생각한 것뿐이다."

"아하하, 그렇게 칭찬해주시니까 쑥스럽잖아요."

"방금 그게 칭찬 받은 거라고?"

라파엘이 어이없다는 듯 쳐다봤지만 셀피는 신경 쓰지 않았다.

"아, 맞다. 무신경한 김에 하나 더 말해도 될까요?"

"무신경하다는 자각은 있는 거냐……? 뭐, 됐다. 이왕 이렇게 된 거, 말해봐라."

"저기, 셀피 씨. 도를 지나치지 않는 게 좋을 것 같습니다만."

키메리에스가 조마조마한 모습으로 말했지만 셀피는 가슴을 펴고 이렇게 말했다.

"자간 씨, 좀 더 주위에 의지하는 게 좋아요! 다른 사람이 나를 의지해주는 거, 꽤 기분 좋은 일이거든요!"

자간은 멍하니 눈을 깜빡거리다가 이내 쓴웃음을 지으며 고개를 끄덕였다.

"알았다. 신경 쓰도록 하지."

"오오오……. 작고 솔직한 자간 씨, 왠지 가슴에 팍 하고 오는 게 있네요! 네피 씨에게도 그렇게 솔직하게 말하면 좋을 것 같아요!"

"……또 얼굴을 잡히고 싶은 거냐?"

어려져도 자간은 역시 자간이다.

네피는 새파랗게 질려서 머리를 좌우로 휙휙 흔들었다.

"그래, 역시 **바닷속**에서는 셀피의 안내가 필요하군."

이틀 후. 자간은 감탄하며 중얼거렸다.

도시 아틀라스티아——대륙에서 멀리 떨어진 바닷속에 있는 그 도시가 대륙 이종족 장로회의가 열리는 곳이었다.

해저 도시라고 부르면 될까. 큐아노에이데스에서는 배를 이용해도 일주일은 걸릴 거리이지만 세이렌에게는 해류를 조종하는 힘이 있다. 그 힘으로 운하에서 여기까지 불과 하룻밤 만에 도착할 수 있었다.

——데이트 날까지, 앞으로 4일…….

이대로는 결국 옷도 사지 못하고 끝이다. 여기서 사용할 수 있는 시간은 많아도 이틀이다. 서두르지 않으면 안 된다.

자간은 다시 주위를 둘러봤다.

바닷속이라 각양각색의 물고기들이 헤엄쳐 다니고 있었다. 다만 시야가 좋지 않아서 뻗은 손의 끝이 보이지 않는 정도는 아니지만, 열 걸음 정도 떨어지면 윤곽이 흐릿하게 보였다.

그렇게 햇빛도 닿지 않을 만큼 깊은 곳이었지만 신기하게도 주변은 밝아 보였다.

마술사가 마술로 어둠 속에서도 잘 볼 수 있는 것과는 다르다. 그렇다고 명확한 광원이 있는 것도 아니어서 발밑을 내려다봐도 그림자가 보이지 않았다. 대기……라고 할까, 물 자체가 빛나고 있는 것 같았다.

발밑에서 자라고 있는 건 풀이 아니라 해조류와 산호 같은 것들이고, 주위는 바닷물로 가득해서 대기는 존재하지 않는다. 그래도 숨을 쉴 수 있는 것은 세이렌의 힘 덕분이라고 한다.

이곳은 도시나 나라의 입구 정도 되는 곳인지 저 멀리 신전 같은 건물이 보였다. 그 주위에 튀어나와 있는 바위들에도 희미한 광원이 있는데 자세히 보니 창문이나 출입구 같은 구멍이 보였다.

일단 주위에는 인간이라고 할까, 어패류 이외의 생물은 보이지 않았다.

"신기한 곳이네요."

네피가 멍하니 중얼거렸다. 그 손은 자간의 손을 꽉 잡고 놓지 않았지만.

자간과 동행한 것은 마찬가지로 저주를 풀어야 하는 포레와 길을 안내해줄 셀피, 그리고 네피였다. 자간을 포함해서 네 명이다. 회의에 참가하는 것이라 네피도 하녀 복장이 아니라 정장 드레스를 입었다.

덧붙여 자간과 포레는 원래 모습으로 돌아왔을 때를 위해 평소에 입는 옷을 안쪽에 넣어뒀다. 겹쳐 입은 게 아니라, 마술로 공간을 통째로 접어서 보이지 않는 옷을 입고 있는 것과 비슷했다.

키메리에스와 라파엘은 남아서 성을 지키기로 했다.

――이런 모습으로 변한 걸 부하들에게 알릴 수는 없으니까.

물론 어린아이가 된 것 정도로 반기를 들 자들은 아니지만, 이 모습으로 있으면 묘하게 주위 사람들이 아이 취급을 해서 괴롭다.

물론 상대가 악의를 가지고 그러는 것은 아닌 듯하지만 그래도 당사자는 힘들다.

포레가 작게 고개를 끄덕였다.

"땅 위와 물속이 같이 존재하고 있는 것 같아. 이상한 느낌."

그렇다. 이곳은 걸으면 바닥에 발이 닿고 옷이 물에 젖는 느낌도 없었다. 그렇지만 셀피는 물속에 있는 것처럼 헤엄을 치고 있었다.

굳이 비유하자면 점액질 같은 안개 속을 나아가고 있는 듯한 느낌이라고 할까. 아마도 결계 같은 것이 그렇게 작용하고 있는 것이겠지만 무척이나 불가사의하며 광대한 결계였다.

"마술이 아니야. 용의 힘과도 달라. 그나마 비슷한 건 엘프의 마법인 것 같다만."

――이것도 류카온의 힘인가?

이 해역은 대륙보다 류카온에 더 가깝다. 그 섬나라에는 마술과는 다른 힘이 남아 있다고 하는데, 이것을 보니 기대해도 좋을 것 같다.

"그렇……군요. 이곳에서는 물속에는 없는 정령의 힘이 느껴져요. 그것의 힘을 빌리고 있는 게 아닐까요?"

네피가 주위를 관찰하며 중얼거리자 셀피가 아무렇지도 않게 대답했다.

"세이렌 왕가에 대대로 전해져 내려오는 신기(神器)라는 것의 힘이라고 들었어."

"……그런 걸 외부인에게 술술 다 말해도 되는 거냐?"

"에, 여러분은 제 가족이나 마찬가지잖아요?"

셀피가 당연한 것처럼 말하자 자간은 뭐라 대답하면 좋을지 몰랐다.

대신 포레가 고개를 끄덕였다.

"응. 하인도 가족이라고 부른다고 들었어. 그러니까 셀피도 가족."

"포레 아가씨는 저를 하나의 인격을 가진 사람으로 인식해주고 계셨군요!"

기뻐하는 포인트가 이상한 것 같았지만 자간은 귀찮아서 아무 말도 하지 않았다.

"어쨌든 이곳이 우리 왕국이에요. 뭐, 왕국이라고 해도 고작 몇 백 명밖에 살고 있지 않아서 작은 마을이나 다름없지만요."

엘프나 용과 마찬가지로 세이렌도 희귀종이다. 이 나라에도 불과 몇 백 명의 주민들밖에 없다고 하니 백 년 후에는 과연 남아 있을지 없을지 모르겠다.

하지만 그것은 동시에 지켜지지 않으면 안 되는 비밀이기도 했다. 마술사가 이곳의 존재를 알게 되면 세이렌의 멸종은 피할 수 없을 테니 말이다.

"장로회의라는 건 늘 이곳에서 열리나?"

"글쎄요, 저도 잘 모르겠지만 우리 왕국에서 열리는 걸 보는 건 처음이니 아마도 교대로 열리는 게 아닐까요?"

"도대체 그런 인식을 가지고 어떻게 왕족으로 살아온 거냐?"

"그렇지만 관심이 없는 걸 기억하는 건 꽤 힘든 일이잖아요?"

그러자 네피가 문득 생각난 것처럼 말했다.

"그러고 보니 이종족에는 어떤 종족들이 있나요?"

셀피를 향해 힐끔 시선을 주자 전혀 모르겠다는 듯 고개를 갸웃거렸다. 하긴, 이 인어가 장로회의의 출석자들을 파악하고 있을 리 없으니 어쩔 수 없다.

"장로회의에 얼마나 많은 종족들이 모이는지는 모르지만 희귀한 순서대로 말하자면 우선 포레 같은 용. 그리고 네피와 네프테로스 같은 엘프겠지."

자간은 손가락을 꼽으며 말했다.

"그 뒤를 이어 고메리 같은 마인족에 키메리에스 같은 사자수인, 쿠로카 같은 캐트 시, 맞다, 요정족도 있었지. 그런데 이 요정족은 의미가 좀 넓단 말이지. 엘프와 캐트 시 같은 종족이 여기에 포함될 때도 있고."

이름을 열거해나가자 다시 네피가 고개를 갸웃거렸다.

"묘수인과 캐트 시는 다른 종족인가요?"

"일단은 그렇지. 그렇지만 인간에 더 가까운가, 아니면 고양이에 더 가까운가 정도의 차이라서 같은 종족이라고 보는 사람도 있어. 하지만 마술사가 볼 때는 영격(靈格)……, 마력의 품질이 명확하게 다르기 때문에 따로 구별하는 경우가 많지."

이번에는 셀피가 손을 들고 말했다.

"저요, 저요! 그리고 말이죠, 캐트 시는 세이렌이나 몽마와 비슷할 정도로 마력이 강하고 대단해요. 이 세 종족은 류카온에서도 꽤 특별한 종족이랍니다."

"그렇군요. 셀피 씨는 아는 게 참 많은 것 같아요."

"헤헤헤~. 저도 세이렌이니까요. 이 정도도 모르면 할아버지의 불호령이 떨어지거든요."

이 소녀가 외울 정도로 노인들이 죽어라 가르쳤다는 뜻이겠지. 정말 눈물겨운 노력이 아닐 수 없다.

"희귀종으로 분류되는 것은 대충 그 정도다. 마뉴엘라 같은 익인족이나 인랑족, 코볼트, 소인족은 어디든 있고. 그리고……."

대충 다 이야기했다고 생각했는데 문득 어떤 이름이 뇌리를 스쳤다.

"과연 이걸 이종족에 포함시킬 수 있을지 모르겠지만."

자간은 그런 전제를 둔 다음 이렇게 말했다.

"——밤의 일족——그렇게 불리는 이들이 있다."

처음 듣는 이름인지 흥미진진하게 귀 끝을 떨면서 네피가 반문했다.

"어떤 종족인가요?"

"간단하게 말하면 **불사자**다. 하지만 마술사가 만드는 좀비나 스켈레톤과는 달라. 마력의 공급이 없어도 살 수 있다고 할까, 애당초 무슨 짓을 해도 죽지를 않거든. 움직이지 못하게 부수는 건 가능하다고 하지만."

자간의 〈천린〉을 퍼부어도 죽일 수 있을지 확신할 수 없다. 바로 그런 존재다.

그러나 자간 역시 직접 본적은 없다.

조금 자극적인 이야기였는지도 모르겠다. 네피는 새파랗게 질렸지만 그 옆에 있는 셀피는 깔깔거리며 웃었다.

"그렇게 무서운 사람이 있군요! 그러면 제 노래도 듣지 못할까요?"

"글쎄. 그래도 교회에 찍히는 바람에 대륙에서는 거의 볼 수 없어졌다고 해. 강한지 약한지를 따지면 강한 부류에 들어간다, 정도인 녀석들이라는 모양이니까."

셀피가 한 말을 생각해보면 장로회의 참석자도 밤의 일족과는 관련이 없을 것 같았다.

그런 이야기를 나누다보니 슬슬 신전 근처까지 왔다. 바위도 금속도 아닌 신기한 재질로 된 벽돌을 쌓아서 만든 건물로 상당히 오래되어 보였다.

바닷속에서 세월의 경과에 의한 열화가 어떤지 모르겠지만 두껍게 눌러 붙은 해조류와 퇴적물의 상태를 보니 100년이나 200년은 지난 것 같았다.

그 주변에는 작은 등불이 몇 개나 켜져 있어서 뭔가 있는 것 같은데…….

그 모습을 관찰하고 있자 포레가 목소리를 높였다.

"자간. 누군가가 오고 있어."

포레가 가리킨 곳에서 한 소녀가 달려왔다. 이쪽을 향해 무슨 말을 외치면서 있는 힘껏 손을 흔들고 있었다.

그것을 본 셀피가 기뻐하며 외쳤다.

"아! 릴리스 짱이잖아! 어~이, 릴리스 짱! 나야. 세이렌인 셀피우엑!"

손을 흔들며 달려……, 아니 헤엄쳐 가는 셀피를 향해 그 소녀는 가차 없이 따귀를 날렸다.

“이 바보! 어떻게 뻔뻔하게 돌아올 생각을 할 수 있어? 삼대 왕가의 왕녀가 도망을 치다니, 전대미문의 일이야! 어떤 벌을 받게 될지 알고 있어? 지금까지 연락 한 번 안 했으면서!”

마지막 한마디는 상관없는 것 같지만 보아하니 친구인 것 같다.

셀피는 뱅글뱅글 도는 눈으로 허공에 떠 있었지만 잠시 후 의식을 되찾자 미안해하는 기색 하나 없이 웃었다.

“아하하, 미안해. 그렇지만 편지를 보내면 할아버지에게 어디 있는지 들통 나서 끌려갈 것 같아 보내지 못한 거야. 사과할 테니까 울지 마, 릴리스 짱.”

“누, 누가 운다고 그래, 바보! 네가 어디서 뭘 하든 나와는 상관없다고!”

어느새 따귀를 날린 소녀가 눈물을 글썽이면서 셀피를 안고 있었다.

아무래도 험한 말과는 반대로 사이가 좋은 모양이다.

“……고메리가 보면 기뻐할 것 같아.”

“……그래. 역시 그 녀석을 데려오지 않길 잘했어.”

포레와 함께 진지하게 고개를 끄덕이고 있자 소녀는 그제야 그들의 존재를 알아차리고 시선을 보냈다.

다시 보니 소녀는 15, 6세 정도로 셀피와 동년배인 것 같았다.

좌우로 묶은 선명한 붉은 머리, 그 사이로 살짝 굽은 뿔이 자라 있다. 고메리 같은 마인족과 비슷했지만 그녀의 등에는 박쥐 같은 날개가 있었다.

――**몽마족**인가.

자간도 처음 본다.

꿈속을 자유자재로 오갈 수 있다는 종족으로 현실에서 모습을 드러내는 일은 거의 없다고 한다.

이종족 중에서도 지위가 높은 자인지, 풍성한 프릴 원피스는 포인트가 되는 부분이 프릴로 장식되어 있었다. 깃털로 된 목장식을 등 뒤로 늘어뜨린 근사한 차림이다.

몽마 소녀는 눈가를 훔치더니 자간을 찌릿 노려봤다.

"누구야? 이 버릇없어 보이는 꼬맹이는?"

갑작스러운 말에 자간도 한숨을 흘리지 않을 수 없었다.

――뭐, 셀피의 본가니까.

이렇게 다른 사람의 말을 듣지 않는 자가 있어도 조금도 이상하지 않다.

"아, 우리 주인님인 자긴 씨. 그리고 뒤에 있는 분들은 그 아내……라고 해도 되나요? 약혼자? 어쨌든 네피 씨와 딸인 포레 아가씨. 그리고 여러분, 이 아이는 제 소꿉친구인 릴리스 짱이랍니다!"

"뭐, 딸……? 뭐야, 딸이라니. 게다가 저 나이에 약혼자라고? 이 꼬맹이가 그렇게 대단해?"

"이야기하자면 길어! 그러니까 그건 다음에 천천히 얘기하자."

"네가 그렇게 말해놓고 제대로 설명한 적이 있어?"

——슬슬 짜증이 나기 시작하는군. 나는 서둘러 이 저주에 대한 걸 물어보고 싶은데…….

그런 자간의 초조한 마음을 알아챈 걸까, 네피가 손을 놓고 소녀——릴리스의 앞에 섰다.

"처음 뵙겠습니다. 저는 네페리아라고 해요. 자간 님의 제자이자 시녀이고……, 최근에는 연인이 된 사람이랍니다."

"응……? 어라, 잠깐만. 자간이라니, 어디선가 들어본 것 같은데……?"

고개를 갸웃거리는 소녀의 모습에 네피는 조용히 미소를 지어 보였다.

"당신의 이름을 여쭤봐도 될까요?"

어딘가 서늘하게 울려 퍼지는 목소리에 몽마 소녀 역시 자기도 모르게 침을 삼켰다.

"엇, 아아, 음. 이름 말이지? 귀를 기울여 잘 듣도록 해. 내 이름은 릴리세라 포너 휴프노엘. 고귀한 '은안(銀眼)의 왕'에 속하는 삼대 왕가의 제1 왕녀니까 경의를 표하도록 해."

"그러신가요? 그럼 릴리세라 씨. 외람되지만 한 가지 조언해 드리겠습니다."

그리고 네피는 소녀의 어깨에 손을 슥 올리더니 서늘한 미소를 지으며 이렇게 말했다.

"저는 제 주인이 우롱당하는 모습을 보고도 웃는 얼굴로 있을 수 있을 만큼 온후한 성격이 못 된답니다."

공기가 쩍 얼어붙었다.

——아, 이거 큰일이군. 네피가 화났어.

자기 일에 관해서는 웬만해서 분노를 드러내지 않는 소녀지만 자간이 이런 모습을 하고 있어서일까, 예민해진 것 같았다.

릴리스는 순식간에 눈물을 글썽이며 떨기 시작했다.

"죄, 죄송해요……."

소녀가 그대로 오줌이라도 지릴 것처럼 떨자 자간도 동정을 금할 수 없었다.

"네피, 난 괜찮으니까 그렇게 화내지 마. **버릇없는 아이**가 있으면 야단치는 게 부모잖아?"

이것으로 무승부라는 의미를 담아 자간이 그렇게 말하자 네피는 불만스러운 표정을 지으면서도 소녀의 어깨에서 손을 뗐다. 중압감에서 해방된 릴리스는 비틀거리며 그 자리에 주저앉았다.

포레도 그런 소녀가 가여웠는지 네피에게 말했다.

"네피, 너무 심하게 화낸 것 같아. 나쁜 아이에게는 나쁜 아이를 야단치는 법이 따로 있잖아."

"아우……. 그렇, 군요. 죄송합니다, 릴리스 씨, 제가 말이 좀 심했네요."

그제야 정신을 차렸는지 네피도 머리를 숙였다.

포레는 릴리스에게 손을 내밀었다.

"괜찮아?"

"흐, 흥! 아무것도 아, 니……아아앗?"

릴리스가 비명 같은 고함을 질렀다.

"왜 그래?"

"왜, 왜 그러냐니, 당신……, 뭐, 뭐야? 왜 이런 것이 이 세상에 존재하는 거지……?"

——응? 포레가 용이라는 사실을 알아챈 건가?

몽마도 희귀종이지만 용과 비교해서 강력한가 하면 아무것도 아니다. 그런 비범한 존재를 직접 보게 되었으니 이런 반응을 보이는 것도 무리는——

"아~, 릴리스 짱, **가슴**은 성장하지 않았네?"

셀피의 무정한 한마디에 릴리스의 얼굴이 굴욕으로 일그러졌다. 자세히 보니 릴리스는 자신의 납작한 가슴을 분하게 가리고 있었다.

네피에게 야단맞은 직후에 이런 충격이라니, 10대 소녀에게는 너무 가혹하다. 릴리스는 털썩 무릎을 꿇고 앉아서 아무 말도 못 했다.

포레는 그 가여운 소녀를 의아하게 바라보다가 네피를 향해 고개를 돌렸다.

"그런데 왜 그렇게 화를 낸 거야? 평소의 네피는 잘못을 한 아이에게는 알아듣기 쉽게 차근차근 설명해주잖아."

"그건……, 그렇지만 자간 님은 저와 비슷한 일을 겪었지만 저보다 더 열심히 살아오신 분이에요. 왠지 그 시간들이 바보 취급당한 것 같아서……."

납득한 자간은 머리를 쓸어 올렸다.

그렇지만 방금 그 분노는 건드리기를 원하지 않는 과거를 건드렸기 때문보다는 소중한 이를 상처 입힌 데에 따른 반응처럼 보이기도 했다.

——어쩌면 네피 안에서 과거라는 것이 부정적인 기억에서 다른 것으로 변하고 있는지도 모르겠군.

표정의 변화와 이런 반응도 엘프의 숨겨진 마을에서 돌아온 후로 나타나기 시작했다.

그저 어린아이로 돌아갔었기 때문이라고 생각했는데 그 귀향은 네피의 안에서 어떤 계기가 되었는지도 모른다.

그것이 어떤 형태로 결실을 맺었는지는 모르지만 자간은 그 사실이 그저 기뻤다.

그래서 자간은 별일 아닌 것처럼 고개를 옆으로 흔들었다.

"네피, 진짜 강한 사람은 사소한 야유 따위로 화를 내지 않는다. 자신의 긍지는 그런 일로 상처 입지 않기 때문이지."

"자간 님……."

네피는 자간 앞에 가만히 눈높이를 맞추고 앉아서 야무진 목소리로 이렇게 말했다.

"자간 님, 사람은 매정한 말에 상처를 받는 법이에요. 그런데도 아무것도 느끼지 않는다는 건 마음이 정체되어 있다는 뜻이죠. 화가 날 때는 제대로 화를 내지 않으면 안 돼요."

괜히 긁어 부스럼을 만들고 말았다.

진지하게 야단을 맞은 자간은 릴리스를 찌릿 노려봤다.

"음! 역시 네가 나쁜 거다!"

"뭐야, 이 꼬맹이는!"

느닷없는 책임 전가에 릴리스도 눈물을 글썽이면서 고함을 질렀다.

그러자 포레와 셀피도 아연실색했다.

"자간, 치사해."

"이렇게 포용력이 없는 자간 씨는 처음 봤어요."

비난의 목소리가 쏟아지자 자간은 신음을 흘렸다.

――그래, 평소라면 네피 앞에서 이렇게 보기 흉한 변명을 하지는 않지…….

그런데 네피 혼자만 흐뭇한 얼굴을 하고 있었다.

"어린애 같은 자간 님도 귀여워요."

네피에게는 만족스러운 반응이었던 모양이다. 보기 드물게 기뻐 보이는 얼굴에 자간 역시 자기도 모르게 주저앉을 뻔했다.

하지만 포레는 뭔가 다른 생각이 들었던 것인지 의아한 듯 중얼거렸다.

"지금 자간은 어린아이이고, 어른일 때와는 달라? 아이와 어른의 차이는 힘뿐인 것 아니야?"

몸만 커진 포레는 그 차이를 이해하지 못할지도 모른다.

하는 수 없이 자간은 포레에게 손을 내밀었다.

"……자간, 뭐하는 거야?"

포레의 머리를 쓰다듬으려고 했지만 지금 자간의 손은 완전히 장신이 되어버린 딸의 머리까지 도저히 닿지 않았다.

"손이 닿지 않으니까 머리 좀 숙여봐."

"이렇게?"

포레가 몸을 구부려 머리를 숙이자 그제야 자간은 그녀의 머리를 쓰다듬어줄 수 있었다.

"포레, 사람은 성장하면서 지성이 높아진단다. 나는 그 지성이란 게 지식이 아니라 이해력이라고 생각한다."

"이해력……?"

"그래. 그리고 포레, 어른의 모습을 손에 넣은 너는 그 이해력을 높여야만 해. 사물을 한 가지 면이 아니라 모든 방향에서 보고 배우는 거지. 그러면 어른과 아이의 차이를 조금은 알게 될 거다."

포레는 팔짱을 끼고 심각한 얼굴로 머리를 갸우뚱거렸다.

"자간, 어려운 말이야."

"이런 **모습**을 하고 있어도 난 네 부모니까. 가끔은 엄격하게도 해야지."

그러자 포레는 릴리스를 쳐다봤다.

"즉 **릴리스**는 아직 어린애?"

"……음, 알았으면 충분하다."

자신을 두고 좋을 대로 떠들어대는 말에 릴리스의 얼굴이 새빨개졌다.

"잠깐, 당신들! 몽마의 차기 당주인 나를 이렇게 바보 취급하고도 무사할 줄 알아? 교회에도 엄중히 항의할 거야!"

그러자 릴리스를 제외한 모두가 고개를 갸웃거렸다.

“왜 거기서 교회가 나오지?”

“왜냐니, 당신들 교회 쪽——……, 사람들로는, 보이지 않네? 어라? 그럼 도대체 누구야?”

서로 이야기가 어긋난 것 같다.

“어라? 릴리스 짱, 나를 마중 나온 것 아니었어?”

“여긴 네 고향이잖아? 내가 안내할 필요가 어디 있어? 내가 마중하러 온 건——.”

서로 고개를 갸웃거리고 있는데 뒤에서 누군가가 다가오는 기척이 느껴졌다.

“거기 있는 자. 대륙 이종족 장로회의가 열리는 곳이 여기가 맞나?”

그곳에 있는 사람은 교회의 성기사장인 샤스틸이었다.

◇

익숙한 목소리에 자간의 몸이 움찔 굳었다.

——왜 샤스틸이 이곳에?

가만히 보니 샤스틸의 뒤에는 네프테로스와 쿠로카도 있었다. 그 외에도 성기사 몇 명이 동행하고 있었지만 다행히 세 바보 기사는 없었다.

자간은 장로회의에 대해서 들었을 때 라파엘이 했던 말을 떠올렸다.

——인간들의 대표는 교회에서 선출되니까——

그 대표라는 것에 이번에는 샤스틸이 선출될 거라는 말이었던 건가.

자간은 서둘러 네피 뒤로 숨었다.

그러자 샤스틸도 네피를 알아본 것 같았다. 눈이 동그래졌다.

"네피? 여긴 어떻게?"

"샤스틸 씨? 그러니까, 어떻게 왔냐고 물으셔도……."

자간의 전력을 다한 '나에 대해서는 아무 말도 하지 마'라는 의사 표시에 네피도 당혹스러운 표정을 지을 수밖에 없었다.

샤스틸은 머뭇거리며 말을 못하는 네피의 모습에 고개를 갸웃거리며 이번에는 포레를 향해 시선을 옮겼다.

"응……? 아니, 음? 엇, 설마, 거기 있는 건, 포레……?"

"응, 맞아. 마술사도 아니면서 용케도 알아보네. 꼬랑댕이 머리, 대단해!"

샤스틸은 두통이 난 것처럼 미간을 눌렀다.

"그 반응을 보니 포레가 틀림없군. 무슨 일이 있었던 거지? 게다가 당신들만 있는 거야? 자간의 모습이 보이지 않는데, 두 사람이 여기 있는 걸 그도 알고 있어?"

"그건, 저……."

——큰일이다. 이 녀석은 '직무 중'인 샤스틸이다.

평소에는 덜렁대지만 직무 중에는 머리 회전도 빠르고 실력도 뛰어나다. 같은 편이라면 제법 듬직하겠지만 지금은 골치만 아플 뿐이다.

그러자 쿠로카가 세모난 귀를 이상하다는 듯 흔들었다.

"무슨 말씀이세요, 샤스틸 님. 오빠라면 저기 있잖아요."

"어?"

쿠로카는 네피의 뒤에 숨어 있는 자간을 똑바로 가리켰다.

──그래, 이 녀석은 후각과 기척으로 상대를 판단했지…….

몸이 작아져도 냄새는 변하지 않는다. 맹인인 쿠로카는 자간의 모습 변화 자체를 인식하지 못하는 것이다.

네프테로스의 얼굴에도 당혹스러운 빛이 떠올랐다.

"잠깐……. 이게, 어떻게 된 거야?"

자간은 머리를 싸맸지만 이미 늦었다. 샤스틸도 자간을 알아보고 아연실색했다.

"자, 잠깐 기다려. 저 아이는 도대체……. 어째서 자간을 그렇게 많이 닮은 거야? 서, 설마!"

샤스틸은 눈을 휘둥그레 뜨고 외쳤다.

"네피와 자간의 숨겨둔 아이구나!"

──아, 역시 이 녀석은 덜렁이가 맞아.

직무 중인 샤스틸이라도 이성의 허용량을 넘어선 충격이었던 모양이다. 완전히 덜렁이로 돌아왔다.

하지만 이대로 가만히 있으면 이야기만 쓸데없이 복잡해진다.

자간도 머뭇거리며 앞으로 나왔다.

"너, 포레를 처음 봤을 때도 똑같은 반응을 보였었지."

"앗……! 그걸 알고 있다는 건, 설마……, 자간, 맞아?"

"웃고 싶으면 웃어. 마술에 실패해서 이렇게 됐으니까."

"……웃긴 왜 웃어. 당신 정도 되는 마술사가 어쩌다가 이렇게."

샤스틸의 얼굴이 새파랗게 질렸을 때였다.

「푸하하하하하! 이봐, 이봐, 이봐, 도대체 뭐냐, 네가 자간이라고?」

——아, 맞다. 샤스틸이 있으면 **이 녀석**도 있지.

자간이 머리를 싸매자 샤스틸의 발치에 있는 그림자에서 음침한 얼굴이 슥 기어 나왔다.

발바로스다.

"깔깔깔! 진짜냐? 진짜 그렇게 한심하고 가여운 모습을 한 네가 자간 녀석이라고? 옳지, 원한을 갚을 기회다. 널 죽이고 내가 〈마왕〉이, 커헉!"

발바로스가 끝까지 말하기도 전에 자간의 주먹이 뺨으로 날아가 박혔다. 그대로 어금니를 부러뜨리며 바위로 된 바닥에 내팽개치듯 후려쳤다.

바닥의 암반이 함몰되고 발바로스의 얼굴이 그곳에 처박혔다.

샤스틸은 '앗차'라며 머리를 감싸고 그 뒤에 있는 쿠로카는 감동한 것처럼 박수를 쳤다. 네프테로스와 포레는 별 관심이 없었고, 네피조차 늘 있는 일인 것처럼 씁쓸하게 웃고 있었다. 셀피와 릴리스는 깜짝 놀랐는지 서로 끌어안은 채 떨고 있었지만.

자간은 발바로스를 때린 주먹을 쥐었다 폈다 반복했다.

"……음. 죽일 생각으로 때렸는데 이 정도밖에 안 되다니."

한 번에 구축할 수 있는 '회로'의 수가 감소해서 그런 것도 있지만, 아이의 완력으로는 마술에 의한 강화도 한계가 있는 것 같다. 평소 힘의 20퍼센트도 나오지 않았다.

——이 정도로 힘이 약해져 있다니……. 문제로군.

그제야 쿠로카도 상황이 이상하다는 것을 알아차린 모양이다.

의아한 듯 눈썹을 찌푸리면서 가만히 앞으로 나왔다.

"저……? 오빠, 웅크리고……, 계신 건가요?"

목소리가 들리는 방향을 통해 자간의 키가 줄어들었다는 사실은 인식하고 있는 것 같지만 아이가 되었다는 생각까지는 못하고 있는 것 같았다.

——이미 다 들켰는데 이 녀석만 따돌리는 것도 가엽지.

어쩔 수 없이 자간은 쿠로카의 손을 잡아 자신의 얼굴을 만지게 했다. 눈이 보이지 않는 사람은 촉감을 통해 사물의 형태를 파악한다는 이야기를 들은 적이 있다.

쿠로카는 진심으로 놀랐는지 눈을 커다랗게 뜨고 몸을 떨었다.

"저, 저기……, 아니, 어라?"

"알겠어? 이게 지금의 나다."

"하우……. 네……."

다른 사람의 얼굴을 만지는 데에 거부감을 느낀 것인지도 모른다. 쿠로카의 손은 떨리고 있었다.

"앗, 미안."

자간이 손을 놓아주자 쿠로카는 엄청난 기세로 후퇴했다.
네프테로스가 의아한 표정을 지었다.
"쿠로카, 왜 그래?"
"……아니, 제 손은, 더러워서, 다른 사람의 얼굴에 닿는 건, 좀."
같은 교회에 살고 있기 때문일까, 어느새 네프테로스와 쿠로카도 사이가 좋아진 것 같았다.
자간이 그 모습을 흐뭇하게 바라보고 있는데 릴리스가 숨을 삼켰다.
"엇……, 쿠로카? 지금, 쿠로카……라고 했어?"
네프테로스는 그런 릴리스의 모습을 알아채지 못한 채 눈썹을 찌푸렸다.
"……? 더러워 보이지는 않는데, 더러운 물건이라도 만졌어?"
"저, 그게, 네! 뭔지 잘 모르는 물컹거리는 것을!"
네프테로스는 어이없다는 듯 한숨을 흘렸다.
"뭐하고 있는 거야……. 거기 있는 세이렌은 이곳 사람이야? 손을 좀 씻을 곳 없을까?"
셀피가 대답하기 전에 릴리스가 다급한 목소리로 외쳤다.
"저기! 당신, 쿠로카……, 맞아? 캐트 시인 아델하이드 가문의!"
"……? 네. 맞아요."
쿠로카가 고개를 갸웃거리면서 수긍하자 릴리스는 눈물을 글썽이며 말했다.
"나야! 몽마인 릴리세라. 셀피랑 셋이서 자주 놀았잖아!"

그제야 쿠로카의 눈도 휘둥그레졌다.

"릴리스……인가요?"

쿠로카가 이름을 부르자 릴리스도 더는 참기 힘든 듯 쿠로카를 끌어안았다.

"와아아아아아아아아아앙! 얼마나 걱정했는지 알아? 살아 있으면서 왜 연락하지 않은 거야, 이 바보야!"

"죄송해요. 이런저런 일이 좀 있어서……."

——이 녀석들, 아는 사이였나…….

쿠로카도 류카온 출신의 수인족이다. 릴리스도 그쪽의 왕족이고, 셀피는 류카온과 대륙을 잇는 바다의 일족. 확실히 접점이 있어도 이상하지 않다. 게다가 세 사람 모두 같은 또래다. 이렇게나 나이가 비슷하고 교류가 있다면 소꿉친구라고 해도 충분히 납득이 갔다.

셀피도 같이 달려들었다.

"세상에, 이런 곳에서 소꿉친구들이 다 모이다니, 정말 엄청난 우연이야! 쿠로카 짱, 난 기억해? 셀피야."

"셀피는 변한 게 하나도 없군요. 당연히 기억하고 있죠."

둘 사이에 끼어서 시달리는 쿠로카는 조금이지만 기뻐 보였다.

하지만 절망적으로 분위기 파악을 못하는 사람이 한 명 있었다.

"그나저나 아저씨와 아주머니는 잘 계셔?"

릴리스의 얼굴이 굳었다.

쿠로카가 떠올린 것처럼 말했다.

"그러고 보니 그때 셀피는 집을 나가고 없었죠."

"무슨 말이야?"

셀피는 고개를 갸웃거렸지만 쿠로카가 직접 그 설명을 하는 것은 조금 가혹하다. 자간이 대신 입을 열었다.

"셀피, 쿠로카의 일족은 멸망했다. 그 후로 이 녀석은 교회의 보호를 받아왔고. 그렇지, 샤스틸?"

이제 충격에서 회복한 걸까. 눈짓을 하자 샤스틸은 알겠다는 듯이 고개를 끄덕였다.

"맞아, 쿠로카 사제는 교회에서 훌륭하게 일해준 덕분에 지금은 내 보좌를 맡고 있지. 나도 얼마나 많은 도움을 받고 있는지 몰라."

촐랑대는 셀피도 그 사실을 알게 되자 그대로 경직되고 말았다.

"그럼, 혹시, 그 눈도……?"

"네. 이쪽도 **이런저런**일이 있었어요."

쿠로카가 당혹스러운 웃음을 지어 보이자 셀피도 어깨를 늘어뜨리고 고개를 수였다.

"나, 아무것도 몰라서, 미안……."

"셀피가 사과할 일이 아니잖아요. 게다가 전 이렇게 도움을 받아서 잘 지내고 있는 걸요."

그렇게 말하며 고개를 돌려 자간을 쳐다보자 그는 어깨를 으쓱였다.

"나야 모르지. 네가 도움을 받아 잘 지내고 있다면 그건 라파엘

덕분이겠지. 난 상관없어."

"후후후, 오빠도 수줍어하실 줄 아네요."

그런 다음 쿠로카는 릴리스의 등을 두드렸다.

"그리고 릴리스도. 여기 있는 건 일 때문이지 않아요?"

"……나, 나도 알아."

다른 사람들이 보고 있다는 사실을 깨달은 걸까. 릴리스는 새빨개져서 떨어졌다.

그리고 눈가는 여전히 빨갛게 부어 있었지만 몽마 소녀는 플레어 원피스 자락을 들고 정중하게 허리를 숙였다.

"인사가 늦어서 미안해. 난 릴리세라 포너 휴프노엘. 교회에서 온 대표자들의 안내를 맡았어. 당신들이 교회에서 온 사자……라고 보면 되겠지?"

릴리스는 샤스틸 일행의 안내를 위해 마중 나온 모양이었다.

샤스틸도 자세를 바로 하고 경례했다.

"성기사장 샤스틸 릴키비스트다. 쿠로카 사제의 소개는 필요 없을 것 같고, 이쪽은 내 개인적인 친구인 네프테로스. 나머지는 부하들이다. 잘 부탁해."

"……저기 있는 건?"

자간에게 맞아서 쓰러진 발바로스를 가리키자 샤스틸은 머리를 감쌌다.

"동료다. ……아마도."

교회의 성기사장이 이 저질 마술사를 동료라 부르는 데에 거부감을 느낀 것이리라. 샤스틸은 노골적으로 말을 머뭇거렸다. 그것도 당연하다고 생각하지만…….

——이 녀석들, 무슨 일이 있었나?

머뭇거리는 샤스틸에게서는 단순한 혐오와는 다른 분위기도 느껴졌다.

자간이 그 정체가 뭔지 생각하고 있는데 샤스틸은 결연하게 입을 열었다.

“그는 조만간 일어나서 알아서 따라올 테니까 그냥 놔둬.”

“그래……? 알았어. 이 **해저도시**는 세이렌의 신기(神器)로 지켜지고 있으니까 마술사 한두 명 정도로는 아무것도 못할 거야.”

셀피도 말했지만 류카온에는 신기라 불리는 비보가 존재한다고 한다. 대륙에서 성검이라 부르는 것과 비슷한 물건이다.

“신기라니, 류카온에서 모시고 있는 신기와 동종인가? 나도 성검을 맡고 있는 자로서 흥미가 있는데.”

“그건 복제품이라서 별다른 힘은 없어. 오리지널은…….”

릴리스는 쿠로카를 힐끔 쳐다봤다. 그 시선을 알아챈 걸까, 쿠로카는 고개를 끄덕여 보였다.

“류카온의 신기는 〈천무월(天無月)〉이라고 하는데 한 쌍으로 존재하는 쌍검이에요.”

“에, 쌍검이라니, 설마……?”

샤스틸의 얼굴이 굳자 쿠로카는 손에 든 지팡이에서 도신을 보여주었다.

“네. 저희 일족은 이 〈천무월〉을 수호하는 일족이었어요.”

그 대답에 반응을 보인 사람은 자간과 네프테로스였다.

——저 단검이 신령 마법에 반응한 것도 그것이 이유인가?

그렇다면 신기라는 것도 성검이나 엘프와 관계가 있을지도 모른다.

릴리스는 자랑스럽게 가슴에 손을 올리고 말했다.

"셀피의 네프티나 가문, 쿠로카의 아델하이드 가문, 그리고 몽마인 휴프노엘 가문, 이렇게 삼대 왕가는 류카온의 신기를 계승하는 일족이야."

——즉 신기라는 게 세 개나 존재한다는 말인가.

쿠로카의 단검은 성검과 동등한 힘을 가지고 있었다. 류카온처럼 작은 섬나라에 그 정도의 힘이 세 개나 존재한다는 것은 위협적이다.

그런 것들이 굴러다니고 있는 걸 보면 오리아스의 말대로 이곳이라면 자간이 원래대로 돌아갈 수 있는 방법이 있을지도 모른다.

릴리스는 스커트를 나부끼며 신전을 가리켰다.

"자, 이쪽이야. 나머지 한 명은 올지 안 올지 모르니 당신이 마지막 손님이야."

"늦어서 미안하군. ……그런데 나머지 한 명이라는 건?"

"새로운 〈마왕〉이야. 하지만 편지를 보내도 감감 무소식이니 아마 안 오겠지."

"엇, 〈마왕〉이라면……."

샤스틸이 쳐다봤지만 자간은 검지를 세워서 조용하라는 신호를 보냈다.

——난 원래 몸을 되찾고 싶은 것뿐이다. 회의 같은 건 내 알 바

아니야.

그보다 지금 이렇게 쓸데없는 이야기나 하고 있을 시간은 없다.

샤스틸이 아무 말도 않고 있자 릴리스는 신전을 향해 걸어가기 시작했다.

"쿠로카도 이리 와. 이야기를 나눌 수 있는 시간이 조금은 있겠지?"

"네. 릴리스가 어떻게 지냈는지도 들려주세요."

그렇게 걸어가는 두 소꿉친구를 셀피는 아무 말 없이 배웅했다.

자간은 그녀의 등을 난폭하게 때렸다.

"아프잖아요, 자간 씨……."

"아프라고 때린 거다. 그보다 넌 시끄럽고 너무 눈에 띄어. 난 눈에 띄면 안 된단 말이다. 그러니까 넌 저쪽에 좀 가 있어."

셀피는 눈을 동그랗게 뜨고 깜빡였다.

"그 말은, 친구들과 같이 가도 된다는 뜻인가요?"

"……글쎄. 네가 어디로 가든 난 관심 없다."

셀피는 눈을 반짝이며 자간의 머리를 쓰다듬었다.

"감사합니다. 쿠로카 짱 일도 그렇고요. 이 은혜는 평생 잊지 않을게요!"

"됐으니까 어서 가봐. 시끄러워서 죽겠군."

험악하게 쫓아내자 셀피는 손을 떨어질 것처럼 열심히 흔들더니 친구들의 뒤를 쫓아갔다.

◇

셀피의 뒷모습이 보이지 않게 된 뒤에 자간은 흥 하고 콧소리를 냈다.

"하여간에 야단스럽긴."

"꼭 그렇지는 않은 것 같아요."

네피는 보기 드물게 확실한 말투로 부정했다.

"자간 님에게는 아무것도 아닌 일이라도 그녀들에게는 그렇지 않은 거예요. 그러니까 이럴 때 감사하는 마음 정도는 순순히 받아들여도 괜찮지 않을까요?"

"음……."

왠지 자간이 어려진 후부터 네피가 엄격해진 느낌이다. 아니, 다정한 건가? 평소와 반응이 달라서 자간도 어떤 반응을 보이면 좋을지 모르겠다.

——그나저나 감사라…….

다른 사람에게 감사를 받든 말든 상관없지만 자신이 그런 것을 말로 표현하는 데 서툴다는 자각은 있다. 아니, 애당초 제대로 감사의 마음을 전해본 건 네피에게도 손에 꼽을 정도밖에 없다.

——역시 계속 이래선 안 되겠군.

으흠, 하고 헛기침을 한 뒤에 자간은 입을 열었다.

"그러면 네피도……."

손을 뻗었지만 지금 자간의 손은 네피의 머리에 닿지 않았다. 그래도 발돋움을 해서 간신히 네피의 앞머리를 만졌다.

그러자 네피도 머리를 살짝 숙여주었다.

"이렇게 할까요?"

"으, 음."

자간은 네피의 머리를 어색하게 쓰다듬었다.

"아까 화내줘서 고맙다. 하지만 그렇게 무리하지 않아도 돼. 난 화내는 네피보다 평소의 네피가 더 좋으니까."

과연 자간이 하려는 말이 제대로 전해진 걸까?

네피는 귀 끝은 물론이고 얼굴까지 새빨개졌다.

"자간 님, 언제나 치사하세요. 이런 때에도 그런 말씀을 하시다니……."

그리고 자신의 머리를 쓰다듬는 자간의 손에 가만히 손을 겹쳤다. 네피는 아무 말도 하지 않았지만 그 손의 온기를 확인하는 것처럼 언제까지나 손을 놓으려 하지 않았다.

얼마나 그러고 있었을까.

마침내 포레가 뭔가 생각난 것처럼 외쳤다.

"자간, 네프테로스가 돌아왔어."

""——!""

둘만의 세상에 있던 자간과 네피는 허둥지둥 떨어졌다.

다행이 주위의 시야는 좋지 않다.

네프테로스는 딱히 의심하는 기색 없이 그들 앞으로 왔다. 그 뒤를 젊은 성기사 한 명이 따라왔지만 그쪽은 모르는 얼굴이었다.

"잠깐만 기다리세요, 네프테로스 님. 혼자 다니시는 건 위험합니다."

"당신의 일은 샤스틸의 호위잖아? 나를 따라올 필요는 없어."

"당신도 지켜드려야 할 분 중 한 명입니다. 저 리처드, 곁을 지키겠습니다."

아무래도 네프테로스의 감시를 맡은 사람이거나 호위인 것 같았다.

——실력은 상중(上中) 정도?

샤스틸의 측근인 창천의 세 바보와 엇비슷할 것 같다. 제법 실력이 있을 것 같지만 샤스틸이나 쿠로카에게는 미치지 못하리라.
……이 남자도 방금 전의 네피와 자신의 모습을 보지 못했으면 좋겠는데.

자간은 쑥스러움을 얼버무리려는 듯 입을 열었다.

"무슨 일이냐? 일행을 따라가지 않아도 돼?"

"그게, 그쪽은 내가 없어도 쿠로카를 비롯해 다른 사람들이 있으니까 괜찮아. 그보다……."

네프테로스는 뭔가 말하기 곤란한 듯 시선을 돌렸다. 그러더니 결심을 굳힌 것처럼 뾰족한 귀 끝을 떨면서 말했다.

"곤란한 상황이잖아? 내가 도와주지."

갈색 피부까지 새빨갛게 물들이며 한 말이었다.

——아~, 이 녀석, 여기로 돌아오면서 무슨 말을 할지 연습한 게 분명해.

자간조차 흐뭇해져서 눈을 가늘게 떴다. 네피의 여동생이 이렇게 애를 쓰는데 무시할 수는 없다. 자간은 그 제안을 순순히 받아들이기로 했다.

"음. 고맙다. 지금은 무엇이 필요할지 모르는 상황이니 그래주면 좋지.”

“그, 그렇게 기대하지는 않는 게 좋을 거야…….”

그녀는 휙 하고 고개를 돌렸지만 그 입가가 살짝 풀어지는 것을 자간은 놓치지 않았다.

그러자 포레가 그녀를 끌어안았다.

“네프테로스, 귀여워.”

“하앗……, 넌, 포레……였지? 네가 커진 것과도 관계가 있는 거야?”

“응. 그렇지만 그 전에——잘 왔어, 네프테로스.”

——포레 녀석도 네프테로스를 걱정했었지.

포레에게 꼭 끌어안긴 네프테로스는 곤란한 표정을 지었지만 그래도 이렇게 대꾸했다.

“……다녀왔어.”

그런 다음 필연적으로 시선이 향한 곳은 이곳에 있는 마지막 한 명인 네피였다.

““……….””

뭐라 설명하기 힘든 침묵이 흘렀다.

——아~, 이거 큰일인데…….

사실 이 두 사람이 차분한 상태에서 제대로 얼굴을 마주하는 것은 비프론스의 배에서 만난 이후로 처음이다.

엘프의 숨겨진 마을에서도 만났지만, 그때는 네프테로스의 상태가 평정심이 아니었기 때문에 네피도 쉽게 말을 걸지 못했다. 그래서 표면적인 인사말 정도의 대화만 나누었을 뿐, 밤이 되면 네피는 다시 어린아이로 돌아가고 말았던 것이다.

그리고 더 곤란한 문제는 네프테로스를 비호했다는 이야기는 했어도, 그녀를 네피의 여동생으로 받아들였다는 말은 아직 하지 않았다는 사실이다.

그 전말은 네프테로스의 출생 배경과 깊이 관련되어 있기 때문에 이야기하지 않을 수는 없지만, 네프테로스 역시 그 이야기를 네피에게 하고도 평정심을 유지할 수 있을 정도로 마음이 정리된 것처럼 보이지는 않았기 때문이다.

사정을 아는 사람과 모르는 사람 모두 그 어색한 분위기를 감지한 걸까. 어쩔 줄 몰라하며 두 엘프를 지켜봤다.

그렇게 당황하고 있는데 제일 먼저 입을 연 사람은 네피였다.

"오랜만이에요, 네프테로스 씨. 지금은 샤스틸 님과 함께 계신다고 들었는데 불편한 점은 없으신가요?"

"……별로. 그 녀석은 귀찮을 정도로 잘 해주고 교회 사람들도 친절해."

"안심했어요. 그래도 혹시 곤란한 일이 생기면 언제든 말씀해주세요. 제가 할 수 있는 일은 뭐든 해드리고 싶으니까요."

그 대응에 자간도 혀를 내둘렀다.

――네피는 타인과의 거리를 가늠하는 데 능숙하군…….

여기서 괜히 친하게 굴면 네프테로스의 성격상 거절할 것이 분명하다. 그렇다고 너무 조심스럽거나 차갑게 대하면 그건 그것대로 사이만 멀어질 뿐이다.

네프테로스는 마음이 불편한 것처럼 고개를 숙였다.

"……당신은, 날 원망하지 않아?"

"에, 어째서요……?"

왜 그런 결론에 이르는 건지 진심으로 이해가 되지 않는다는 것처럼 네피는 깜짝 놀라 눈을 깜빡거렸다.

"왜냐니, 난 그럴만한 짓을 했다고 생각하는데. 저, 당신을 공격하기도 했고 당신인 척 행동하기도 했고……, 이것저것 많잖아."

그건 의외라면 의외인 말이었다.

——그래, 네프테로스도 죄책감을 느끼고 있었구나.

물론 네피를 대신해서 만들어졌다는 사실은 지금도 그녀의 자존감을 갉아먹고 있을 것이다.

그렇지만 자신이 한 짓을 정당화하지 않고 자신이 진 빚이라고 느낀다는 것은 과거를 사실로 받아들이기 시작했다는 증거가 아닐까.

——샤스틸은 정말로 이 녀석을 구원해준 거다.

이건 그 소녀만이 할 수 있는 일이다. 그 점에 대해서는 진심으로 존경했다.

하지만 네피는 시시한 농담을 들은 것처럼 씁쓸하게 웃었다.

"그런 일로 언제까지고 화를 낼 리 없잖아요."

마치 신경 쓰지 않는다는 듯한 대답에 네프테로스는 반대로 발끈했다.

"뭐야, 그게! 마음 넓은 척하는 거야?"

"아니, 그런 건 아니에요……."

네피는 보기 드물게 팔짱을 끼고 생각에 잠기더니 당혹스러운 목소리로 이렇게 말했다.

"원망이라는 걸 할 만한 일은, 이를테면 친구가 된 작은 새를 바로 눈앞에서 손으로 쥐어 터뜨리거나, 같은 집에 있는데도 없는 사람 취급을 하며 16년 정도 계속 무시하며 지내거나, 가끔 걸어주는 말이 '넌 살아선 안 되는 아이'인 것 같은 게 아닐까요?"

손가락을 꼽아가며 세던 네피는 어쩔 수 없다는 듯 쓴웃음을 지었다.

"제게 괴로웠던 일은 그런 것들이에요. 네프테로스 씨가 했던 일은 물론 싫기는 했지만 원망할 정도는……."

그 말을 듣자 네프테로스도 말문이 막혔다.

"당신, 나보다 더 심한 일을 겪었던 거 아니야……?"

"글쎄요. 괴롭다는 건 사람에 따라 다르지 아닐까요? 자간 님은 저보다 더 힘들게 살아오셨을 텐데도 별일 아닌 것처럼 말씀하시는 걸요."

갑자기 이야기의 화살이 자신을 향하자 자간은 당황했다.

"나야말로 별거 아니야. 기껏해야 최초의 기억이 쥐와 함께 하수구를 기어 다녔던 거라거나, 허구한 날 죽기 직전까지 얻어맞거나 손에 넣은 음식이나 값나가는 물건을 빼앗기거나 한 건데 **의외로 즐거웠던 시절**의 기억이라고 생각할 정도니까."

빵을 나눠준 소년, 그림책을 읽어준 소녀, 분명 동료라고 생각해도 좋을 사람이 있었다.

인간에게 진짜 고통이란 '고독'이 아닐까.

따뜻한 온기를 아는 사람에게 고독은 견디기 힘든 고통이 된다. 따뜻한 온기를 모르는 사람, 또는 그 온기를 잊은 사람에게도 희로애락을 좀먹는 독이 된다.

적어도 자간은 그랬다. 무엇을 해도 의미 따위는 찾지 못했고, 아무것도 느끼지 못했다. 그저 비참하게 죽는 것이 싫어서 힘을 기르기만 했던 나날이었다.

포레가 한탄하듯 한숨을 쉬었다.

"두 사람 다 정말 힘들게 살았구나."

"교회에 속해 있으면서 이 정도로 제 자신의 무력함을 통감한 건 처음입니다……."

현명하게 분위기를 파악하고 침묵하고 있던 젊은 성기사까지 눈물을 글썽였다.

그 비탄이 전염된 것일까. 네프테로스도 체념한 듯이 한숨을 흘렸다.

"……이런 일로 경쟁하는 게 바보 같이 느껴지기 시작했어."

그런 다음 하얀색으로도 은색으로도 보이는 머리카락을 흔들며 고개를 들었다.

"――네페리아――앞으로도 당신을 그렇게 부를게. 당신이 내 언니라고 해도 당장 그렇게 생각하기는 힘드니까."

"네. 그래도 상관없――……에? 언니……?"

그녀의 말에 네피도 귀를 쫑긋 경직시킨 채 할 말을 잃었다.

그러더니 당혹스러운 눈빛으로 자간을 바라봤다.

"아~……. 저기, 실은, 그런 셈이야. 네프테로스는 네 여동생이다. 그래서 나도 이 녀석을 처제로 받아들이기로 했다."

"어, 아직 말하지 않았어?"

자간은 자신의 귀를 의심하는 듯한 표정을 짓고 있는 네프테로스에게서 시선을 돌렸다.

——데이트 문제로 정신이 없었다는 말은 죽어도 못해.

물론 네프테로스의 출생에 대해 이야기할 수 없었다는 이유도 있지만, 그래도 넌지시 이야기할 수도 있었다.

네피는 당혹스러운 모습으로 입을 열었다.

"자, 잠깐만요. 그 마을에는 저 말고 하얀 엘프는 없었고, 있었다면 저와 똑같은 일을 겪었을 텐데, 여동생이라니……."

"아아. 그것도 상황을 봐서 이야기할 생각이었는데, 네피, 넌 그 마을 출신이 아니다. 하이 엘프는 밖에 있으면 끊임없이 생명의 위협을 당하기 때문에 네 어머니가 그 마을에 맡겨뒀던 거야."

갑자기 진실을 알게 된 네피가 비틀거렸다.

"네페리아!"

그녀를 부축한 것은 네프테로스였다.

어린아이의 모습인 자간이 뻗은 손은 네피에게 닿지 않았다.

——이 팔다리는 이런 때에도 말을 듣지 않는 건가……!

자간이 입술을 깨물고 있는 것도 모른 채 네프테로스는 무뚝뚝하게 말했다.

"……이봐, 정신 차려. 내가 한 짓도 **아무것도 아니**라면서?"

자칫하면 경멸로 들리기도 하는 말이었지만 자간은 그게 서투른 격려의 말이라는 것을 알 수 있었다.

네피에게도 그 뜻이 전해진 것이리라. 이윽고 자신의 발로 일어났다.

"죄송합니다. 조금 놀라서요."

그러더니 네피는 네프테로스의 손을 마주 잡았다.

"전 혼자가 아니었군요. 이 마음은 아마도 기쁨……일 거예요."

"그, 그래."

쑥스러운 듯 귀를 떠는 네프테로스에게 네피는 물었다.

"그럼 네프테로스 씨는 우리의 '어머니'가 어떤 분인지 알고 계신가요?"

"음, 한 번 만난 적이 있긴 한데……. 아직 살아계셔."

"그렇, 군요……."

네피는 안심한 것 같기도 하고 아닌 것 같기도 한, 복잡한 목소리로 대답했다.

"기뻐? 아니면 미워?"

"글쎄, 요……. 갑자기 너무 많은 사실을 알게 되어서 제 자신의 마음이 어떤지 잘 모르겠네요."

"……뭐, 이해가 안 되는 건 아니야."

네프테로스도 마음을 정리하는 데 긴 시간이 걸리고 있는 중이었다.

그러더니 겸연쩍은 듯 이렇게 덧붙였다.

"그리고 일일이 '씨'를 붙여서 부르는 것도 그만둬. 나도 당신에게 반말을 사용하니까."

"그렇, 군요. 알겠어요, 네프테로스."

무척이나 서툴렀지만 마침내 두 사람이 서로를 자매로 인식한 순간이었다.

◇

네프테로스가 합류하면서 자간은 자신과 포레 사이에 일어난 일을 한 번 더 간추려 설명했다.

"——그래서 마술 이외의 방법을 찾아 이 먼 곳까지?"

"한심한 이야기지만 맞아."

"〈마왕〉 오리아스도 포기할 정도이니 한심한 건 아니지 않아?"

그런 다음 네프테로스는 팔짱을 끼고 말했다.

"이야기는 대충 알겠는데, 그럼 샤스틸 일행과 함께 회의에 나가는 게 좋지 않을까? 그런 저주를 어떻게든 해결할 수 있는 건 이종족이라도 장로 정도밖에 없잖아."

"얼굴도 모르는 타인의 미래를 논하는 자리에 내가 있어봤자 아무 의미도 없잖아. 설령 이야기를 꺼내더라도 교환 조건으로 골치 아픈 일을 강요할 게 눈에 훤하다."

"얼굴도 모르는 타인……이라."

네프테로스가 싸늘한 눈으로 바라봤다.

"무슨 말을 하고 싶은 거냐?"

"고작 얼굴 몇 번 본 게 다인 나와 쿠로카를 위해 그렇게까지 한 당신이 말해봤자 설득력이 떨어진다고 생각한 것뿐이야."

자신의 행동이 그렇게 이상했나 싶어 자간은 고개를 기울였다.

그러자 네피가 즐거운 기색이 다분한 목소리로 말했다.

"그렇지만 확실히 자간 님이 섣불리 그런 곳에 얼굴을 내밀었다가는 결국엔 그냥 놔두지 못하고 혼자서 다 떠안을 위험성이 높아요. 지금은 회의가 일단락 될 때까지 기다리는 것도 괜찮은 방법이 아닐까 생각합니다."

——네피까지 그런 말을 하는 거냐?

신부도 자신을 '혼자 다 떠안는 사람'이라고 생각하고 있었다는 사실에 자간도 얼굴을 가리고 웅크리고 싶어졌다.

……나는 오만한 〈마왕〉으로 보일 생각이었는데.

"——그러면 거만해 보이는 녀석을 적당히 납치하면 되는 거 아냐?"

"최종적으로는 그 방법도 고려하는 게 좋겠지만 이곳은 놈들의 '영지'다. 괜히 화나게 만들었다가는 지금의 나로선 괜히 발목만 잡혀서 일을 망칠 수도 있어. 그러니 신중하게 움직여야 해."

성검과 비등한 무구를 세 개나 가지고 있고 마술도 마법도 아닌 힘을 다루는 것이 류카온 사람들이다. 어린아이가 된 자간이 정면으로 대립하는 것은 위험하다.

"'영지'라고? 쳇, 정말이군. **내 그림자**도 제대로 열 수가 없잖아."

그 자리에 있는 모두가 고개를 갸웃거렸다.

깜짝 놀라 돌아보니 어느새 부활한 발바로스가 아주 당연한 것처럼 대화에 끼어 있었다.

“너 언제부터 일어나 있었냐?”

“응? ‘그렇게 무리하지 않아도 돼. 난 화내는 네피보다 평소의 네피가 더 좋으니까’라는 부분부터?”

“잠깐, 자간. 심부름꾼이 필요할 때도 있잖아. 지금 죽이는 건 아까워.”

현재 자신이 끌어낼 수 있는 마술을 전부 끌어모아 주먹을 치켜드는 자간을 포레가 꼭 안아서 말렸다.

“심부름꾼도 입을 조심하도록 해. 지금 자간은 여유가 없으니까.”

“너 내가 이 녀석 손에 몇 번이나 죽을 뻔한 줄 알고 그러는 거냐……?”

그런데도 태도를 바꿀 생각은 조금도 없는 이 남자는 어떤 의미에서는 거물인지도 모른다.

그런데 네프테로스가 이상하다는 듯 고개를 갸웃거렸다.

“저기, 방금 그 이야기의 어떤 부분이 화를 낼 만한 포인트인 거지? 그가 이야기를 듣고 있었다는 거? 도대체 어떤 부분이 잘못된 거야? 네페리아의 머리를 쓰다듬는 당신들은 즐거워 보였는데.”

처제의 순진한 말에 자간과 네피는 얼굴을 가리고 무너졌다.

젊은 성기사——이름은 리처드라고 한다——가 머리를 감싸며 입을 열었다.

“네프테로스 님, 그런 말은 당사자 앞에서는 하지 않는 게 좋지 않을까요?”

"……? 그러면 안 돼?"

"에, 아니, 안 된다고 할까, 저……."

리처드도 나쁜 사람은 아니겠지만 용과 엘프, 〈마왕〉을 앞에 두고 상식을 이야기하기에는 너무 무력했다.

그러자 포레가 대신 네프테로스의 어깨를 두드렸다.

"자간과 네피는 부끄럼쟁이. 자신들이 고민하고 쑥스러워하는 모습을 들키는 게 부끄러운 거야. 그러니까 지적하면 안 돼."

"흐음, 옳거니, 그런 거군. 기억해두지."

딸의 친절한 해설에 두 사람은 완전히 넉다운 되었다.

"네프테로스, 자간과 네피 같은 사이에 흥미가 있어?"

"응, 조금. 어떤 건지 알고 싶기도 하고."

처제는 솔직하게 고개를 끄덕이더니 자간과 네피를 뚫어져라 쳐다봤다.

——거기서 진지하게 관찰하는 건 그만둬!

수치심으로 인해 죽을 것 같았다.

그러더니 네프테로스는 신기하다는 듯 포레를 올려다봤다.

"몸이 커지너니 발하는 것도 어른스러워졌네?"

"응. 언니니까."

자랑스럽게 가슴을 펴는 딸은 역시 어린애였다.

하지만 네프테로스는 이상하게 생각하지 않았는지 진지한 표정으로 가슴을 눌렀다.

"몸이 커지면 정신도 성장한다는 건가? 그러면 나도 그렇게 되었으면 좋겠는데."

"아니야. 자간이 한 말인데 어른은 사물을 다양한 방향에서 생각할 줄 안대. 아마도 상대의 입장이 되어 생각한다는 뜻. 자간은 어른에서 아이가 되면서 그걸 못하게 되었어. 그래서 나도 해보고 있는 거야."

"으윽."

딱히 악의는 없겠지만 가차 없는 추가타에 정신이 아득해질 것 같았다.

"그렇군. 역시 학습하지 않으면 안 되는구나."

네프테로스는 어쩔 수 없다는 듯 그렇게 중얼거렸다.

자간은 숨을 헐떡이며 머리를 흔들었다.

"어, 어쨌든! 셀피의 말이 맞다면 이곳에 정착해서 살고 있는 녀석들이 있을 거다. 우선 그들에게서 힘을 가진 녀석에 대한 정보를 모으는 거야."

마술을 사용해 시야를 확보하자 신전 주변에 집처럼 생긴 건물이 몇 개나 늘어서 있는 게 보였다. 아마도 그 주변이 세이렌들이 사는 마을이리라.

"자간. 우린 너무 눈에 띄어. 낯선 사람이 어슬렁거리고 있으면 수상하게 생각할 거야."

포레의 지적에 자간은 여유로운 태도로 고개를 흔들었다.

"그럴 걱정은 없다. 지금 이곳에서는 장로회의가 열리고 있다. 외부인은 얼마든지 있고, 그중 몇 명이 남아서 거리를 걸어 다닌다고 해도 이상한 일은 아니지."

그 대답에 포레는 어깨를 축 늘어뜨렸다.

"상대의 입장이 되어 생각하는 건 역시 어려워."

"아니, 위험성을 고려하는 건 중요한 일이다. 포레는 절대 이상한 말을 한 게 아니야."

"그래?"

쌀쌀맞은 반응이었지만 그 뺨은 기쁨으로 발그레하게 물들어 있었다.

그런 딸의 모습을 흐뭇하게 바라보며 자간은 고개를 끄덕였다.

"그럼 정해졌군. 놈들의 도시인지 마을인지를 탐색한다. 네프테로스도 동의하지?"

네프테로스는 자간의 처제지만 부하는 아니다. 그런 의미에서 확인을 구한 것인데 소녀는 고개를 끄덕이다가 곤란한 표정을 지었다.

"알았어, 자……."

"뭐라고?"

"그러고 보니 난 당신을 뭐라고 부르면 되지……?"

네프테로스에게 있어 자간은 지위가 높은 〈마왕〉이자 과거의 적이며 현재의 보호자이고 형부이기도 하다.

어떤 관계성에 기초해서 부르면 좋을지 혼란스러울 것이다.

자간은 어깨를 으쓱이고 대꾸했다.

"좋을 대로 불러. 하지만 전에도 말했다시피 딱딱한 건 질색이다."

네프테로스는 조금 고민하는 것 같더니 이내 고개를 끄덕였다.

"그럼 형부."

그 호칭에 자간 뿐만 아니라 그 자리에 있는 모두의 눈이 휘둥그레졌다.

"……왜?"

"아니, 뭐, 음. 괜찮네."

——이건 뭘까? 포레에게 '파파'라고 불렸을 때와 비슷한, 묘한 기분이다.

결코 불쾌한 감정은 아니다.

자간은 쑥스러움을 감추듯 고개를 끄덕였다.

◇

"그런데 왜 너까지 따라오는 거냐——발바로스."

세이렌의 마을을 향해 걸어가고 있는데 어째서인지 발바로스도 같이 따라왔다.

셀피가 친구들을 따라가는 바람에 그곳을 걷는 건 자간과 네피, 포레, 그리고 네프테로스와 그 호위를 맡은 리처드, 마지막으로 발바로스, 이렇게 여섯 명이다.

——난 네피와 데이트하기로 한 날까지 원래 몸으로 돌아가야만 해!

발바로스가 거기에 도움이 될 것 같지는 않았다.

한 가지 더 덧붙이자면, 이 남자만 없으면 가족 여행이라고도

볼 수 있었다. 제발 분위기 파악 좀 해줬으면 좋겠다.

그런데 발바로스는 덥수룩한 머리를 흔들며 웃었다.

"하하, 그쪽에는 고양이 소녀가 있으니까 괜찮아. 게다가 그 녀석 때문에 샤스틸 가까이 가지도 못한다고. 그러니까 여기서 시간이라도 때울 수밖에 없잖냐."

"흐음……? 뭐, 그래도 상관은 없다만."

발바로스는 짜증스럽게 말했는데 그 짜증이 쿠로카를 향한 것인지, 아니면 샤스틸의 옆에 있지 못하기 때문인지는 자간도 알 수 없었다.

——굳이 말하자면 둘 다?

아무래도 발바로스 안에서 자간도 예상하지 못한 변화가 일어나고 있는 것 같다. 샤스틸도 싫지만은 않은 기색인데, 과연 어떻게 될까.

신경은 쓰였지만 자신의 연애도 뜻대로 하지 못하는 것이 지금의 자간이다. 다른 사람을 걱정하고 있을 상황이 아니었다.

신전에서 벗어나 마을로 다가가보니 그곳은 온통 녹색 눈으로 뒤덮여 있었다.

청동 같은 녹색이다.

눈이라고 해도 지상에 내리는 눈은 아니다. 이끼 같은 녹색 먼지가 곳곳에 내려 쌓인 것이었다. 발을 내딛을 때마다 발자국이 생기면서 먼지가 확 피어올랐다. 그 광경은 사막이라기보다는 역시 눈에 가까웠다.

세이렌은 지면을 밟는 게 아니라 허공을 헤엄치기 때문에 퇴적

된 먼지가 그대로 쌓여 있는 것 같았다. 건물 입구에 가까운 부분에는 먼지가 없는데도 발밑에는 다량으로 쌓여 있었다.

시험 삼아 한 움큼 떠서 손에 쥐어봤다.

——이건, 모래……, 아니, 생물의 사체?

썩은 냄새가 나는 건 아니지만 일그러진 형태의 파편들은 모래알갱이라기보다는 뼈의 파편으로 보였다. 그와 동시에 그 파편들이 녹색이 아니라 **하얀색**이라는 것을 알 수 있었다.

머리 위를 올려다보니 희미하지만 햇빛이 쏟아지고 있었다. 물속에서는 빛의 색도 방해를 받아 제한된다. 이 정도 깊이면 대부분 파란 빛밖에 닿지 않으니 녹색으로 보이는 것이리라.

집들도 원래는 가공된 돌로 건축되었을 테지만 지금은 이 먼지와 따개비, 해조류에 침식되어 바위와 분간이 가지 않았다. 그런 돔 형태의 건물 틈새로 엷은 빛이 새어나오고, 그 빛이 몇 백 개로 나뉘어 퍼지고 있었다.

빛나는 물고기가 무수히 헤엄치고 있는 것처럼 보이기도 하는 매우 기이한 광경이었다.

"음, 의외로 아름답군."

"네. 저도 그렇게 생각해요."

자간의 혼잣말에 네피도 기분 좋게 고개를 끄덕였다.

——특별한 장소를 함께 걷는 것을 데이트라고 부른다면 이것도 데이트가 아닐까?

동반자가 다수 있는 게 마음에 걸리지만 네피가 기뻐해준 것은 솔직히 기뻤다.

그런 광경을 바라보고 있는데 갑자기 발바로스의 목소리가 들렸다.

「어이, 자간.」

그것은 육성이 아니라 머릿속에서 직접 울리는 것 같은 기묘한 감각이었다.

자간은 살짝 실눈을 떴지만 곧 그 정체를 알아차리고 대꾸했다.

「텔레파시인가? 이런 건 또 언제 익힌 거냐, 발바로스.」

다른 사람과 생각으로 대화를 나누는 마술이다.

하지만 입으로 말하는 것만큼 간단한 마술은 아니다. 어쨌든 타인의 사고에 간섭하는 것이다. 상당히 큰 힘의 차이가 있거나 또는 그것을 전문으로 배운 마술사가 아니면 발동조차 시키지 못한다. 적어도 자간에게는 불가능하다.

그리고 발바로스는 그 둘 중 어느 쪽에도 해당되지 않는다. 그런데도 이렇게 자간과의 대화를 성공시켰다. 보름 전까지만 해도 못했었는데.

이 남자는 자기 나름대로 열심히 힘을 기르고 있는 것이다.

——일부러 이런 마술을 사용한 걸 보면 다른 사람에게는 들려주고 싶지 않은 이야기라는 건가?

자간이 대답을 기다리고 있자 발바로스는 초조해하며 말했다.

「그런 건 아무래도 상관없잖아. 그보다 확인하고 싶은 게 있다. 비프론스에 관한 거야.」

놀랍게도 이 남자는 네프테로스를 배려해서 텔레파시를 사용한 것이었다.

비프론스는 이제 네프테로스 앞에 나타나지 못한다. 자간이 그런 식으로 '서약의 마술'을 걸었기 때문이다. 〈마왕〉 정도 되면 언젠가는 깨뜨릴 수 있을지도 모르지만 현재로서는 그런 기척은 없었다.

「녀석이 무슨 일이라도 저질렀나?」

「……너, 그때 놈에게 마지막으로 한 말, 진심이었냐?」

자간은 눈썹을 찌푸렸다. 딱히 이상한 말을 한 기억은 없는데.

발바로스는 망설이듯 물었다.

「녀석이 네프테로스에게 반했다는 이야기 말이다. 그런 괴물이 그렇게 인간 같은 감정을 가질 수 있는 거냐?」

싸움의 결말을 목격한 사람은 발바로스 혼자였다. 그런 의문을 가지는 것도 이해가 되지 않는 것은 아니었다. 비프론스가 네프테로스를 사랑하지 않는다면 자간이 준 벌은 더 이상 벌이 아니게 된다.

자간은 별일 아닌 것처럼 대답했다.

「그 말은 그냥 독이다. 이제 슬슬 효과가 나타나서 괴로워하고 있을걸? 인간은 지적을 받으면 그런 생각이 들기 시작하거든.」

「뭐어? 그럼 그건 그냥 허세잖아. 너 바보냐?」

발바로스는 분노했지만 자간은 미안해하는 기색 하나 없이 말했다.

「아니. 녀석이 네프테로스를 사랑하고 있는 건 사실이다. 하지만 그것을 자각하지 못하면 벌이 되지 않지. 독이라는 건 바로 그런 의미다.」

「과연 그럴까.」

발바로스가 시답잖다는 듯 말하자 자간은 이렇게 말했다.

「나는 네프테로스에게 비프론스를 죽일 수 있는 마술을 주었다. 그래봤자 즉흥적으로 만든 것이라 여러 번 사용하면 파훼당할 정도의 마술이었지만.」

약식 〈천린〉에 비프론스의 머리를 날려버릴 수 있는 위력은 있었지만 그래도 그 〈마왕〉은 죽지 않았다. 그렇지만 고통을 느끼지 않는 건 아니다.

「그런데 비프론스는 잠자코 그것을 받아들였지. 아마 자신이 예상치 못한 일을 해낸 네프테로스를 자랑스럽게 여겨서 기꺼이 받아들인 게 아닐까.」

「그러니까 반한 거라고? 그건 좀 단락적인 생각 아니야?」

「글쎄. 하지만 내가 확신한 건 녀석이 진실을 알게 된 네프테로스를 억지로 처리하려 했기 때문이다.」

「반한 상대를 처리한다고?」

그런 점을 어이없어하는 것을 보면 발바로스는 아직은 정상적인 쪽인지도 모른다.

「비프론스는 네프테로스를 간단히 죽일 수 있었다. 그런데도 그렇게 하지 않았지. 아니, 못한 거야. 네프테로스를 궁지에 몰아넣어서 다시 자신에게 돌아오게 하는 게 녀석의 계획이었을 거다. 하지만 네프테로스는 내 영역까지 도망쳐 왔지.」

그런 자신의 행동을 어디까지 자각하고 있었는지는 확실하지 않다.

그렇지만 비프론스도 알고 있었을 것이다. 자간을 적으로 돌리는 것이 별로 이익이 되지 않는다는 것을.

「자신의 영지에서 죽이지 못한 상대에게 상대의 영지에서 싸움을 거는 바보가 있을까? 그래도 내게 싸움을 걸어온 건 그러지 않을 수 없었기 때문이다.」

왜냐하면 자간이라면 네프테로스를 구해줄 테니까.

그렇게 되면 더 이상 손대지 못한다.

다시 자신이 되찾지 못하게 된다. 그래서 비프론스는 자간에게 싸움을 걸 수밖에 없었던 것이다.

「시간도 가진 패도 없고 승산도 없는데 전혀 개의치 않고 **여자**를 되찾으려 한다. 인간은 도구나 기호품을 위해 그렇게까지 하지 못해. 그렇게까지 하는 건 그것이 자신의 목숨보다 중요한 존재이기 때문이다.」

그래서 자간은 확신한 것이다.

비프론스는 네프테로스를 사랑하게 되었다. 다만 본인도 그 사실을 자각하지 못했기 때문에 일부러 독을 쓴 것이다.

발바로스는 왠지 그 사실을 믿기를 두려워하는 것처럼 물었다.

「……그 정도로 맛이 간 놈도 다른 사람에게 반하는 경우가 있다는 거냐?」

그 목소리는 왠지 자신의 이야기를 하고 있는 것 같았다.

그래서 자간도 솔직하게 대답했다.

「딱히 이상한 일은 아니잖아. 오래 산 녀석일수록 고독도 몸에 깊이 스며드는 법이지. 그 녀석은 타인을 얻어야만 치유 받을 수 있는 거야. 그리고 한 번 치유 받으면 그 녀석을 사랑하지 않을 수 없게 되는 거고.」

거기까지 알면서도 자간은 비프론스로부터 네프테로스를 빼앗았다.

그것이 〈마왕〉의 보복이라는 것이기 때문이다.

「…….」

발바로스는 아무 대답도 하지 않았지만 신기하게도 부정의 뜻은 느껴지지 않았다.

그리고 그대로 텔레파시는 끊어졌다. 뒤에서 따라오는 발바로스에게 힐끔 눈길을 주자 뭔가 갈등하고 있는 것처럼 머리를 마구 쥐어뜯고 있었다.

——이 녀석의 반응은 역시 **그런 것**인가……?

어렴풋이 그런 게 아닐까 생각은 했지만 이렇게 노골적으로 자각하기 시작할 줄은 몰랐다.

동정 같기도 하고 당혹감 같기도 한 복잡한 감정을 얼굴에 띄우고 있자 네피가 그것을 알아차렸다.

"무슨 일 있으세요, 자간 님?"

자간은 목소리를 낮추고 속삭였다.

(아~……. 그게, 얼마 전에, 연애 상담 비슷한 것을 받았는데 어떻게 대답해줘야 할지 고민하고 있었던 것뿐이다.)

(그렇군요……. 발바로스 님도 그런 일에는 진지한 분이군요.)

네피는 귀 끝이 살짝 발그레해졌지만 그래도 흥미진진한 듯 그렇게 중얼거렸다.

——벌써 다 들킨 것 같다, 발바로스…….

이때만큼은 자간도 악우 녀석을 응원하고 싶어졌다.

◇

발바로스의 외모 탓인지 아무리 마을을 돌아다녀도 사람 그림자 하나 보이지 않았다.

——없는 건 아닌 것 같은데.

물속에서 옷이 스치는 소리라고 하면 표현이 좀 이상하지만, 몸을 움직이는 소리와 숨 쉬는 소리가 집들의 안에서 느껴졌다. 그렇지만 경계하고 있는지 멀찍이서 보고 있기만 했다.

원래 경계심이 강한 종족인지도 모르지만, 그래도 어떻게 하면 이야기를 들을 수 있을지 고민하기 시작했을 때였다.

"——쿡쿡쿡——."

어디선가 요염한 웃음소리가 들려왔다.

"놀랐어. 아아, 정말 놀랐지 뭐예요. 설마 또다시 오빠와 만나게 되는 날이 올 줄이야."

——뒤쪽인가?

자간이 뒤를 돌아보자——

"안 그래요——**은안(銀眼)의 왕**님?"

그곳에 있는 것은 작은 소녀였다.

지금의 자간과 동갑이거나 조금 위로 기껏해야 12, 3세 정도다.

회의에 참석하는 이종족 소녀인가? 두 다리가 있는 것을 보니 세이렌과는 다른 종족이다. 양쪽으로 묶은 황금빛 머리에 눈동자는 달빛을 띠고 있었다. 검은색을 바탕으로 한 프릴이 잔뜩 달린 드레스를 입고 있는데, 그 가냘픈 팔에는 독특한 인형이 안겨 있었다.

헤어스타일도 그렇고 의상도 그렇고 아까 본 릴리스와 비슷한 인상이다.

그런 가운데 자연스럽게 시선이 향한 곳은 소녀가 안고 있는 인형이었다.

시원찮은 불사자라도 모티브로 삼은 걸까. 굵은 실로 기운 듯한 흔적이 노골적으로 남아 있는, 좋게 말하면 개성적이고 나쁘게 말하면 기분 나쁜 인형이었다.

그렇지만 자간은 안면이 전혀 없는 소녀였다.

"뭐야, 넌?"

무시해도 괜찮았지만 처음으로 말을 걸어온 사람이라 걸음을 멈췄다.

——은안의 왕……. 아까 릴리스도 그런 이름을 말했지.

자간의 눈동자도 은색이지만 이것은 파란색과 회색의 아종(亞種)이지 특별한 종족이라는 증표는 아니다. 희소하다면 희소하지만 엘프나 용만큼 귀중하지도 않다.

그래도 어쩌면 힘 있는 누군가의 이름인지도 모른다. 그렇다면 자간의 저주를 푸는 데 도움이 될지도 몰랐다.

어린 소녀는 자간을 향해 귀엽게 손을 뻗었다.

"쿡쿡쿡, 이 아이와 똑같아, 조가비처럼 예쁜 눈동자."

가만히 보니 소녀가 안고 있는 인형의 눈알은 조가비로 만든 커다란 단추였다.

"무슨 말이지? 난 널 모른다."

기분이 찝찝해진 자간은 한 발 거리를 두었다.

어린 소녀는 그런 반응은 신경도 쓰지 않고 오히려 가까이 다가왔다.

"오빠는 기억이 없어도 난 있는 걸요. ……그립군요. 정말 그리워요. 너무 그리워서 그대로 **달라붙고** 싶을 정도로."

그제야 자간은 깨달았다.

앳된 얼굴에 어울리지 않게 요염한 미소를 짓는 소녀의 입에서 날카롭고 뾰족한 송곳니 두 개가 고개를 내밀고 있다는 것을.

"넌──밤의 일족──이냐."

흡혈귀, 불사의 왕, 어둠의 종족, 다양하고 불길한 이름으로 불리는 인간이 아닌 존재. 과거에는 인간이었지만 어떤 이유로 인해 생과 사라는 생명의 고리에서 벗어나게 된, 세상에서 가장 흉흉한 자다.

동시에 불로불사라고 하는, 마술사가 품고 있는 소망의 체현자이기도 하다.

그래서 마술사는 경의를 담아 그들을 이렇게 부른다──밤의 일족──이라고.

그들은 마술사조차 능가하는 이단이기에 교회의 철저한 탄압을 받았고, 원래부터 개체수가 적었던 점까지 더해져서 대륙에서는 거의 그 모습을 볼 수 없게 되었다.

그들 역시 류카온으로 도망쳐서 목숨을 부지했던 모양이다. ……생과 사를 가지고 있지 않은 그들에게 그 표현이 적절한지는 모르겠지만.

――그렇다면 이 녀석도 외모 그대로의 나이는 아니겠지.

밤의 일족의 소녀는 새빨간 입술을 미소 짓는 모양으로 일그러뜨렸다.

"아아, 드디어 저를 기억해내 주셨군요, 은안의 왕."

"……그러니까 아니라고 했잖아. 내 이름은――."

"――알고 있어요. 마르코시어스의 〈각인〉을 이어받은 새로운 〈마왕〉 자간 님."

소녀는 한 손으로 인형을 고쳐 안더니 나머지 한 손으로 스커트 자락을 잡고 우아하게 허리를 숙였다.

――내가 누구인지 알고도 일부러 그런 거라고?

자간은 경계하면서 말했다.

"그럼 뭐냐, 그 은안의 왕이니 어쩌니 하는 호칭은――?"

그러자 갑자기 소녀의 모습이 눈앞에서 사라졌다.

――사라졌어?

조금도 방심하지 않고 있었는데 자간의 눈은 소녀의 모습을 놓치고 말았다.

그 직후, 네피의 비명 같은 목소리가 울려 퍼졌다.

"자간 님!"

목덜미에 서늘하고 축축한 것이 슥 닿았다.

"——그래도 오빠의 피 맛과, 냄새, 물론 눈동자 색까지 모두 똑같아요."

언제 뒤로 돌아온 걸까, 소녀는 자간의 바로 뒤에 서 있었다. 그리고 무슨 생각인지 자간의 목덜미를 새빨간 혀로 핥았다.

——피를, 빨 생각인가!

밤의 일족은 그 존재를 유지하기 위해 타인의 피를 필요로 한다는 일화가 있다.

자간은 뿌리치려고 했지만 소녀의 손가락이 어깨를 단단히 잡고 있어서 도저히 움직일 수 없었다.

"——자간이 싫어하잖아. 그만해."

그런 소녀의 머리를 포레가 움켜잡았다.

흡혈귀 소녀는 달빛을 띤 눈으로 포레를 올려다봤다.

"어머, 덩치만 큰 어린애인 줄 알았는데 아이도 제대로 돌볼 줄 이네요. 기특해요, 아주 기특해."

"……넌 위험한 느낌이 들어. 그러니까 그 이상 자간에게 손을 대는 건 안 돼."

포레는 팔에 힘을 주어 소녀의 머리를 쥐어 터뜨리려고 했지만 그 전에 소녀의 몸이 **무너져 내렸다**.

"쿡쿡쿡, 아이, 무서워라. 어려도 용은 용이군요. 무서워서 죽을 것 같아."

소녀의 몸이 무수히 많은 박쥐가 되어 흩어지더니 다시 공중에서 소녀의 몸을 만들어냈다.

자간이 풀려나면서 포레가 그 앞에 섰다.

"그러면 죽어야지."

포레가 팔을 흔들자 그 궤적에 무수한 마법진이 나타났다.

그 마법진을 본 자간이 갑자기 새파랗게 질렸다.

——어이, 잠깐 기다려. 도대체 뭐야, 그 '회로'의 수는?

'마술 먹어치우기'라는 힘을 가진 자간은 마술 속에 짜넣은 '회로'의 수를 순식간에 파악할 수 있다. 포레가 만든 마법진에는 수천에서 수만에 이르는 '회로'가 들어 있었다.

자간이 포레에게 가르쳐주기를 망설인 〈천린〉도 기껏해야 만 개 정도다. 그런데 그런 것을 단숨에 수십 장이나 구축한 것이다.

——지금의 포레라면 〈용식〉이나 〈오련대화(五連大華)〉도 아무렇지 않게 다룰 수 있어.

곧이어 마법진은 세 곳으로 겹쳐졌다. 그 모습은 거대한 대포 세 문이 늘어서 있는 것 같았다.

그리고 실제로 그렇기도했다.

"꺼져."

포레가 그렇게 외치자 세 문의 마법진에서 각각 3종의 선명한 빛이 발사되었다.

하나는 바닷물을 뜨겁게 데우고 증기조차 불사르는 고온의 열선(熱線).

또 다른 하나는 그렇게 해서 불탄 대기조차 얼어붙게 만들어서 잘게 부수는 극광(極光).

마지막 하나는 산의 형태도 바꿀 수 있는 벼락의 철퇴.

그 하나하나가 평소의 포레의 입김을 훨씬 능가하는 파괴 그 자체인데 그런 것이 세 개나 동시에, 그러면서도 전투 범위 밖으로는 방전 하나 일어나지 않을 만큼 정밀하게 행사되었다.

세 종류의 빛은 정확히 흡혈귀 소녀를 집어삼켰지만…….

"쿡쿡쿡, 난폭하긴. 용이라면 좀 더 위엄 있게 굴어야죠."

소녀는 여전히 그곳에 떠 있었다.

——피한 게 아니다. 막아낸 건가……. 아니, 그것이야말로 말도 안 되지. 그렇다면…….

어지럽게 머리를 회전시킨 자간은 마침내 답을 찾았다.

"그래. 밤의 일족은 **그곳에 있어도 없는**것과 마찬가지."

수면에 떠 있는 달을 향해 돌을 던져도 깨뜨리지 못하는 것과 똑같다. 지금 보이는 모습도 신기루와 같은 것으로 이것을 부숴봤자 아무 의미도 없다.

어떤 시대의 〈마왕〉은 그들을 가리켜서 이렇게 불렀다고 한다 ——의지를 가진 천재(天災)——라고.

육체를 파괴할 수는 있어도 죽이지는 못한다. 그들에게는 죽음이라는 개념이 없기 때문이다. 심장에 쐐기를 박고 머리카락 한 올 남기지 않고 재로 만들어도 아주 짧은 시간 동안만 이 세계에 존재하지 못하게 될 뿐. 시간이 지나면 다시 나타난다.

천재는 대비할 수는 있어도 막지도 멈추지도 못한다. 밤의 일족은 바로 그런 존재였다.

"어머, 은안은 모든 걸 다 간파한다니까. 그렇지만 숙녀의 비밀까지 폭로하는 건 별로네요."

소녀는 딱히 감추지도 않고 긍정했지만 포레는 그 의미를 이해하지 못한 것 같았다.

"……이상한 힘. 어떤 힘인지 모르겠지만 **이거**라면 죽을까?"

도발적인 언동에 포레도 흥분한 모양이다. 입을 열고 숨을 크게 들이마셨다.

"——그만둬, 포레. 지금의 네가 입김을 내뱉으면 이곳은 사라질 거다."

"……!"

자신도 깨달은 것이리라.

——지금의 포레는 힘을 제어하지 못해.

갑자기 어른의 몸과 힘을 얻게 되었다. 처음에는 걷는 것도 위태로웠다. 그러니 마력을 제어하는 것은 불가능하다.

조금 전에 선보인 3종 복합마술은 훌륭한 정밀도를 자랑했지만 그것은 지금의 힘의 절반도 내지 않았기 때문이다. 전력을 다해, 그것도 용의 입김을 내뿜으면 과연 어떻게 될지 모른다.

포레는 떨떠름한 표정을 지은 채 내뿜으려던 입김을 다시 들이마셨다.

자간이 말릴 것까지 예상하고 있었는지 밤의 일족의 소녀는 요사스러운 미소만 지을 뿐 조금도 동요하지 않았다.

"그렇게 화내지 말아요. 전 그저 모처럼 이곳까지 온 오빠에게 충고를 조금 해드리러 온 것뿐이니까요."

자간은 말의 진의를 살피듯 물었다.
"너도 장로회의의 출석자라는 거냐?"
"그렇게 보시면 될 것 같네요."
그러자 의아해하며 말한 것은 발바로스였다.
"뭐어? 저 녀석, 밤의 일족이잖아? 살아 있는 것도 아닌 녀석이 이종족들의 생과 사에 왜 신경 쓰는 거지?"
어린 소녀는 자못 의외라는 듯 눈을 동그랗게 떴다.
"……어머, 거기 있는 비천한 생물은 말도 할 줄 아네요?"
"너 지금 싸움 거는 거냐?"
자간은 한숨을 쉬었다.
"그만둬, 발바로스. 지금은 네가 잘못한 거다."
밤의 일족이라도 감정은 있다. 발바로스의 한마디가 발끈하게 만들었다는 것 정도는 자간도 알 수 있었다.
그런 다음 자간은 귀찮은 듯 소녀를 올려다봤다.
"그래서? 설마 포레를 화나게 만들고 싶어서 온 건 아닐 테고, 무슨 용건이지?"
"어머, 우리는 생과 사의 순환에서 벗어난 자. 단순한 방관자인 걸요. 생명을 가진 자에게는 아무 짓도 못한답니다."
얼버무리듯 웃더니 자조하는 것처럼 중얼거렸다.
"……천 년 전에도 그저 보고만 있었는데."
"천 년 전……."
그 말은 무엇을 의미하는 걸까.
──라파엘이 꾸었다는 꿈에서도 천 년 전에 대해 언급되었다

고 했다.

도대체 그 시대에 무슨 일이 있었던 걸까.

자간이 주의 깊게 경계하고 있자 소녀는 다시 쿡쿡 웃었다.

"아아, 맞다, 충고! 충고를 하러 왔었죠. 너무 반갑고 즐거워서 그만 깜빡 잊었어요."

"충고라고?"

"네. 상을 원하면 먼저 상대가 바라는 것을 들어주도록 하세요."

그 말이 신호였던 것처럼 우당탕거리는 발소리가 들렸다.

"잠깐! 이게 무슨 야단이지?"

분노의 목소리를 높인 것은 아까 헤어진 릴리스였다. 마을에서 소동이 일어난 모습을 보고 상황을 살피러 온 모양이었다.

──뭐, 그런 마술을 사용하면 신전에서도 보이겠지.

자간도 그제야 깨달았다.

이 소녀는 릴리스를 불러오기 위해 이곳에서 소동을 일으킨 것이다. 도발하면 자간이 동료 중 누군가가 가만히 있지 않을 테니까. 그리고 그렇게 해도 부족했던 시간을 벌기 위해 에둘러 이야기한 것이다.

릴리스는 자간을 향해 성큼성큼 다가왔다.

"어이, 거기 꼬맹이. 이게 어떻게 된 일이지?"

"……저 녀석에 대해서는 네가 더 잘 하는 것 아니냐?"

자간은 여전히 허공에 떠 있는 소녀를 가리켰다.

릴리스는 그 끝을 시선으로 좇다가——경직되었다.

"뭐? 무슨 말을——……히익, 알시에라 님! 왜 이곳에?"

억센 성격으로 보이는 얼굴이 공포로 물들었다.

알시에라라고 불린 소녀는 재미있다는 듯 웃었다.

"어머, 내 귀여운 아기 사슴이군요. 이런 곳까지 만나러 와주다니, 상을 내려야겠는걸요?"

"다, 다다다다다당치도 않습니다! 황송해서 감히 알시에라 님의 상은 받을 수 없습니다!"

가여울 정도로 덜덜 떨면서 목숨을 구걸했다.

——이 녀석도 이 여자에게 트집을 잡혔나?

포레의 일격을 받고도 아무렇지도 않았던 괴물이다. 마술사도 아닌 평범한 소녀에게는 감당하기 어려운 상대일 것이다.

그리고 릴리스 역시 그 알기 쉬운 성격으로 인해 흡혈귀의 의도에 따라 이곳으로 끌려온 피해자라는 것을 알 수 있었다.

자간은 혀를 차며 릴리스 앞에 섰다.

"어이, 이 녀석이 그렇게 박식해?"

"쿡쿡, 이해가 빨라서 참 편하군요. 내 귀여운 아기 사슴은 아주 영리하답니다. 이 아이라면 오빠의 의문에 대한 답을 가지고 있을 테고, 이 아이가 대답하지 못한다면 그 답은 이곳에 없는 거예요."

마치 즐거운 연극이 시작되기라도 한 것처럼 즐겁게, 흡혈귀는 웃었다.

자간은 노골적으로 싫은 표정을 지어 보였다.

——이렇게 성가셔 보이는 녀석에게 물어보라고……?

그런데 신기하게도 이 흡혈귀의 말에서 거짓은 느껴지지 않았다. ……그렇다고 진실을 말하고 있는 것처럼 들리지도 않지만.

자간은 체념한 것처럼 말했다.

"그러지 뭐. 그건 믿어도 상관없는데 한 가지 이해가 안 되는 게 있다. 그것으로 넌 무슨 이득이 있지?"

(잠깐, 이분에게 그런 식으로 말하면 안 돼! 큰일날 거라고!)

창백하게 질린 얼굴로 옷을 잡아당기는 릴리스를 한 손으로 밀어내고 있자 소녀는 또 재미있다는 듯 웃었다.

"재미있는 게 있으면 좀 더 재미있게 만들고 싶은 게 인간의 마음이잖아요?"

생물이기를 포기한 존재가 인간의 마음 운운하자 자간도 어이가 없어서 입을 다물었다.

그러자 소녀는 다시 허공에서 스커트 자락을 잡고 우아하게 허리를 숙였다.

"그럼 안녕히, 사랑스러운 은인의 왕――그리고 **아자젤**."

"――!"

왜 여기서 그 이름이 나오는 거지?

자간이 눈을 커다랗게 떴을 때는 소녀의 모습이 무수히 많은 박쥐가 되어 사라진 후였다.

"아자젤……이라고?"

그것은 자간도 조사하고 있는 '열세 번째' 성검의 이름이다.

동시에 교회에 존재하는 암부(暗部)의 이름이기도 하다.

밤의 일족은 그것을 누군가의 이름인 것처럼 불렀지만 이 자리에서 아자젤 출신인 사람은 쿠로카 정도밖에 없다. 하지만 그녀는 지금 이곳에 없었다.

뭐가 어떻게 된 걸까.

자간은 울화통이 터져서 다시 혀를 찼다.

"……쳇, 뭐야, 저 녀석은."

"안 돼. 저분과……, 알시에라 님과 엮이게 되면 생트집을 잡혀서 시키는 대로 하지 않았다가는 더 무서운 일을 당하게 된단 말이야."

릴리스의 상사……라고 할까, 윗사람인 줄로만 알았는데 이 반응을 보니 단순히 그런 관계는 아닌 것 같다.

――그렇지만 릴리세라와 알시에라다.

이름이 비슷한 데다 의상과 헤어스타일도 비슷한 점이 많다. 릴리스처럼 오만한 소녀가 불길한 존재와 똑같은 모습을 하고 있다고 생각하기는 어려운데…….

"너와 같은 편 아니냐?"

"농담이라도 그런 말 하지 마! 그분은 우리가 곤란해하는 모습을 보고 즐거워하는 것뿐이야……. 아, 그렇지만 적의를 가지고 있는 건 아닌 것 같아."

――왠지 고메리와 마뉴엘라가 떠오르는데…….

릴리스의 반응은 그녀들에게 괴롭힘을 당한 사람의 반응과 비슷했다. 그래서 릴리스도 그 소녀――알시에라의 관심을 받고 있는 불운한 인간이라는 것을 알 수 있었다.

그렇다면…….

"아자젤이라는 건 너를 가리킨 건가?"

"어? 아닐……거야. 그분은 늘 수수께끼 같은 말만 하니까 별로 신경 쓰지 않는 게 좋아. 지금도 하필이면 은안의 왕의 이름까지……, 으으응?"

말을 하던 릴리스는 갑자기 자간의 얼굴을 살피기 시작했다.

"아니, 응? 당신의 눈, 혹시 은색……이야?"

이제야 알았냐 싶었지만 이곳은 깊은 바닷속이다. 자간 같은 마술사가 아닌 이상 색을 정확하게 인식하는 것은 불가능할 것이다. 릴리스가 몰랐던 것도 무리는 아니다.

자간은 얼굴을 찌푸리며 릴리스를 밀어냈다.

"불만이라도 있나?"

생각해보니 자간이 노상강도짓을 하던 유년 시절에도 이 눈이 기분 나쁘다는 이유로 부랑아 동료들 사이에서 따돌림을 당했다. 다른 사람에게 주목을 받아도 별로 좋은 기분은 아니다.

그런데 릴리스는 화들짝 놀라 뒤로 물러났다.

"말도 안 돼, 알시에라 님은 어떤 의미로 이 아이를 그렇게 부른 거지……? 아니, 잠깐만. 애당초 당신, 자간……이라고 했지? 왜 여기 있는 거야?"

이 상황에서 대충 얼버무리면 저쪽도 질문에 대답해주지 않을 것이다.

어쩔 수 없이 자간은 한숨과 함께 입을 열었다.

"불렀으면 손님의 이름 정도는 기억해둬라. 난 자간. 마르코시어스의 뒤를 이은 〈마왕〉이다."

그렇게 대답하자 릴리스는 한동안 굳어 있다가——

"——아아."

쿵 하고 뒤로 쓰러지고 말았다.

◇

"그래서 결국 여기로 오게 된 건가?"

쓰러진 릴리스를 그대로 놔둘 수도 없어서 자간 일행은 마지못해 장로회의가 열리는 회장인 신전으로 향하게 되었다.

그곳에서 안내 받아 간 곳은 신전의 대기실 같은 방이었다.

실내는 외부와 달리 장식품도 있었고, 무엇보다 바닷물이 아니라 공기로 채워져 있었다. 침대 같은 건 없지만 십여 명 정도는 너끈히 앉을 수 있을 정도의 공간으로, 지상의 물건인 소파 같은 것까지 늘어서 있었다. 밝은 램프도 몇 개나 설치되어 있어서 이곳이라면 바깥처럼 경치가 파랗게 보일 일도 없을 것이다.

아마도 다른 종족들을 배려한 것이리라. 호흡이 가능하더라도 지상에서 생활하는 종족에게는 대기로 가득한 장소가 훨씬 더 편하기 때문이다.

자간 일행 여섯 명 외에 샤스틸을 포함한 교회 사람들이 있었다. 더 구석진 곳에는 쿠로카와 셀피, 그리고 아직 안색이 좋지 않은 릴리스가 딱 붙어 앉아 있었다.

샤스틸이 딱하다는 듯 말을 걸자 자간은 불퉁한 얼굴로 대꾸를 했다.

"……이 몸으로 변한 이후로는 제대로 되는 일이 하나도 없군."

"그럼 좋은 기회다. 네피를 비롯해 다른 사람들의 도움을 받도록 해. 당신은 너무 강해서 그런지 다른 사람에게 의지하는 게 서툰 것이 결점이야."

샤스틸에게도 설교를 듣자 자간은 얼굴을 찡그렸다.

"쓸데없는 참견이다. 의지하면 도움을 받을 수 있다고 생각하는 건 **도움을 받을 수 있는**자의 발상이다."

무심코 강한 어조로 대꾸하자 샤스틸도 왠지 슬퍼 보이는 표정을 지었다.

자간도 이렇게 화풀이를 하는 게 초조해서 그런 것이라는 자각은 있었다. 아까 흡혈귀 알시에라 때문에 그렇기도 하고 말이다.

――어린아이가 되면서 신경이 예민해진 건지도 몰라.

네피 때도 그랬다. 게다가 자간은 열 살 즈음일 때 세상 모든 것을 증오하고 비뚤어져 있던 **악동**이었다.

보다 못한 리처드가 끼어들었다.

"〈마왕〉님. 샤스틸 님은 **선의**로 말씀하신 것뿐입니다. 아무쪼록 말에 신경 써주십시오."

리처드 역시 악의는 없었을 것이다. 그런데 이상하게도 신경에 거슬렸다.

자간이 입을 열려고 하자 뒤에서 누가 폭 끌어안았다.

"――괜찮아요. 자간 님은 태도로 의사 표현을 하는 데 서투르신 것뿐, 샤스틸 님을 업신여기고 있는 건 아니니까요."

네피였다. 사랑스럽다는 듯 자간을 끌어안은 채 신부는 말을 이었다.

"그런데 말에 신경을 쓰라고 하셨는데, 그렇다면 '선의'라는 말은 사용하지 않는 게 좋을 것 같네요, 성기사님."

부드러운 목소리로, 하지만 냉엄한 말투로 네피는 말했다.

"누군가를 향한 선의는 그대로 다른 누군가를 향한 악의이기도 합니다. 예를 들면 '저주 받은 아이가 살고 있어서 곤란해하는 아이가 있으니 그 저주 받은 아이를 해치우자'라는 게 그런 것이죠."

피해자의 얼굴을 한 누군가가 한탄하면 그를 도와주자고 '선의'를 앞세우며 나서는 사람이 있다.

그런 '선인(善人)'은 성가시게도 망상이나 다름없는 정의를 내세워 타인을 괴롭힌다. 여기서 소름 끼치는 것은 그들은 그것을 '좋은 일'이라고 믿어 의심치 않는다는 점이다. 그래서 자간은 이기적이고 무책임한 '선의'가 구역질이 날 정도로 싫었다.

네피는 울적하게 말을 이었다.

"전 줄곧 그런 것들을 봐왔고, 자간 님은 저보다 더 많았을 거라고 생각합니다. 그러니 가벼운 마음으로 '선의'라는 말을 사용하지 말아주세요."

엘프의 숨겨진 마을에서 학대를 당한 16년. 그곳에서 네피는 감정을 잃을 정도로 추악한 것을 봐왔다. 그래서 한층 더 자간의 아픔을 공감할 수 있었다.

그녀가 하려는 말의 의미가 전해진 걸까. 리처드는 부끄러운 듯 입술을 깨물고 머리를 숙였다.

"실언을 했습니다. 용서해주십시오."

자간은 겸연쩍은 듯 네피를 올려다봤다.

"……미안하다. 나 때문에 괜히 괴로운 기억을 들추게 해서."

"당치도 않아요. 전 지금의 자간 님도 자연스러운 모습이라 근사하다고 생각한답니다."

이 정도로 긍정적으로 봐주면 자간도 별것 아닌 일로 화를 낼 수가 없어진다.

자간은 어쩔 수 없다는 듯 뺨을 긁적이며 중얼거렸다.

"뭐, 확실히 지금은 기대면 응해줄 사람이 있지."

샤스틸도 마음이 놓인 것처럼 미소를 지어 보였다.

"나도 그 '기대면 응해줄 사람'이라는 것을 잊지 말아줘."

"뭐, 이곳에 있는 녀석들은 대부분 그렇게 생각하고 있겠지만……."

처제에게도 그런 말을 듣고 나자 자간은 어깨를 으쓱일 수밖에 없었다.

그러고 있는데 그제야 회복한 릴리스가 자리에서 일어났다.

"릴리스, 괜찮아요?"

"괜찮아. 휴프노엘인 내가 이 정도 일로 충격을 받을 리 없잖아!"

쿠로카가 걱정스럽게 묻자 몽마 소녀는 여전히 무릎을 덜덜 떨면서도 굳은 얼굴로 가슴을 폈다.

그런 다음 자간을 향해 시선을 돌렸다.

"그나저나 진짜 당신이 〈마왕〉이야?"

"지금은 이런 **꼴**이지만 일단 그렇게 불리고 있지."

릴리스는 납득이 가지 않는 것처럼 떨떠름한 표정을 지었지만, 그래도 다른 누구도 부정하지 않는 것을 보자 사실로 받아들이지 않을 수 없었던 모양이다.

마침내 릴리스는 체념한 것처럼 그 자리에 무릎을 꿇었다.

"그럼 새로운 〈마왕〉님. 장로를 대표해서 몽마 릴리세라가 질문을 드리겠습니다. 당신은 왜 이 자리에 오셨으면서도 장로들 앞에 나타나지 않으시는 겁니까?"

"이제 와서 경어 따위 사용하지 마. 나도 다른 사람에게 예의 같은 건 갖춘 적 없으니까."

일부 사람이 '어, 그랬었나?'라는 표정을 지었지만 지금은 관계없으리라.

릴리스는 당혹스러운 얼굴을 했지만 타인에게 머리를 숙이는 상황을 유지하지 않아도 된다는 사실에 다시 일어났다.

"그럼 마음 편하게 말할게. 우린 알고 싶어. 당신이 **마르코시어스 님과 똑같은지** 아닌지."

그 물음에 자간도 눈썹을 치켜세웠다.

——마르코시어스……라고?

자간이 그 〈각인〉을 이어받았기 때문에 나온 이름은 아닐 것이다. 그 〈마왕〉은 이 땅에서도 무슨 짓을 한 건가?

자간은 놀랐지만 냉정한 목소리로 대답했다.

"그 답은 명료하다. 난 마르코시어스와는 달라. 애당초 안면도 없고. 녀석이 너희들에게 무슨 짓을 했는지 모르고 흥미도 없다.”

자간의 〈마왕의 각인〉은 마르코시어스에게 물려받은 것이지만 그렇다고 같은 죄를 지은 것처럼 말하면 곤란하다.

그렇게 대답하자 릴리스는 어리둥절했다.

“뭔가 오해가 있는 것 같은데 마르코시어스 님은 위대하신 분이야. 그분은 멸망해가는 우리 종족을 비호해주셨어.”

“비호……? 〈마왕〉이? 마술사의 왕인데?”

많은 이종족이 멸종 위기에 처해 있는 원인은 마술사라고 해도 좋을 것이다. 그 정도로 마술사들은 희소한 이종족을 습격해왔다.

동시에 납득이 가는 이야기이기도 했다.

——마르코시어스가 네피를 보호하려고 했다는 건 사실일지도 모르겠군.

하지만 저주를 풀기 위해서 동분서주하고 있는데 거기에 그 〈마왕〉의 이름이 따라다니는 것은 어떻게 된 일일까.

그 〈마왕〉의 유산 중에 해주(解呪)에 도움이 되는 건 없었는데…….

릴리스는 이상하다는 듯 고개를 가웃거렸다.

“당신은 달라? 자세하게 들은 건 아니지만 당신은 쿠로카와 셀피도 도와줬잖아?”

자간 일행과 떨어져 있는 동안 그 경위에 대해 들은 모양이다.

——에잇, 괜히 쓸데없는 말을!

자간은 자기도 모르게 시선을 피하며 입을 열었다.

“쿠로카는 부하의 가족이라서 걱정한 것뿐이고, 셀피는 네피가 주워 온 것이다. 내가 얼굴도 모르는 녀석들을 일일이 다 도와주는 착한 사람으로 보이나?"

오만하게 말하자 셀피가 그 즉시 손을 들고 자리에서 일어났다.

"——이의 있습니다! 자간 씨는 배에서 괴물에게 잡아먹힐 뻔한 저를 구해줬습니다! 심지어 그 일로 크게 다쳤는데도 아무 말도 하지 않았고요!"

"저도 이의 있어요. 오빠는 라파엘 님과는 상관없이 인신매매단으로부터 저를 구해주었습니다. 오빠에게는 아무 이득도 없는 일이었는데도요."

셀피와 쿠로카가 반론하자 샤스틸과 네프테로스도 가세했다.

"그럼 나도 이의 있어! 교회의 성기사인 나를 살려줘봤자 성가시기만 할 텐데도 자간은 몇 번이나 나를 구해줬어."

"나도……, 음, 어디서부터 이야기하면 되지? 셀 수 없을 정도로 많은데."

——부탁이니까 그만 좀 닥쳐줘!

호통을 치고 싶었지만 수치심으로 인해서 목소리도 나오지 않았다.

얼굴을 가리고 있자 포레가 어쩔 수 없다는 듯 말했다.

"자간은 부끄럼쟁이. 더 이상 말하지 말아줘."

도와준답시고 나선 딸의 말이 더 가혹했다. 자간이 괴로워하고 있자 릴리스가 '핫' 하고 웃었다.

"확실히 마르코시어스 님과는 다른 것 같네. 이렇게 말과 행동이 맞지 않는 사람은 처음 봐."

"맞아. 릴리스 짱을 보고 있는 것 같은 기분이야."

"으윽."

경솔한 발언에 가차 없이 돌아온 동의. 릴리스도 납작한 가슴을 누르며 괴로워했다.

하지만 이대로는 이야기가 진행되지 않는다. 자간은 기력을 쥐어짜서 고개를 들었다가 알아챘다.

――릴리스 녀석, 떨고 있잖아?

소녀의 다리 옆에서 꽉 쥐어져 있는 주먹은 작게 떨리고 있었다. 자간이 〈마왕〉이라는 사실을 알자 졸도했을 정도다. 어린아이의 모습을 하고 있더라도 무섭지 않을 리 없다.

그렇게 두려운 상대를 향해 이 소녀는 용기를 쥐어짜면서까지 무슨 말을 하려는 걸까. 자간도 흥미가 생겼다.

"……음. 네가 어떻게 생각하든 자유지만 내게 무엇을 바라는 거지?"

릴리스는 숨을 살짝 가다듬고 나서 머리를 숙였다.

"마르코시아스 님과 나눈 맹약(盟約)――을 이어받아주는 거야."

음, 하고 자간은 고개를 끄덕였다.

"그 점이 이해가 되지 않는다는 거다. 마르코시아스는 무의미한 살육을 즐기는 〈마왕〉은 아니었지만 그렇다고 박애주의자였던 것도 아니다. 그런데 왜 너희들 같은 이종족을 지켜주게 된 거지?"

질문을 던지긴 했지만 아무래도 그 대답은 긴 이야기가 될 것 같았다. 자간은 손가락을 딱 튕겨서 비어 있는 의자를 가까이 끌어당겼다. 이 자리에서 릴리스 혼자만 서 있었기 때문이다.

릴리스는 의외라는 듯 눈을 동그랗게 떴지만 이내 의자에 오도카니 앉았다.

"조금 긴 이야기가 될 것 같은데 괜찮겠어?"

"상관없다."

릴리스는 자세를 고치고 이야기를 시작했다.

"우선 은안의 왕에 대해서부터 이야기해야 되나."

그것도 마음에 걸리는 이름이었기 때문에 자간은 고개를 끄덕였다.

"전설에 따르면 지금으로부터 천 년 전, 이형(異形)의 신과의 싸움으로 인해 세계는 멸망의 위기에 처했다고 해. 그런 세상을 구해준 것이 바로 은안의 왕이라 불리는 구세주. 은안의 왕은 강대한 마력과 과거의 무구를 가지고 이형의 신을 무찔렀어."

그러더니 릴리스는 어디선가 작은 방패 같은 것을 꺼냈다.

——잠깐, 저건 거울……?

두 손에 쏙 들어오는 그 물건은 금속이지만 얼굴이 비칠 정도로 정성 들여 닦여 있었다.

마술 도구 중에서도 거울은 자주 사용되는 물건이다. 지금이야 유리판에 주석이나 수은 같은 막을 씌우는 것이 일반적이지만 옛날에는 금속이나 돌을 연마해서 만들었다. 게다가 유리에 비해 금속이나 돌이 단단하기 때문에 마술 도구로서는 지금도 요긴히 사용되고 있다.

“우리 휴프노엘, 쿠로카의 아델하이드, 셀피의 네프티나에 전해지는 신기는 은안의 왕이 휘둘렀던 무기로 우리 삼대왕가는 은안의 왕의 직계 자손이야.”

“음. 유산이 혈족에게 전해지는 건 흔히 볼 수 있는 이야기지.

덧붙여서 말하면 천 년이나 지나면 가문이 분열되는 것도 당연한 일이다.

——종족이 뿔뿔이 나뉜 걸 보니 은안의 왕의 자손을 각각의 종족이 취한 것이겠지.

확실히 자신들의 선조와 관계된 이야기라면 알시에라의 의미심장한 말도 잠꼬대 같은 이야기라고 일소에 붙일 수 없다.

릴리스는 거울의 표면을 손가락으로 덧그리며 말했다.

“마르코시어스 님은 그 은안의 왕과 함께 싸우신 맹우야. 그래서 그 자손인 류카온의 백성을 비호해주셨고. 〈마왕〉의 비호가 있었기에 몽마와 세이렌도 멸종하지 않고 살아올 수 있었다고 해.”

릴리스가 의식하고 있는 것은 뒤에서 이야기를 듣고 있는 쿠로카인 것 같았다.

쿠로카의 일족이 습격을 받았을 때, 마르코시어스는 아직 살아있었다.

아마 쿠로카 일족을 습격한 마술사는 보복을 받았을 것이다. 그 자들은 이미 살아 있지 않겠지만, 그래도 습격을 막지는 못했다. 그 즈음에는 마르코시어스의 힘도 약해지고 있었을지도 모른다.

그 순간 자간의 시선이 향한 곳은 포레였다.

——맹우……. 현룡 오로바스와 마르코시어스가 맹우가 된 것도 그 즈음인가?

그래서 반년 전에도 어깨를 나란히 하고 싸운 것이리라.

다만 여기서 문제가 되는 건 그들이 도대체 '무엇'과 싸웠느냐 하는 것이다.

자간은 이야기를 정리하는 것처럼 중얼거렸다.

"천 년 전의 기록이라면 대륙에도 몇 가지 마음에 걸리는 기술이 있었지. 그렇다면 그 즈음에 마술사와 교회, 종족의 차이조차 넘어서는 큰 사건이 일어났는지도 몰라."

——예를 들면 마신의 습격……이나.

그렇게 생각하자 몇 가지 고리가 연결되는 것 같았다.

"대륙에서는 어떻게 이야기하고 있는지 모르겠지만, 많은 나라와 종족이 멸망한 큰 싸움이었다고 전해지고 있어. 은안의 왕은 그 싸움에서 힘을 잃은 종족들을 데리고 류카온으로 건너가서 그곳을 자신들의 신기로 지키게 된 거지."

그리고 릴리스는 셀피를 바라봤다.

"대륙이 아직 류카온으로 건너오지 못하는 것도 양국 사이에 있는 해류를 세이렌의 신기가 조종하고 있기 때문이야."

"엇, 우리 신기가 그렇게 대단한 거였어?"

제3위라도 일단 왕녀인 소녀는 처음 듣는 것처럼 놀라워했다.

자간은 흠 하고 고개를 끄덕였다.

"그렇다면 이제 와서 〈마왕〉의 비호 따윈 필요 없지 않아?"

"고작 세 개의 신기로 나라와 백성 모두를 지킬 수 있다고 생각할 정도로 우리는 거만하지 않아. 그 정도로 지킬 수 있다면 3년 전에 쿠로카의 일족이 멸망하는 일도 없었을 거야."

릴리스는 자간을 똑바로 쳐다보며 말했다.

"우리가 살아남기 위해서는 좀 더 강한 힘이 필요해. 그러니까 부탁이야. 이미 〈마왕〉을 두 명이나 물리친 당신의 이름을 빌려줘. 우리가 줄 수 있는 것이라면 무엇이든 다 줄 테니까."

이 한마디에는 자간의 눈도 휘둥그레졌다.

——과연. 나의 힘과 자신들의 상황을 정확하게 이해한 데 따른 발언인가.

비프론스와 오리아스, 두 명을 물리친 자간은 〈마왕〉 중에서도 특별하게 인식되기 시작했다. 그런 자간의 기분을 상하게 할 마술사는 없다.

자간이 그런 존재라는 것을 알고도 이 정도로 직구를 날릴 수 있는 릴리스의 배짱이 마음에 들었다.

동시에 무엇이 이 소녀를 이렇게까지 하게 만드는지도 알 것 같았다.

——이 녀석도, 고독을 알고 있는 거다…….

소꿉친구 세 명 중 한 명은 가출해서 행방을 몰랐고, 나머지 한 명은 죽은 줄로만 알았다. 혼자 남겨진 이 소녀의 가슴에서 오간 것은 어떤 생각이었을까. 그것은 자간도 짐작하지 못한다.

그래서 이 소녀에게는 두려움을 극복할 기개가 있는 것이다.

자간은 확인하듯 물었다.

"이야기는 대충 알겠다. 그런데 네가 교섭에 나선 건 누구의 명령이지?"

릴리스는 머뭇거렸다.

"그게, 누구의 명령도 받지 않았어. ……사실은 할아버지들이 직접 이야기할 예정이어서."

"즉 독단으로 〈마왕〉인 내게 기세 좋게 떠들어댄 거다?"

"그, 그렇지만 당신은 장로들을 만날 생각이 없다고 하고, 하지만 여기서 당신을 놓치면 더 이상 만나지 못할지도 모르잖아."

말을 하면서 점점 큰일을 저지른 것 같다는 생각이 들기 시작했는지 그녀의 목소리는 조금씩 기가 죽었다.

자간은 웃음으로 대답했다.

"좋아. 마음에 들었다. 네 요구를 받아들이지."

"——엇, 저, 정말이야?"

표정이 환해지는 릴리스에게 자간은 '단' 하고 덧붙였다.

"마르코시어스가 맺은 맹약이라는 것을 이어받는 건 아니다. 내가 마음에 들었기 때문에 널 내 산하에 두는 거다. 얼굴도 모르는 말단 녀석들까지 비호할 생각은 없어."

"그, 그건 안 돼! 그러면 다른 아이들은 보호 받지 못하잖아."

"무슨 말을 하는 거지? 네 요구를 받아들이겠다고 했잖아. 내 이름을 빌려주마. 몽마가 내 이름을 사용해서 누구를 비호하든 난 아무 상관 않겠다."

"그, 그러면……?"

잘 이해가 되지 않는지 당황하는 릴리스를 향해 쿠로카가 웃어 보였다.

"결국 똑같다는 거예요. 릴리스와 다른 사람들이 류카온을 지키면 그건 오빠가 지키는 것과 똑같다는 뜻이죠."

그제야 이해했는지 릴리스도 휴우 하고 가슴을 쓸어내렸다.

"〈마왕〉의 배려에 감사를. ……그런데 왜 그렇게 에둘러 표현하는 거야?"

"그야 릴리스처럼 자간 씨도 부끄럼을 많이 타기 때문이지 않을까?"

——이 생선, 확 구워서 먹어버릴까…….

자간은 셀피를 원망스럽게 노려봤지만 세이렌 소녀는 아무것도 모르는 것처럼 웃으며 손을 흔들어 보였다.

릴리스도 셀피를 무섭게 노려보고 있었지만 이내 정신을 차리고 다시 자간을 향해 돌아섰다.

"그럼 맹약을 맺는 대신 우리는 무엇을 지불하면 되지?"

그제야 본론으로 들어가자 자간은 마음을 진정시키고 고개를 끄덕였다.

딱 한 번, 네피를 향해 시선을 주자 그녀는 격려하듯 고개를 끄덕여주었다.

——으음, 이런 일로 마음이 안정되다니.

자간은 포레를 가리키며 말했다.

"지금 나와 딸인 포레는 골치 아픈 저주에 시달리고 있다. 그리고 이 저주를 풀기 위해 류카온의 지식과 힘이 필요해."

오로지 그 일을 위해 자간은 이 아틀라스티아를 찾아왔다.

그 요구를 들은 릴리스의 얼굴이 굳어졌다.

“〈마왕〉이 풀지 못하는 저주를 우리가 풀 수 있을 거라고 생각해?”

“너희들에게는 신기가 있잖아? 게다가 아주 조금이어도 은안의 왕이라는 녀석의 힘을 이어받은 자가 있을지도 모르고.”

릴리스는 고민에 잠기듯 고개를 숙이더니 이윽고 고개를 끄덕였다.

“알았어. 장로들의 협력까지 받아서 할 수 있는 일은 전부 해볼게. ……그렇지만 너무 기대하지는 마.”

그 말을 남기고 릴리스는 타닥타닥 달려갔다.

——아아, 이것으로 마침내 이곳에 온 첫 번째 목표를 이룬 셈인가.

릴리스가 실마리가 될 만한 것을 가지고 와주면 좋을 텐데.

소파에 편하게 몸을 묻고 있자 네피가 수고했다는 말을 건넸다.

“수고 많으셨어요, 자간 님.”

“뭐, 저쪽이 더 지쳤을 거다.”

“그래도요.”

왠지 어린아이 취급에 익숙해진 자신을 깨닫고 내심 당황하는 자간.

그러다가 문득 포레가 조용하다는 사실을 깨달았다. 원래 말수가 많은 아이는 아니지만 자신과 관련된 일을 이야기하고 있었다. 뭔가 의견이 있을 만도 한데.

포레는 깊은 생각에 잠긴 것처럼 천장을 멍하게 올려다보고 있었다.

"무슨 일 있었나, 포레?"

자간이 묻자 포레는 고개를 살짝 가로저었다.

"……아무것도 아니야."

그 반응은 의문스러웠지만 억지로 캐물어도 될지 고민하던 자간은 더 이상 추궁하지 않기로 했다.

그리고 그대로 물어볼 기회를 잃고 말았다.

어린아이의 몸이기 때문일까. 아니면 네피의 말대로 지쳤기 때문일까. 긴장을 풀자 서서히 졸음이 밀려와 자간은 어느새 잠에 빠져들고 말았다.

◇

"자간은 잠든 거야?"

장로회의에 참석한 내빈을 위해 세이렌들은 침실도 마련해두고 있었다. 잠든 자간을 침대에 눕히고 방을 나오지 기다리고 있넌 포레가 그렇게 물었다.

"네. 지금의 몸으로는 긴 여행으로 인한 피로가 쌓이셨을 거예요. 잠든 얼굴이 얼마나 귀여운지 몰라요."

"……네피, 기뻐 보여."

"그, 그렇지 않아요."

딸이 찌릿 노려보자 네피는 당황해서 고개를 흔들었다.

"……아뇨, 어쩌면 기쁜 건지도 몰라요."

"네피?"

포레가 고개를 갸웃거리자 네피는 말했다.

"지금의 자간 님에게는 우리가 해드릴 수 있는 일이 많이 있어요. 저에게도, 그리고 포레에게도 의지해주고 계시죠."

그렇게 말하며 네피는 씁쓸한 미소를 띤 얼굴로 자신의 머리를 콩 쥐어박았다.

"이래선 안 되는데 말이죠. 자간 님은 곤란해하고 계신데 그대로 있어주기를 바라다니."

"……아니야. 조금은, 이해할 것 같아."

포레는 문 앞에서 조용히 웅크리더니 무릎을 끌어안고 앉았다.

"자간이 내가 어린아이로 있어줬으면 좋겠다고 했던 말, 지금은 조금 알 것 같아. 자간, 어른인 채로 있었다면 저렇게 화를 내거나 응석을 부리지도 않았겠지."

본인은 응석을 부린 적이 없다고 생각하겠지만 네피와 포레가 억지로 밥을 먹여줬을 때도 자기가 먹고 싶은 것을 말했었다.

네피와 포레가 어린아이다움을 강요한 면도 없지 않아 있지만, 그것을 받아들여 응석을 부려준 것은 기쁜 일이었다. 그야말로 지복의 시간이었다.

포레는 왠지 쓸쓸하게 말했다.

"자간과 네피에게는 그런 시간이 없었어. 그렇지만 시간은 되돌리지 못해. 지금의 자간도 겉모습만 어린아이가 되었을 뿐."

그리고는 한숨을 쉬는 것처럼 이렇게 말했다.

"그래서 자신이 원했지만 손에 넣지 못한 것을 내게 주고 있는 거야."

네피는 그런 딸의 옆에 가만히 앉았다.

"사실은 그런 게, 조금 싫었죠?"

"……응."

자신의 무릎에 얼굴을 묻고, 포레는 고개를 끄덕였다.

"……그렇지만, 기뻤던 것도, 사실."

네피는 자기보다 커진 딸의 머리를 가만히 쓰다듬어줬다.

"괜찮아요. 모두 그런 일을 잔뜩 경험하면서 어른이 되는 거니까요."

네피도 그랬다.

생각하면 괴로울 뿐이기에 아무것도 느끼지 않도록 하며 살아왔다.

그런데 자간과 만나 천지가 뒤집어지는 것 같은 경험을 하고, 포레라는 딸이 생기고, 성에도 많은 사람들이 함께 살게 되면서, 아직 자신은 미숙하다고 통감하면서도 어설프게나마 열심히 살고 있다.

아직은 자신을 어른이라고 말하기 힘들지만, 그래도 사람은 그런 식으로 성장하고 어른이 되어가는 거라고 생각한다.

"……이렇게 커졌는데도 난 아직 어린아이?"

"네. 저도 그런 걸요."

그 대답에 포레의 눈이 동그래졌다.

"네피도 아이?"

"네. 전 계속 웅크리고만 있었지 아무것도 배우려고 하지 않았으니까요. ……그렇지만 이제는 어린아이인 채로 있을 수도 없어졌어요."

자신들을 학대했던 마을의 엘프들.

네피는 그들이 죽게 내버려뒀고 어째선지 자신만 살아남았다.

——도와줄 걸 그랬어요.

하지만 그랬다면 지금도 그 생활 그대로일 테고 자간을 만나지도 못했을 것이다.

그래서 다시 하고 싶지는 않다.

다시 그 순간을 맞이하더라도 역시 그냥 죽도록 놔둘 것이다. 그 자리에서는 도와줄지도 모르지만 마을에는 남지 않을 것이다. 그리고 마을은 언젠가 다시 인간들에게 발각되어서 멸망할 것이다. 그 결과를 알고도 나가는 것은 버리는 것과 마찬가지다.

그래서 네피는 그 과거를 짊어지고 살아가려고 한다.

도망치지 않고 받아들여서 짊어지고, 그렇게 해서 앞을 향해 살아가는 것이다.

그것이 멸망한 마을을 보고 네피가 내린 결론이었다.

그리고 그 결과, 더 이상 어린아이로는 있을 수 없어졌다. 그게 전부다.

포레는 이해하기 어려운지 고개를 기울였다.

"그럼 자간도 어린아이로는 있을 수 없어진 거야?"

"네. 분명 그런 거라고 생각해요. ……그렇지만 자간 님의 경우에는 좀 더 어린아이로 있는 것을 허락해주지 않는 상황이 아니었을까요?"

네피와 자간에게 공통된 것은 도와주는 사람이 아무도 없었다는 점이다.

고독.

물론 이 세상에는 고독을 사랑하는 사람도 있다. 인파에 시달리다보면 고요를 원하는 것이 인간이니까.

하지만 네피와 자간에게 주어진 것은 고독이라는 이름의 '고통'이었다.

그래서 네피는 마음을 닫기를 선택했고 자간은 강해지기를 선택했다. 강해지지 않으면 죽지 않는 것조차 어려웠기 때문이다.

다만 불행하게도 그는 모든 고난을 물리칠 정도로 강해지고 말았다. 검집 채로 베어버릴 수 있을 만큼 지나치게 날카롭고 강한 검인 것이다.

너무나도 슬픈 강인함이라고 생각한다.

그래서 네피는 그를 위해 검집이 되고 싶었다.

지나치게 강한 자간을 감싸주기 위해 더 강해지고 싶었다.

——그런 의미에서는 포레의 마음을 잘 알고 있어요.

포레는 가슴 위에 손을 올렸다.

"지금의 난, 어느 쪽일까……."

"포레……."

네피가 무슨 말을 하려고 하는데 복도 너머에서 가까이 다가오는 발소리가 들렸다.

"릴리스 씨?"

몽마 소녀였다.

네피가 이름을 부르자 릴리스는 움찔 뛰어올랐다.

——그러고 보니 아까 협박을 했었죠…….

신경질적인 상태이기는 했어도 처음 보는 소녀에게 나쁜 짓을 했다고 생각한다. 릴리스는 경계하는 것처럼 뒤로 물러났지만 그래도 적의는 없다는 것을 알아주었는지 머뭇거리며 입을 열었다.

"아, 저, 자간의……, 연인? 과 딸……이라고 했지?"

새삼 연인이라는 말을 듣자 쑥스러웠다.

자기도 모르게 얼굴을 가리자 릴리스는 더듬더듬 말했다.

"저,저기, 저주에 대해 알아보도록, 요청했……어요. 장로들은 전면적으로 협력하겠다고 약속했으니, 곧 답이 있을……거예요."

"아, 감사합니다. 저기, 아까는 미……, 미안했어요."

"둘 다 갓 태어난 아기 사슴이기라도 한 거야?"

두 사람 다 어쩔 줄 몰라하고 있자 포레가 툭 내뱉었다.

릴리스는 당혹스러운 얼굴로 포레를 봤다.

"아앗, 오해한 거면 사과할게. 그쪽이 딸……, 맞지?"

"응. 자간은 우리 파파."

"그, 그건, 저기, 이상한 의미는 아니지?"

"이상하다니, 왜?"

"이상한 경우도 있나요?"

어리둥절한 포레. 네피도 의미를 몰라서 고개를 갸웃거렸다.

릴리스는 허둥지둥 자신의 입을 막았다.

"아, 아아아아무것도 아니야!"

네피는 고개를 갸웃거리면서도 설명했다.

"저주에 대해서는 설명해드렸죠? 포레는 원래 지금의 자간 님과 비슷한 나이예요."

"그 이야기는 들었지만, 당신은 인간이 아니지? 종족이 다른데 딸이라니, 양자 같은 거야?"

의아해하는 릴리스의 말에 포레가 고개를 끄덕였다.

"응. 난 아버지가 죽은 후 혼자였는데 자간이 파파가 되어주었어."

"〈마왕〉이 직접 양자로 들여서 지켜주다니, 아주 희귀한 종족인가봐?"

"응. 난 용이야."

"어……?"

릴리스는 그대로 굳었다.

"에, 용이라면, **그** 용? 살아 있는 모든 것을 먹이로밖에 생각하지 않는, 세계 최강의 포식자이자 무궁(無窮)의 정점, 마족도 맨발로 도망치는 절대악, 또는 그런 절대악을 간단히 죽여버리는 차원이 다른 괴물인 그 용?"

이 소녀 안에서 용은 도대체 어떤 생물로 자리 잡고 있는 걸까.

포레는 두 손을 들고 일어났다.

"크릉~, 잡아먹겠다!"

"으아아아아아아아아아아아아아아아악!"

릴리스는 덜덜 떨면서 네피의 뒤로 뛰어들었다.

그 반응에 짓궂은 장난을 친 장본인인 포레도 눈을 크게 떴다.

"포레, 놀리지 마세요. 가엽잖아요."

"이렇게 놀랄 줄은 몰랐어."

여전히 덜덜 떨고 있는 릴리스에게 포레가 말했다.

"괜찮아. 난 지금 배가 고프지 않아서 사람을 잡아먹지 않아."

"지, 지금 그걸 위로라고 하는 거야?!"

릴리스는 비명을 질렀지만 진심으로 적이라고 생각하는 것 같지는 않았다. 무서워서 떨면서도 네피의 뒤에서 고개를 쏘옥 내밀었다.

"류카온에는 용이 어떤 식으로 전해지고 있어?"

그렇게 묻자 릴리스도 경계를 늦추지 않으며 입을 열었다.

"글쎄, 역시 현룡 오로바스와 흑룡 마르바스의 싸움이겠지. 은안의 왕의 모험담의 한 부분인데 용의 위대함과 공포가 모두 그 전설을 통해 전해졌다고 해도 될 정도야."

"듣고 싶어."

아버지의 전설이라는 말에 포레는 몸을 앞으로 내밀고 말했다. 그 반응에 릴리스도 기분이 좋아졌는지 자랑스럽게 가슴을 펴더니 어디선가 자그마한 하프를 꺼냈다.

"어, 어쩔 수 없지! 원래 내 노래는 왕족들밖에 못 듣는 거야!"

득의양양한 건지 싫어하는 건지 알 수 없는 태도로 릴리스는 하프를 타기 시작한다.

그렇게 해서 시작된 것은 긴 시가였다.

「은안의 왕이 이형의 신을 무찌르고 얼마 지나지 않았을 무렵, 평화를 되찾은 류카온의 땅을 흑룡 마르바스가 유린했다. 이를 평정하기 위해 나선 영웅이 바로 우리의 은안의 왕. 한 번 날아오르면 열 개의 산을 넘고 백 개의 강을 건너 천 리를 간다는 흑룡을 왕이 따라잡은 것은 길을 떠난 지 1년이 지났을 즈음이었다.」

릴리스가 이야기하는 시가는 하프의 선율을 타고 흐르는 음유시였다. 네피의 신령 마법과 셀피의 가창과도 다른, 지금은 소실되어가고 있는 시가의 한 종류였다.

——알시에라 씨가 릴리스 씨에게 물으라고 한 이유가 이것인가요?

적어도 포레는 호박색 눈동자를 반짝이면서 귀를 기울이고 있었다.

「흑룡을 따라잡은 왕은 한탄했다. 오오, 어째서인가, 마르바스! 나와 함께 수많은 전쟁을 치러온 그대가 왜 이런 살육을! 왕과 흑룡은 함께 이형의 신과 싸운 맹우였건만.」

흑룡은 아무 대답도 없었고, 그리하여 결국 싸움이 벌어졌다. 시가 속에서 은안의 왕은 어떻게든 말려보려고 했지만 흑룡은 너무나도 강해서 결국 은안의 왕도 친구를 향해 진심으로 검을 겨눌 수밖에 없었다. 싸움은 사흘 밤낮 동안 계속되었는데, 결국 패한 쪽은 은안의 왕이었다.

릴리스의 시는 계속되었다.

「흑룡은 이렇게 이야기한다. 은안이여, 그대의 모습은 추악한 야수가 되었다. 그 가여운 모습으로 괴롭힘을 당하며 살아가도록 해라. 아아, 이 무슨 일인가. 흑룡은 왕에게 저주를 걸어 그 모습을 괴물로 바꾸어버렸다.」

저주라는 단어에 네피는 움찔 반응했다.

어쩌면 자간과 네피의 저주를 풀 단서가 될 수 있지 않을까?

「왕이 기댄 곳은 현룡 오로바스였다. 야수의 모습으로는 인간들이 사는 마을로 갈 수도 없었으니 그 여로는 300년이나 되는 세월을 요했다.」

마침내 여기서 오로바스가 등장했다. 포레도 자세를 고치고 응, 응, 하고 고개를 끄덕이고 있었다.

「현룡은 이렇게 말한다. 은안이여, 그대의 저주를 풀 수 있는 것은 더러움을 모르는 소녀의 입맞춤뿐이다. 아아, 허나 왕의 모습은 추악한 야수가 아닌가! 과연 누가 지금의 왕을 사랑해준단 말인가.」

그 후, 은안의 왕은 현룡의 조언에 따라 맹인 소녀를 구해주고 그녀에게 입맞춤을 청하기로 했지만 두 사람이 친밀해졌을 즈음 자신이 야수의 모습을 하고 있다는 사실이 들통나고 만다. 그래도 소녀는 은안의 왕을 믿고 입맞춤을 나누었고 왕은 다시 인간의 모습으로 돌아올 수 있었다.

그리고 이번에는 현룡과 함께 흑룡 마르바스에게 도전한다.

「현룡의 등에 타고 하늘 저 멀리서 벌어지는 싸움은 7일 낮, 7일 밤에 이르렀다. 왕도 현룡도 상처를 입고 기력도 다해갈 때, 마침내 현룡의 어금니가 흑룡의 목에 박혔다!」

싸움이 결판이 났는데도 흑룡은 살아 있었다. 은안의 왕은 목숨만은 살려주려고 했지만 흑룡은 마지막 힘을 다해 공격했고 왕은 그 검으로 최후의 일격을 가하게 되었다.

흑룡은 과거의 전투에서 싸움에서만 기쁨을 발견하게 되면서 살육을 저지르게 되었다고 한다. 그리고 그런 자신을 말려준 은안의 왕에게 감사의 말을 전하고 숨을 거두었다. 은안의 왕은 백성들을 이끌 왕에게는 엄격함도 필요하다는 것을 깨닫고 다정하면서도 엄격한 왕에 뜻을 두며 이야기는 끝난다.

——왠지 슬픈 이야기예요…….

은안의 왕과 흑룡은 친구였는데 그는 친구를 죽여야만 했다.

노래를 끝낸 릴리스는 이마에 맺힌 땀을 닦으며 웃었다.

"휴우……. 어, 어땠어?"

"음. 아버지가 멋있었어."

"……? 아버지라니, 무슨 뜻이지?"

고개를 갸웃거리는 릴리스를 보고 네피가 씁쓸하게 웃었다.

"포레의 아버지는 시가 속에 나왔던 현룡 오로바스 님이에요."

"에엑?"

릴리스는 펄쩍 뛰며 놀랐지만 네피는 그 모습을 아무렇지도 않게 바라보았다.

"입맞춤으로 저주가 풀리는 일이 있나요?"

"어머, 동화 속에는 자주 나오는 이야기야. 그 외에도 개구리로 변한 왕자를 원래 모습으로 되돌리거나 잠든 공주를 깨우는 것도 모두 입맞춤이잖아?"

포레도 고개를 끄덕였다.

"자간이 말했어. 입맞춤은 마술에서도 특별한 것."

"그렇군요. ……죄송해요. 전 동화라는 것을 잘 몰라서요."

그렇게 대답하자 릴리스는 한탄하듯 머리를 흔들었다.

"안타까울 수가! 그리고 부러워!"

"부럽, 나요?"

"당연하지! 당신은 아무것도 모르는 백지 상태에서 이야기를 즐길 수 있잖아? 이야기는 결말을 몰라야 재미있는 법이거든. 이렇게 부러운 게 또 있을까."

――그런 식으로 생각할 수도 있는 건가요.

매사 긍정적으로 생각하기로 맹세한 네피였지만 미숙함을 지적당한 것 같은 기분이었다.

그러고 나서 자신의 입술을 만져봤다.

마술에서도 입맞춤에는 특별한 의미가 있다고 한다.

――만약 입맞춤을 해서 저주가 풀린다면…….

자간의 입술에 자신의 입술을 겹치는 모습을 상상하자――…… 네피의 머리에서 뜨거운 김이 뿜어져 나올 것 같았다.

――그렇게 대담한 짓을! 자간 님은……, 허락해, 주실까요?

심장이 두근두근 빠르게 뛰었다.

그 모습을 본 릴리스가 고개를 갸웃거렸다.

"괜찮아? 귀가 새빨개!"

"괘, 괜찮아요!"

냉정하게 생각해보면 같은 〈마왕〉도 포기할 정도의 저주가 입맞춤 하나로 풀릴 리 없다. 그런 걸로 풀린다면 자간도 제일 먼저 시험해봤을 것이다.

네피는 서둘러 머릿속에서 망상을 쫓아냈다.

"릴리스 씨는 아는 게 참 많은 것 같아요. 몽마들은 방금 같은 시가에 대해 잘 알고 계신가요?"

얼버무리듯 묻자 릴리스는 복잡한 표정을 지었다.

"몽마가 특별히 시가에 능한 건 아니야. 셀피가 훨씬 더 잘해. 다만……."

"저, 제가 괜한 참견을 했다면 그만 잊어주세요."

대답하기 곤란한 일인 것 같아서 네피는 그만 물러났지만 릴리스는 고개를 옆으로 흔들었다.

"아니, 괜찮아. 뭐라고 할까, 내 시가는 알시에라 님에게 배운 것이거든……."

그 말에 네피와 포레의 눈이 동그래졌다.

"알시에라 님이라고 하면, 아까 그……?"

"응. 셀피와 쿠로카가 없어졌을 무렵, 그분이 나를 위로하며 가르쳐주셨어. 알시에라 님이 바라는 것 하나 없이 그런 일을 해주신 건 그때뿐이야."

도대체 그 소녀의 정체는 무엇일까.

――그런데 왠지 조금 쓸쓸해 보이기도 했어요.

마치 만난 지 얼마 안 되었을 무렵의 자간처럼, 마음을 가지지 않으려고 했던 자신처럼.

그런 소녀와 재회하는 일 없이, 며칠이라는 시간이 흘렀다.

"——류카온에도, 내 저주를 풀 방법은, 없는 건가."

자간이 흘린 목소리는 실의의 빛을 감추지 못한 것이었다.

해저도시 아틀라스티아를 찾아온 지 나흘째. 자간 일행에게 주어진 객실에 이종족 장로들이 모여 있었다.

기절한 릴리스를 데리고 왔던 방이다. 흐름상 교섭역을 맡게 된 릴리스를 선두로 뒤에는 세이렌과 몽마의 장로들이 무릎을 꿇고 있었다. 그 뒤에는 쿠로카와 세이렌의 모습도 보였다. 몸을 뒤로 젖히고 의자에 앉아 있는 자간의 좌우에는 네피와 포레가 있었다.

장로들이 공손하게 받쳐 들고 있는 것은 거울과 보옥이었다. 두 개 모두 손안에 쏙 들어올 정도의 크기로 거울은 지난번에 릴리스가 보여준 것이다. 류카온에 전해져 내려오는 신기라고 한다. 쿠로카가 가진 쌍검을 합치면 그들의 신기가 이 자리에 다 모이는 셈이다.

세이렌의 장로가 이마에 땀을 흘리며 말했다.

"저희에게 전해져 내려오는 세 가지 신기입니다. 우리에게는 저주를 풀 방법이 없지만 〈마왕〉 님께서 거두시면 조금이라도 도움이 되지 않을까 합니다."

"필요 없다. 그런 종류의 도구는 스스로 주인을 선택하는 법. 내가 가지고 있어도 응답하지 않을 거다."

——아니, 그보다 그걸 나한테 주면 자신들의 몸은 무슨 수로

지킨다는 거지?

비호를 받기 위해 힘을 놓아버리는 건 본말전도다.

그들의 신기도 신령 마법과 똑같다. 싸울 때는 뛰어난 힘을 발휘하지만 그 외에는 응용할 길이 없다. 저주를 막을 수는 있었는지 몰라도 한 번 걸린 저주를 풀 수 있는 것은 아니었다.

하지만 그들을 비난하는 것은 번지수가 잘못된 일이다. 애당초 마술로는 풀 방법이 없어서 마술 이외의 가능성을 찾아서 온 것이니 말이다.

한숨을 깊이 내쉬다가 릴리스가 새파랗게 질려 있는 것을 알아차렸다.

——아아, 이러면 안 되지. 마치 비난하는 말투 같잖아.

자간은 어흠 하고 헛기침을 하고 말했다.

"그렇게 걱정하지 마. 약속은 반드시 지킨다. 이종족들을 지키는 데 내 이름을 사용해도 상관없고 어린애로 변한 것 정도로 〈마왕〉의 이름은 흔들리지 않아."

릴리스는 머리를 깊이 숙였다.

"고마워. ……그리고 미안해. 힘이 되어주지 못해서."

"신경 쓰지 말라고 했잖아. 그보다 좀 피곤하군. 다들 그만 물러가도록 해."

그러자 장로들은 머뭇거리며 방에서 나갔다.

방에서 나갈 때 세이렌의 장로가 셀피를 불렀다.

"아인셀프. 넌 왕가를 뛰쳐나간 못난 아이지만 딸들 중에서 가장 뛰어난 노래 실력을 가지고 있는 것도 사실이다. **이것**은 네가 가지고 있도록 해라."

그리고 셀피의 손에 툭 하고 내려놓은 것은 파란 보옥이었다.

"어어어엇? 할아버님, 이건 가보인 보석이잖아요?"

"신기라고 불러야지. ……우리가 〈마왕〉님께 드릴 수 있는 건 이 정도가 고작이다. 새로운 〈마왕〉님께 성심을 다하도록 해라."

"……어라? 혹시 나, 신기의 부속품 취급을 당하는 거야?"

잔인하게도 장로는 부정하지 않았다.

셀피는 어쩔 수 없다는 듯 웃었다.

"뭐, 자간 씨와 이 일, 그만둘 생각은 없으니까 상관은 없지만……."

그런 셀피에게 쿠로카가 말을 건넸다.

"셀피, 오빠도 피곤한 것 같으니까 일단 나가는 게 어떨까요?"

자간을 배려해준 것이다. 둘은 살짝 머리 숙여 인사를 하고 방을 나갔다.

그리고 마지막으로 포레도 자간의 곁을 떠났다.

"포레, 어디로 가려고?"

"……바깥 구경 좀 하고 올게."

저주를 풀지 못한다는 사실에 한탄하기보다는 책임을 느끼고 있는 것 같은 목소리였다.

――네가 잘못해서 그런 게 아니다.

이것은 자간의 부주의가 불러온 결말이다. 애당초 어떻게 자기 딸을 원망할 수 있단 말인가.

하지만 지금 자간이 그런 말을 해봤자 그 뜻은 제대로 전해지지 않을 것이다. 자간은 잠자코 포레를 배웅하는 수밖에 없었다.
결국 방에 남은 것은 자간과 네피, 두 사람뿐이었다.
침묵.
그러나 지금은 아무 말 없이 곁에 있어주는 네피가 고마웠다.
머지않아 자간은 가만히 중얼거렸다.
"미안하다, 네피."
"어째서 자간 님이 사과하시는 거죠?"
네피가 눈을 동그랗게 뜨자 자간은 말하기 곤란한 듯이 입을 열었다.

"해저라서 날짜 감각이 이상하지만……, 오늘은, 데이트하기로 약속한 날이다."

하지만 결국 자간은 원래 모습을 되찾지 못했다.
약속을 어기고 만 것이다.
네피는 가슴을 꽉 눌렀다. 그리고 부드럽게 웃었다.
"마음에 담아두지 마세요. 전 언제든 기다리고 있으니까요."
"……내가 원래 나이까지 성장하려면 10년 정도는 걸릴 텐데?"
애당초 제대로 성장을 할지조차 확실하지 않다.
그런데 네피는 별일 아닌 것처럼 고개를 옆으로 흔들었다.
"네. 10년이든 100년이든 기다릴게요. 마술사에겐 10년이든 100년이든 그리 긴 시간이 아니니까요. 그렇죠, 자간 님?"
예전에 네피가 어려졌을 때, 자간도 그렇게 생각했다.

――그렇지만 10년이나 기다리게 할 수 없는 일도 있단 말이다.

자간은 의자에서 일어나 네피를 마주 보고 섰다.

"네피, 조금만 숙여봐."

"……? 이렇게요?"

네피가 하얀 머리를 살짝 숙이자 자간은 품에서 펜던트를 꺼냈다. 오리아스가 남긴 마법은으로 된 펜던트다. 그것을 네피의 목에 걸어주었다.

네피는 깜짝 놀라 눈을 동그랗게 떴다.

"자간 님, 이건……?"

"엘프의 숨겨진 마을에서 발견한 것이다. 네가 그 마을로 왔을 때 몸에 지니고 있던 유일한 물건이었다고 하더군."

자간은 고개를 숙이고 주먹을 꽉 쥐었다.

――원래는 데이트의 마지막 순간에 줄 생각이었는데.

하지만 네피와 오리아스를 10년이나 기다리게 할 수는 없다.

고개를 숙이고 있자 눈물이 뚝뚝 떨어졌다.

――내가 이렇게 한심하게 느껴진 것은 처음이다.

눈물을 참지 못한 것도 처음 있는 일이었다.

그런 자간을 네피는 오히려 사랑스럽다는 듯 끌어안았다.

"이렇게 소중한 물건을. 감사합니다, 자간 님."

그런 다음 자간을 위로하는 것처럼 뺨을 댔다.

"그렇지만 괜찮아요. 자간 님이 얼마나 노력하셨는지 저는 잘 알고 있는 걸요. 그러니 지금은 무리하지 않으셔도 돼요."

그 포옹은 너무 다정해서 자간은 그대로 네피의 가슴에 얼굴을 묻었다.

——따뜻해…….

그리고 부드러웠다.

그것은 사랑하는 사람이 생겨도——아니, 지켜야 할 사람이 생겼기에, 그 누구에게도 약한 모습을 보여주지 않았던 자간이 처음으로 자신의 약한 모습을 드러낸 순간이었는지도 모른다.

네피의 몸에 매달려서 꿈쩍도 않은 채 그저 두 눈에서 흘러내리는 것이 멎을 때까지 계속 그렇게 있었다.

그렇게 있기를 얼마 정도 지났을까.

마침내 눈물이 멎자 자간은 겸연쩍어하며 코를 훌쩍였다.

"음……. 미안. 부끄러운 꼴을, 보였군."

"전혀 부끄럽지 않아요. 오히려 자간 님의 새로운 얼굴을 볼 수 있어서 전 기쁜 걸요."

——역시 못 당하겠어…….

평소와 달리 완전히 입장이 역전되었지만 신기하게도 그리 나쁜 기분은 아니었다.

아니, 어쩌면 처음부터 이랬는지도 모르다. 네피는 자간의 모든 것을 이해해주고 긍정해주고 곁에 있어주었으니 말이다.

괜히 더 수치심이 끓어올라 괴로워하고 있자 네피가 말했다.

"게다가 아마도 자간 님은 약속을 깨신 게 아니라고 생각해요."

"……? 무슨 뜻이지?"

그렇게 되물었을 때였다.

갑자기 심장을 관통하는 듯한 통증과 함께 자간은 쓰러졌다.

"으으으으윽?!"

"자간 님!"

네피가 비명을 질렀지만 자간은 대답하지 못했다.

——뭐지, 이 통증은?

심장에서 마력이 빨려나가고 있는 것 같은 허탈감. 온몸에서 땀이 솟구치고 숨도 쉴 수 없었다.

그리고 그것이 신호였던 것처럼 노크도 없이 방문이 열렸다.

"자간, 큰일이다!"

샤스틸이었다. 네피에게 안겨 있는 자간을 보자 그녀 역시 아무 말도 못했다.

"샤스틸 씨, 큰일이에요. 자간 님이 쓰러지셔서……."

네피의 목소리가 들리지 않는지 샤스틸은 신음하듯이 혼자 중얼거렸다.

"——? '그것'과 관계가 있는 건가?"

"그것이라니, 무슨 말씀이세요? 밖에서 무슨 일이라도 있었나요?"

그 물음에 그제야 정신을 차렸는지 샤스틸은 깜짝 놀라 고개를 끄덕였다.

그리고 새파랗게 질려서 이렇게 말했다.

"밖에 괴물이——비프론스 때와 같은, 마신일지도 몰라."

아이의 모습으로 변하면서 〈천린〉을 잃어버린 자간에게 가장 일어나서는 안 되는 사태가 일어난 것이었다.

◇

시간을 조금 거슬러 올라간다.

자간의 방을 뒤로한 포레는 특별한 목적지 없이 신전 밖으로 나갔다. 그리고 신전과 마을 모두와 떨어진 아무것도 없는 바닷속을 정처 없이 걸었다.

떠오르는 것은 릴리스가 불렀던 시가.

시가 속에 나온 아버지는 위대하고 자랑스러웠다. 그런데——

——난 나쁜 용 쪽이었어.

자간에게 저주를 걸어버렸고, 그리고 전설 속 이야기와 달리 원래대로 돌아갈 방법도 없었다.

그의 도움이 되고 싶어서 강해지기를 바랐는데 그와는 반대되는 짓을 저지르고 만 것이다.

저주를 풀 방법이 없다는 말을 들었을 때 본 자간의 표정이 눈꺼풀에 깊이 새겨져 사라지지 않았다. 그 강한 자간이 울음을 터뜨릴 것 같은 표정을 지었다.

"이럴 생각은, 아니었는데……."

강해지면 자간이 기뻐해줄 줄 알았다.

그런데 아니었다.

몸이 커지니 확실히 힘도 세졌다. 하지만 그것은 강해진다는 것과 같은 뜻이 아니었다. 힘을 손에 넣었는데도 포레는 자신보다 아래인 밤의 일족조차 없애지 못했다.

그렇지만 자간은 어려져도 여전히 강했다. 약한 모습을 보이지 않고 당당하게 행동하고 다른 사람이 도움을 구하면 거기에 응해줬다.

자신이 강해지지 못하는 것은 자신이 약하기 때문이다.

그렇게 간단한 것을 이해하지 못해서, 받아들이지 못해서 주위 사람들을 곤란하게 만들었다. 이게 어린애가 아니고 뭐라 말인가.

"이젠 어떻게 하지."

어려져도, 돌아갈 방법이 없다는 말을 들어도 자간은 단 한 번도 포레를 나무라지 않았다.

그가 화를 내며 고함을 지르고 비난을 퍼부어주면 스스로를 불쌍하게 여기며 위로할 수 있을 텐데.

――자간은 그런 짓은 절대 하지 않아.

다정하고 엄격하게 포레를 지켜봐주고, 잘못을 하면 정확히 가르쳐주고, 잘했을 때는 칭찬해준다.

아직 몇 달밖에 되지 않지만 그에게 받은 온기는 아버지 오로바스에게 받은 것보다 점점 더 커지고 있을 정도다.

그래서 진심으로 의지할 수 있었고 존경도 하고 있다.

그렇지만 이럴 때는 괴롭다.

괴로움을 느끼고 있는 게 자신이 아니라 자간이라서 더 그렇다.

――네피에게는 의지하고 있을까.

자간을 위로할 수 있는 사람이 있다면 네피 뿐이다. 단둘이 있을 때 그가 네피를 의지해준다면 정말 기쁠 것이다.

그와 동시에 자신이 그렇게 해주지 못했다는 사실이 슬프다.

지금 포레가 할 수 있는 것이라고는 두 사람에게 방해가 되지 않도록 밖에 나와 있는 것뿐이다. 위대한 아버지 용, 오로바스에 비해 왜 자신은 이렇게도 작은 걸까. 정말 자신이 싫어진다.

무릎을 끌어안고 웅크리고 있을 때였다.

「우후후, 어머, 귀여운 아기 사슴이 길을 잃었나 보네.」

달콤한 목소리가 들려왔다.

"……누구?"

포레가 고개를 들자 눈앞에 '그림자'가 드리워져 있었다.

용의 눈으로도 그 모습을 정확히 확인하기 힘들었다. 이곳이 시야가 좋지 않은 해저라는 점과는 관계없이 인식할 수가 없다.

……아니, 모습을 감추고 있다기보다는 존재 그 자체가 희미한 듯한 느낌이다. 마치 특정한 형태를 가지고 있지 않는 것 같다.

"알시에라……?"

짐작이 가는 것은 그 이름이었다.

그때는 그녀가 피한 줄 알았지만 성룡인 포레가 작정을 하고 마술을 쏜 것이다. 그 대미지로 이렇게 되었다 해도 이상하지 않다.

'그림자'는 재미있다는 듯 웃었다.

「나쁜 아이. 그분에게서 소중한 것을 훔친 나쁜 아이. 그래도 그것을 여기까지 가지고 와준 착한 아이. 우후후. 키히히. 아하하하하하하!」

정체를 알 수 없는 무언가를 느끼고 포레도 자세를 취했다.

——싫은 느낌. 그렇지만 공격해도 명중할까……?

이곳에서 입김을 내뿜으면 아틀라스티아가 무너져버릴 것이다. 그렇다고 아까 사용한 마술이 효과가 있는 것 같지도 않았다.

포레는 견제 마술을 준비하며 말했다.

"난 아무것도 훔치지 않았어."

오른손을 들고 언제든 마술을 발할 수 있도록 자세를 잡자 그런 경계를 비웃는 것처럼 오른손에 검은 덩어리 같은 것이 스르륵 엉겨 붙었다.

「나쁜 아기 사슴. 거짓말을 하면 못써요.」

그 순간, 포레는 보고 말았다.

당장이라도 무너질 것 같은 '그림자' 너머에서 빛나는 황금색 눈동자를.

황금색 눈동자 속에서 세상 모든 것을 저주하는 증오가 꿈틀거리고 있는 것을.

"——손대지 마!"

포레는 검은 안개를 뿌리치려다가 그대로 경직되고 말았다.

——팔에 힘이, 들어가지 않아?

그 손은 볼썽사납게 떨리고 있었고 심지어 무릎에서도 힘이 빠졌다. 황금색 눈동자를 봤더니 어째서인지 몸에 힘이 들어가지 않게 된 것이다.

——뭐지? 마술?

당황한 포레는 알지 못했다.

그것은 늘 보호를 받고 있던 포레가 알지 못했던 감정에 의한 것이었다.

'그림자'는 비웃는 것처럼 말을 이었다.

「그렇지만 안심해요. 이 세상의 모든 사람들은 도둑이니까요. 그분을 배신하고 눈을 후벼 파고 심장을 도려내고 팔다리를 자르고 목을 자르고 그 시체조차 빼앗아서 지금도 계속 괴롭히고 있는 죄인이죠. ……아아아아아아아, 역겨워. 다 사라져버려.」

금색 눈동자 속에서 일렁이는 광기를 보고서 포레는 그제야 깨달았다.

——뭐야, 이게……. 두려워……? 내가, 두려워하고 있어……?

아무리 어려도 용인 자신이 공포를 느끼고 있는 것이다.

목소리도 나오지 않을 정도의 공포. 포레의 몸은 '그림자'보다 컸지만 한심하게 떨고 있었고 눈물까지 차올랐다.

'그림자' 속에서 시뻘건 혀가 보이더니 포레의 오른손 손등——그곳에 새겨진 문장 위를 기어갔다.

「아아, 아아, 이 맥동. 돌아오시기를 기다리고 있었습니다, 나의 사랑하는——님. 지금 그곳에서 해방시켜 드리겠어요.」

그 직후 '그림자'가 폭발적으로 부풀어 오르더니 포레의 몸을 완전히 뒤덮었다.

——싫어! 도와줘, 자간!

그런 포레의 눈동자에 마지막으로 비친 것은——

"——그렇게는, 안 되지!"

'그림자'와 똑같은 황금색 눈동자를 가진 소녀의 모습이었다.

◇

"뭐지, 이건……?"

신전 밖으로 나오자 그곳에 꿈틀거리고 있는 것은 뼈와 살이 기이하게 뒤섞인 덩어리였다.

"장기 같은, 건가……?"

그렇게 보이지 않는 것도 아니지만 문제는 그 크기다.

살덩어리는 땅——이라고 해도 바닷속이지만——을 뒤덮을 정도로 거대했다. 아직 신전과는 조금 거리가 있지만 해저도시 전체를 집어삼킬 수 있을 정도다. 도대체 어디서 나타난 걸까.

만약 저것이 움직이면 해저도시의 괴멸은 피하기 힘들 것이다.

"이 이질적인 느낌은 확실히 마신을 떠오르게 하는군."

그러나 진흙처럼 형태를 가지고 있지 않았던 과거의 그것과는 달리 이번에는 명확한 질량을 가지고 있었다.

멍하게 그 모습을 바라보고 있자 샤스틸이 겁에 질려 가리켰다.

"저건, 살아 있는 건가?"

표면에는 무수한 혈관이 있어서 꺼림칙하게 맥동하고 있었다. 그것을 지탱하듯이 뿔 같은 뼈가 몇 개 튀어나와서 피 같은 것을 뚝뚝 흘리고 있었다.

살아 있다.

하지만 지상과 바다를 포함해 그 어떤 생물과도 비슷하지 않은 추악한 물체였다.

발바로스도 샤스틸의 그림자에서 나와 얼굴을 찌푸렸다.

"저건, 무슨 고치 같은 거냐?"

"고치라고?"

듣고 보니 그 물체는 무언가를 감싼 고치처럼 보이기도 했다.

그렇지만 저기에서 부화할 것이 얼마나 소름 끼치는 존재일지는 짐작조차 할 수 없었다.

주위에는 이미 샤스틸을 비롯한 교회 사람들에 쿠로카와 릴리스, 셀피 일행 세 명, 그리고 이종족 장로들도 모여 있었다.

샤스틸이 목소리를 높였다.

"기사들이여, 시민들과 내빈들을 피난시키도록. 쿠로카와 네프테로스는 남도록 하고. 저것의 대처를……."

샤스틸은 다음 말을 잇지 못했다.

자간도 알아차렸다. 이 자리에 모인 사람들 중에 두 명 정도 보이지 않는 사람이 있다는 것을.

"……어이. 포레와 네프테로스는 어디 있지?"

분명 가까이 있을 줄 알았는데 양녀와 처제의 모습이 보이지 않았다.

주위를 둘러보고 있을 때였다.

"자간 님, 저건!"

네피가 가리킨 곳에 박쥐 한 마리가 부유하고 있었다. 상처라도 입은 걸까, 마치 살덩어리 옆에서 도망쳐 나온 것처럼 비틀비틀 비행하며 바위 뒤로 사라졌다.

마술로 시각을 강화해서 바위 뒤를 보니 사람의 손 같은 것이 보였다.

"——! 누가 쓰러져 있다!"

멀찌막이 보이는 그 손은 가느다란 것이 아이나 남자가 아니라 여자의 손인 것 같았다.

자간은 망설임 없이 신전을 뛰쳐나가 박쥐가 사라진 바위 뒤로 달려갔다.

"네프테로스냐?"

그곳에 쓰러져 있는 사람은 다크 엘프 소녀였다.

살덩어리와 싸웠는지 여기저기 부상을 입은 상태였다.

"으으……."

자간이 일으켜주자 네프테로스는 신음을 흘리며 황금색 눈을 떴다.

"네프테로스, 무슨 일이 있었지?"

"형부……?"

네프테로스는 머리를 흔들며 몸을 일으켰다. 다행히 상처는 그리 깊지 않은 것 같았다.

때마침 네피도 그곳에 도착했다.

"괜찮아요? 어서 치료를……."

"치료……? 난 됐어! 그보다 포레는?"

자간과 네피는 서로 얼굴을 마주 봤다.
“무슨 말이지? 포레와 같이 있었던 거야?”
네프테로스는 기억을 더듬으며 중얼거렸다.
“그 아이, 무언가의 습격을 받았어…….”
“무언가라면 저 괴물?”
살덩어리를 가리키자 네프테로스는 아무 말도 않더니 이내 고개를 옆으로 흔들었다.
“아니야. 아마도……, 그건, 알시에라, 였을 거야.”
“아마도? 얼굴을 본 게 아니야?”
“검은 안개 같은 것에 뒤덮여서 잘 안 보였단 말이야.”
네프테로스는 어깨를 끌어안고 몸을 떨더니 살덩어리와 거리를 두려는 것처럼 뒤로 물러났다.
“그건 전에 ‘마신’에게 집어삼켜졌을 때와 똑같은 불쾌한 느낌이 들었어. 포레를 도와주려고 했지만……, 설마.”
네프테로스는 정신을 잃은 상태였고 포레는 사라졌다. 그리고 옆에는 저 괴물. 자간의 심장은 당장이라도 터질 것처럼 빠르게 뛰었다.
그들의 생각을 긍정하기라도 하는 것처럼 박쥐 몇 마리가 살덩어리에 들러붙었다. 박쥐들이 이를 박아 넣은 걸까, 그 표피가 찢어지면서 안에서 무언가가 흘러내렸다.

그것은 갈비뼈 같은 뼈와 촉수에 불들린 포레의 모습이었다.

"포레!"

자간은 외쳤다.

그 목소리가 닿을 리가 없는 거리였지만 포레는 희미하게 눈을 떴다.

의식이 있는 걸까, 그 입술이 희미하게 떨렸다.

——도 와 줘——

자간의 귀에는 분명 그렇게 들렸다.

바로 그 직후, 살덩어리는 잠에서 깨어난 것처럼 움직이기 시작했다.

자간은 바닥을 후려갈기며 외쳤다. 아무리 약체화되어 있어도 그 일격은 암반으로 된 해저에 미세한 균열을 만들어냈다.

"발바로스! 샤스틸을 데리고 포레를 구해줘!"

그러자 발밑의 그림자가 꿈틀거리더니 혀를 차는 소리가 들려왔다.

「……쳇, 알았어. 갈 수 있겠냐, 덜렁이?」

"덜렁이라고 하지 마. 이럴 때 움직이지 못하면 언제까지고 빚을 갚지 못하잖아."

그림자 속으로 들어간 샤스틸과 발바로스가 살덩어리 바로 위, 포레 앞에 나타났다.

"빛나라——성검 〈아즈라엘〉!"

샤스틸의 성검이 빛을 발하면서 포레의 몸을 붙들고 있는 뼈와 살덩어리를 베어버렸다.

"지금이다, 발바로스!"

살덩어리와 포레의 몸이 분리된 순간, 발바로스가 팔을 뻗었지만——

"으아앗, 뭐야?"

살덩어리에서 거대한 발톱이 튀어나오자 발바로스는 서둘러 몸을 뒤로 뺐다.

——뭐지? 살덩어리의 형태가 변하고 있어……?

그리고 발밑에 받쳐주는 것이 없는 샤스틸은 살덩어리 위로 떨어지기 시작했다.

"샤스틸, 살덩어리에 손을 대지 마! 위험한 놈 같아!"

하지만 샤스틸은 마술사가 아니다. 해저도시가 특이한 공간이라는 점까지 더해서 그저 속절없이 떨어졌다.

그러나 자간은 아무 대책도 없이 그들을 보낸 게 아니었다.

"자간 님, 그건——."

이변을 알아차린 네피가 숨을 삼켰다.

자간의 주먹으로 인해 생긴 균열은 발바로스와 샤스틸이 날아간 후에도 의지를 가진 것처럼 점점 퍼지고 있었다. 마치 거대한 마법진 같았다.

"——〈천린 · 설월화 **개(改)**〉——"

자간의 외침에 해저의 마법진이 빛났다.

그리고 살덩어리로 뒤덮인 해저도시에 무수한 빛이 생겨났다.

——내가 이렇게 거대한 마법진을 그리지 않으면 마술도 사용하지 못하다니!

네피의 충고를 토대로 개선한 〈설월화〉였다. 이게 아니었다면 지금의 자간은 기동조차 불가능했을 것이다.

자간은 이를 갈며 샤스틸이 있는 곳을 향해 〈설월화〉를 날렸다.

불길한 살덩어리에 닿기 직전의 순간, 〈설월화〉의 빛이 소녀의 몸을 받아냈다.

"일단 후퇴한다, 샤스틸."

발바로스는 샤스틸을 데리고 살덩어리 옆에서 벗어나더니 그림자를 건너 자간의 옆에 나타났다.

그 짧은 시간 동안 살덩어리의 이변도 거의 완료되고 있었다.

완성된 모습을 본 사람들은 할 말을 잃었다.

그것은 하늘을 뒤덮을 정도로 거대한 날개에 집들을 집어삼킬 만큼 거대한 입 사이로 어금니를 번득이는, 검은 비늘을 가진 한 마리 용이었다.

"흑룡 마르바스……?"

네피는 믿기지 않는다는 듯 중얼거렸지만 자간은 모르는 이름이었다.

"저건 뭐지?"

"릴리스 씨가 가르쳐준 류카온의 전설에 나오는 용의 이름이라고 해요. 포레의 아버지가 쓰러뜨린 용이라고 들었는데……."

왜 포레를 집어삼킨 괴물이 그 용의 모습을 하고 있는 거지?

——아니다…….

자간은 찌르는 듯한 통증에 시달리는 가슴을 누르며 말했다.

"저건 포레가 가졌어야 할 용의 모습이다. 검은 건, 아마도 나의……, 아니, 〈마왕의 각인〉의 색이고. 그것이 포레의 힘과 뒤섞인 거지."

그 말에 네프테로스가 숨을 삼켰다.

"그럼 저것도 당신들의 저주의 연장이라는 거야?"

"……본래 아슬아슬한 상태로 균형을 유지하고 있었던 모양인데 그것이 무언가를 계기로 **무너진**거다."

자연스럽게 일어난 일은 아니다. 누군가에 의해서 그렇게 된 것이다.

다만.

――저건 마신과는, 다른 것인가……?

처음 봤을 때 느낀 것은 마신의 존재였다.

하지만 이렇게 형태를 얻은 그것은 예전에 비프론스가 소환했던 마신의 조각과는 너무나도 달랐다. 오히려 힘만 보면 이쪽이 압도적으로 강력하다.

게다가 라피엘이 꾸었다는 꿈에서도 오로바스는 마신과는 다른 존재와 싸웠는지도 모른다고 했다.

아니, 애당초 마신이라는 게 뭐지?

거기까지 생각했다가 자간은 머리를 흔들었다.

――지금 그런 건 아무래도 상관없다!

자간은 흑룡을 노려봤다.

"내 딸을, 돌려받아야겠다!"

〈설월화〉의 빛이 한 점으로 모이기 시작했다.

이 마술은 완성된 것이 아니다.

다음 단계를 습득하기 위한 발판이었다.

——잘 봐라, 포레. 이것이 네게 주려던 힘이다!

그 끝에서 나오는 것은 자간이 포레에게 배우고 포레를 위해 완성시킨 마술이었다.

"——〈천린 · **용식(龍式)**〉!"

빛이 황금색 용의 형태를 이루었다. 천 개나 되는 〈설월화〉는 이 〈용식〉을 형성하기 위한 부품이었던 것이다.

그렇게 해서 거대한 용의 모습이 만들어진 순간이었다.

팡 하고 무언가가 터지는 소리와 함께 자간의 시야가 새빨갛게 물들었다.

"아……?"

눈, 귀, 코, 입, 자간의 몸에 있는 구멍이라는 구멍에서는 모두 피가 솟구쳤다.

"자간 님!"

그는 무슨 일이 일어났는지 이해하지 못한 채 무릎을 꿇었다.

그런 자간을 네피가 부축해줬지만 그는 손가락 하나 까딱할 수 없었다.

"어이, 자간! 뭐야. 도대체 저 괴물이 무슨 짓을 한 거냐고!"

"——아니야."

발바로스가 당황하자 네프테로스가 말했다.

"구축한 '회로'가 자간의 **허용량**을 넘어선 거야. ……마력이 바닥날 때까지 마술을 사용하면 이렇게 돼."

마술을 지나치게 사용하는 바람에 네프테로스가 죽음에 직면했던 것이 불과 보름 전의 일이다.

그런 만큼 네프테로스의 판단은 재빨랐다.

"네페리아, 형부를 좀 치료해줘. 당신의 마법이라면 할 수 있지?"

"——네!"

네피는 자간을 안고 기도하듯이 눈을 감았다.

그러자 그 몸이 희미하게 빛나더니 자간의 몸을 좀먹는 통증이 조금 가벼워졌다. 마술이 아닌 마법의 힘이었다.

——내가 발목을 잡으면 어쩌자는 거냐…….

하지만 한심하게도 목소리조차 제대로 나오지 않았다.

소중한 딸이 괴물에게 잡혀 있는데.

네프테로스는 이어서 샤스틸에게 말했다.

"샤스틸, 당신은 앞으로 나와. 내 신령 마법을 당신의 성검으로 증폭시키는 거야."

"그때 키메라를 해치운 기술인가. ……그렇지만 용을 상대로 과연 어디까지 통할지."

그렇지만 지금은 다른 방법이 없다.

——고메리와 키메리에스를 두고 오는 게 아니었는데.

자간이 〈천린〉을 가르쳐준 건 그 두 사람뿐이다.

——아니지, 〈천린〉을 사용하면 포레까지 다칠 수 있어.

어차피 여기서 기댈 수 있는 건 네피와 샤스틸 일행밖에 없다.

「——그대는 공포를 관장하는 자. 군신에게 복종해 파멸과 혼란을——?」

네프테로스가 신령 마법을 외우기 시작했을 때였다.

흑룡이 날갯짓을 했다. 그 날갯짓은 해류를 회오리바람으로 바꾸더니 거대한 바위를 산산조각 내는 파괴의 소용돌이가 되어 밀려들었다. 그 광경은 마치…….

"바닷속에, 쓰나미……?"

누군가가 공포에 떨리는 목소리로 그런 말을 중얼거렸다.

신령 마법도 이미 늦었다는 사실을 깨달은 네프테로스가 크게 외쳤다.

"발바로스!"

"무리다! 여기서는 원하는 대로 그림자를 다루기 힘들다고 했잖아!"

세이렌의 신기가 지키고 있는 이 해저도시에서는 마술도 방해를 받아 충분한 힘을 발휘하지 못한다. 그래서 자간도 〈용식〉을 발하지 못하고 무릎을 꿇은 것이다.

흑룡의 쓰나미로부터 벗어날 방법은 없었다.

——익숙하지 않은 짓은, 하는 게 아니야…….

누군가를 의지하려고 한 결과, 그 누군가를 사지로 끌어들이고 말았다. 자간 혼자였다면 어리석은 자신만 목숨을 잃고 말았을 텐데…….

자간이 무력함에 굴복하려 할 때였다.

"——네프티나의 아인셀프가 노래합니다——신기 〈면진견우(綿津見雫)〉여!"

어디선가 늠름한 목소리가 울려 퍼졌다.

그리고 이어진 것은 말이 아니라 선율로만 이루어진 노랫소리.

——이 목소리, 세이렌……인가?

자간이 알아차린 것과 동시에 흑룡의 앞에서 소용돌이가 치솟았다. 폭포처럼 가느다란 소용돌이를 일으키는 그것은 흑룡의 쓰나미를 갈기갈기 찢고 그 거체를 집어삼켰다.

셀피의 손에는 세이렌의 신기인 보옥이 들려 있었다.

그런데도 흑룡은 입을 벌리고 그곳에 농밀한 마력을 모았다.

——입김을 내뿜을 생각인가!

포레와 〈마왕의 각인〉의 마력으로 입김을 내뿜으면 해저도시 자체가 소멸될 것이다. 〈용식〉을 실패한 자간에게는 그것을 막을 방법이 없었다.

분명 그런 줄로만 알았는데——

"남의 집에서 그러면 안 되지!"

다음으로 신전에서 튀어나온 사람은 릴리스였다.

그 손에 들려 있는 것은 전에도 본 거울이었다. 방패 같은 그 신기는 물론 강인하겠지만 흑룡의 입김을 받아내기에는 너무 무력했다.

그런데——거울에서 빛이 퍼졌다.

"은안의 왕의 이름 아래 힘을 보여다오——신기 〈유세경(幽世鏡)〉!"

빛은 신전을 뒤덮을 정도로 퍼져 마법진 같은 문양을 그리며 거대한 방패로 변했다.

그리고 그곳에 흑룡의 입김이 충돌했다. 아무리 신기라도 완전히 막아내는 것은 불가능하다.

그런데 릴리스의 얼굴에는 확신의 미소가 떠올라 있었다.

"너나 받아랏!"

그 직후, 흑룡의 바로 위에 빛의 문양이 퍼지더니 그곳에서 마력 덩어리가 떨어졌다.

——공간을 구부려서 입김을 튕겨냈어?

왜 릴리스의 신기가 거울의 형태를 하고 있는지 이제야 알 것 같았다.

거울은 빛을 반사한다. 저것은 빛뿐만 아니라 마력과 물리법칙을 모두 구부려버리는 거울 방패인 것이다.

버티지 못하고 자세가 무너지는 흑룡의 앞에 이번에는 쿠로카가 서 있었다.

"갑니다——〈천무월(天無月)〉"

다른 두 신기와 공명하는 것처럼 쿠로카의 쌍검에서 빛으로 이루어진 칼날이 뻗어 나왔다.

그것은 마치 탑처럼 하늘 높이 우뚝 솟더니 용의 목을 향해 내려쳐졌다.

"냐아아아아아앗!"

고함과 함께 내려쳐진 칼날은 검은 비늘을 간단히 찢고 검은 피를 솟구치게 만들었다.

하지만 그것을 쥐고 있는 사람은 **그** 쿠로카다.

가죽 한 장으로 멈추지 않고, 비늘이 얇은 몸통을 가르듯이 1격, 거기에 수직으로 겹치듯 2격,그리고 땅을 박차고 목덜미에 3격, 검의 기세를 그대로 몰아 몸을 비틀며 목구멍에 4격, 좌우에서 칼날이 쉴 새 없이 연격을 퍼부었다.

빛을 두른 쌍검이 만들어내는 궤적은 거대한 꽃잎처럼 보이기까지 했다.

마침내 쿠로카의 검이 멈추자 흑룡이 바닥에 털썩 엎어졌다.

——이것이 류카온의 신기인가……!

쿠로카가 휘두른 쌍검의 위력을 보았을 때 이곳에는 신기의 힘을 증폭시켜주는 장치 같은 것이 있을지도 모른다. 혹은 세 개가 한자리에 모두 모이는 것에 의미가 있는지도 모르지만, 어쨌든 샤스틸이나 라파엘의 성검조차 능가하는 힘이었다.

쿠로카는 쌍검을 들고 미소 지었다.

"오빠는 쉬고 계세요. 이제야 은혜를 갚을 수 있을 것 같네요."

셀피의 명랑한 목소리가 뒤를 이었다.

"저도요! 저도 열심히 할게요! 저희 집에 오셨는데 자간 씨와 다른 사람들만 일하게 할 수는 없잖아요!"

그리고 마지막으로 릴리스의 등을 떠밀었다.

"자, 릴리스 짱도 뭐라고 해봐."

"에우우? 저기, 약속을 지키지 못한 것을 대신하는 건 아니지만 우리에게 힘을 빌려준 은혜는 꼭 갚을게."

그러면서 소녀들은 흑룡과 맞서 싸웠다.

네프테로스도 자리에서 일어나더니 샤스틸에게 손을 내밀었다.

"자, 우리도 가만히 있을 수는 없지. 아마추어들만 싸우도록 내버려두고 본직인 기사가 쉬고 있을 수는 없잖아?"

"나도 알아. 발바로스도 괜찮지?"

"……네, 네."

그들도 각각 싸움을 시작했다.

——그런데 왜 난 이런 곳에 웅크리고 있는 거지?

딸이 도움을 구하고 있는데 이 작은 몸은 거기에도 응해주지 못한 채 오히려 신부의 위로나 받고 있다.

——이런 때에 아무것도 못해주면서 무슨 부모냐!

하지만 아무리 강한 척을 하려 해도 자신의 역량을 넘어선 마술은 자간의 몸을 엉망으로 만들었다. 몸속에서 마력이 이상한 방향으로 흘러가서 숨을 쉬기만 해도 정신이 아득해지는 것 같은 고통이 엄습했다.

그러나 그렇게 한심한 상태를 알릴 수는 없다.

"네피……. 난 이제, 괜찮다. 저쪽을 도와줘……."

이 해저도시는 지상보다 마력의 힘이 많이 흐르고 있다. 네피가 말하는 정령의 힘도 풍부할 것이다. 분명 마법의 힘도 강해져 있을 터.

지금의 자간보다는 훨씬 더 포레를 구하는 데에 힘이 될 수 있을 것이다.

그런데도 네피는 자간을 안고 놓지 않았다.

"……자간 님, 죄송해요."

그리고 후회하는 듯한 목소리로 말했다.

"사실 저는 자간 님의 저주가 풀리지 않아도 괜찮다고 생각했어요."

배신과도 같은 고백이었다.

"네피……."

하지만 자간은 그 생각을 비난할 수 없었다.

그녀에게 안긴 채 자간은 힘없이 대답했다.

"……나도, 네피가 어려졌을 때, 똑같은 생각을 했어."

그때의 네피는 자연스럽게 웃을 줄 아는 천진난만한 아이였다.

고통스러운 기억 따위는 없이 그저 눈부신 미래만을 가지고 있었다.

네피는 그대로 괴로운 기억을 버리고 다시 성장할 수도 있었다.

——그렇지만 나는 지금의 네피가 좋았다.

괴로운 기억까지 전부 다 포함해서 자간이 좋아하게 된 네피인 것이다. 그래서 오리아스를 끌어내서 원래의 네피를 되찾았다.

네피도 이마를 문지르다시피 하며 고개를 끄덕였다.

"하지만 그래서는 안 되겠죠? 자간 님이 지금 이대로 있어주기를 바라는 건 자간 님이 열심히 살아온 시간을 부정하는 것과 똑같은 거겠죠?"

그렇게 말하고 네피는 자간을 똑바로 바라봤다.
"전 동화 속에 나오는, 세상의 더러움을 모르는 소녀가 아니에요. 나쁜 짓도 했고 안 좋은 생각을 하기도 해요. 그래도……."
네피는 부끄러운 듯 고개를 숙이면서도 의연하게 말을 이었다.
"그래도 자간 님의 힘이 될 수 있다면 **받아**주시지 않겠어요?"
의식이 몽롱해져 있는 자간은 네피가 한 말의 진의까지 이해하지는 못했다.
그래도 당연한 것처럼 웃어 보였다.
"……당연히, 받아줘야지. 네피도, 줄곧 그래줬잖아?"
그것은 지금까지도, 그리고 앞으로도 변하지 않을 것이다.
자간이 무력해지더라도 네피를 받아들이지 못할 일은 없다.
그 대답에 네피는 진심으로 안도한 것처럼 숨을 내쉬었다.
"받아주세요. 이것이, 제가 드릴 수 있는 전부랍니다."

그리고 네피는 자간의 입술에 자신의 입술을 겹쳤다.

——에, 에에에에에엑? 뭐야? 왜 여기서 입맞춤을?
이런 건 자기가 먼저 할 생각이었는데……가 아니라 처음 알게 된 입맞춤의 맛에 자간은 팽글팽글 도는 눈으로 혼란에 빠졌다.
하지만 그와 동시에 몸 안에서 엉망이 되어 있던 마력의 흐름이 정상으로 돌아가는 것을 느낄 수 있었다.
——마력의 '패스(통로)'가 열렸어……?
새로 열린 '패스'가 자간 안을 내달려서 망가진 흐름을 다시 연

결시켰다.

〈용식〉의 반동만이 아니다.

〈마왕의 각인〉에서 흘러나오는 마력까지 모두 정상으로 돌아가고 있었다.

부랑아 시절에 들은 옛날이야기가 문득 떠올랐다.

줄거리는 잊었지만 저주에 걸린 왕자를 원래대로 되돌릴 수 있었던 것은 공주의 입맞춤뿐이었다고…….

그 이야기를 따라가는 것처럼 작아진 몸에 변화가 생겼다.

가늘고 힘이라고는 없는 팔은 굵고 튼튼해졌고, 짧았던 다리는 대지를 단단히 디디고 섰으며, 네피를 올려다봐야 했던 키는 내려다볼 정도로 커졌다. 변화를 버티지 못한 옷은 예비로 가지고 있었던, 늘 입던 로브로.

키가 변하면서 네피의 입술이 떨어졌을 때 자간의 몸은 원래의 청년으로 돌아와 있었다.

그 변화에 입을 맞추었던 네피 자신도 눈이 동그래졌다.

"저, 정말로, 원래대로 돌아오신……, 건가요?"

"어, 어어. 그런 것, 같다."

믿기지 않는 기분으로 손을 쥐었다 펴기를 반복했다.

"네피는 알고 있었던 건가? 이런 방법으로 저주를 풀 수 있다는 것을."

"알고 있었다고 할까, 어제 들은 이야기 속에 그런 장면이……."

새삼 부끄러워진 걸까, 네피는 귀 끝까지 새빨개져서 말했다.

"그렇지만 릴리스 씨는 알시에라 씨에게 들은 이야기라고 하셔서 혹시 무슨 관계가 있는 건 아닐까 하고……."

——알시에라가 알려준 꾀……인가?

자간을 비롯한 다른 사람들을 바보 취급하면서 도발했지만 네피에게는 간접적이기는 해도 조언을 해주었다. 생각하기에 따라서는 아까도 쓰러진 네프테로스와 포레의 행방을 알려준 것 같기도 하다. 그렇지만 동시에 포레를 습격한 것도 알시에라인 것 같았다.

그 소녀의 진의는 어디에 있는 걸까?

자간은 머리를 흔들었다.

"그 녀석은 어찌 되든 상관없다. 그보다 지금은 손이 많이 가는 딸을 구해내는 게 급선무야."

자간은 하늘을 향해 팔을 올렸다. 머리 위를 뒤덮고 있는 바닷물 속에는 아까 분해한 〈설월화〉의 빛이 지금도 떠다니고 있었다.

마술은 아직, 살아 있다.

그러니 이번에야말로 진짜 형태를 보여줘야 한다.

"——〈천린 · 용식〉——"

그 외침에 〈설월화〉의 빛이 다시 모이고 이번에야말로 본래 갖춰야 할 모습을 만들어가기 시작했다.

〈용식〉——용의 모습을 본뜬 인조 생명이 다시 자간 앞에 무릎을 꿇었다.

그런 다음 네피에게 손을 내밀었다.

"가자, 네피. 포레를 되찾아 와야지."

"——네, 자간 님!"

이렇게 해서 두 사람은 다시 흑룡과의 전장으로 향하게 되었다.

◇

〈용식〉과 그 등에 탄 자간과 네피를 본 흑룡은 망설임 없이 입김을 토해냈다.

그것을 막기 위해 릴리스가 거울의 신기를 들었지만 자간이 있는 위치는 조금 멀었다.

"틀렸어, 이미 늦었어!"

릴리스가 절망적으로 외치자 자간은 오만하게 웃었다.

"당황하지 마라! 네가 비호를 부탁한 〈마왕〉은 누구에게도 굴하지 않고 정면으로 맞서서 박살 낸다."

〈용식〉은 흑룡의 입김과 정면으로 맞닥뜨렸지만 그 마력을 모두 집어삼켰다.

자간을 위협으로 간주한 걸까, 흑룡은 바다 위를 향해 날갯짓하려고 했다.

"안 되죠. 놓치지 않을 겁니다!"

셀피가 보옥을 들고 해류를 조종해서 흑룡의 움직임을 저지했다. 날갯짓을 저지당한 흑룡은 그 자리에 못 박힌 듯이 멈췄다.

입김과 움직임이 모두 가로막힌 흑룡은 이번에는 발톱으로 〈용식〉을 찍어서 떨어뜨리려고 했지만…….

"그렇게는 못합니다!"

"가라, 자간!"

흑룡의 앞발을 쿠로카의 쌍검과 샤스틸의 성검이 베어버렸다.

혼신의 힘을 다해 검을 휘두르는 바람에 무방비한 모습을 드러내게 된 두 사람을 뒤이은 발바로스의 그림자가 거두어서 안전한 곳으로 끌어냈다.

그렇게 해서 더 이상 앞을 가로막는 것이 없어지자 자간은 흑룡의 머리 위로 유유히 내려앉았다.

흑룡의 머리에 파묻혀 있던 포레는 상당히 어려져 있었다. 예전보다는 조금 크지만, 그래도 자간의 저주가 풀린 반동으로 인해 포레도 원래의 모습을 되찾고 있는 것이다.

"포레, 데리러 왔다."

그렇게 말하자 포레는 희미하게 눈을 뜨고 고개를 들었다.

"자간……?"

"조금만 기다려라. 그 걸리적거리는 뿌리부터 치워주마."

그렇게 말하고 손가락을 딱 튕기자 포레의 주위에서 검은 불똥이 튀었다.

출력을 낮춘 〈천린〉이다. 흑룡의 머리에는 커다란 구멍이 뚫리고 어린 용족 소녀만 남았다.

그대로 풀썩 쓰러지는 포레를 자간이 부드럽게 안아 들었다.

하고 싶은 말, 듣고 싶은 말, 분명 이것저것 많았을 것이다. 하지만 쇠약해진 포레는 힘없이 자간의 가슴에 매달리는 것 말고는 아무것도 하지 못했다.

그런 딸을 자간과 네피는 함께 끌어안았다.

——늦지 않아서 다행이다…….

쿠로카와 샤스틸은 흑룡을 쓰러뜨릴 수는 있을지 몰라도 포레를 구할 수 있었을지는 확실하지 않다.

한심한 자간은 하마터면 소중한 딸을 잃을 뻔했다.

"……정말이지, 걱정하게 만들지 좀 마라."

저 아래에서는 아직도 흑룡이 바르작거리고 있었다. 포레라는 핵을 잃어도 여전히 자아 비슷한 것이 남아 있는 모양이다.

당장이라도 그 어금니를 드러내고 달려들 것 같은 상황이었지만 자간은 포레를 안고 머리를 쓰다듬어주고 있었다.

그리고 당연히 흑룡은 그 거대한 입을 벌리고 공격해왔다.

"자, 간……. 뒤……."

포레가 꺼져 들어가는 목소리로 호소했지만 자간은 흑룡을 돌아보지도 않았다.

"괜찮아요, 포레. 이제 자간 님이 있잖아요."

네피도 지금 자신이 무엇을 해야 하는지 이해하고 있는 것처럼 포레를 진정시키려는 듯 이마를 문지르기만 했다.

자간은 딸을 위로하는 손을 멈추고 흑룡을 향해 뿌리치듯 휘둘렀다. 주먹을 쥔 것이 아니라 친구에게 인사라도 하는 것 같은 모양새였다.

거기에 응답한 것은 〈용식〉이었다. 황금색 꼬리로 흑룡의 콧등을 후려쳤다.

푹 하고 흑룡의 콧등이 뭉개졌다.

"――?"

포레의 눈이 경악으로 휘둥그레졌다.

——……응? 위력이 상당히 강해졌네?

물론 그에 상응하는 힘을 실었지만 일격으로 흑룡의 머리를 반파시킬 정도의 위력은 없었을 터.

짐작 가는 점은 있다. 네피와의 '통로'가 열리면서 자간 자신의 마력도 강화되었을 가능성이 있는 것이다.

어쨌든 흑룡이 조용해지자 그제야 자간은 포레에게서 몸을 떼고 얼굴을 바라봤다.

"잘 기억해둬라, 포레. 힘이라는 것은 파괴하는 게 전부가 아니다. 타인의 힘을 빼앗아서 얻을 수도 있다."

"빼앗, 아……?"

포레는 그 말의 의미를 헤아리려는 것처럼 반복했다.

자간은 그런 딸을 네피에게 맡기고 〈용식〉을 상공을 향해 날려 보냈다.

포레라는 핵을 잃고 머리까지 파괴된 흑룡은 마침내 무너지기 시작했다.

——그렇지만 아직 모든 것을 다 잃은 것은 아니다.

이미 활동이 정지되고 있었지만, 이것은 용과 〈마왕〉의 힘을 빼앗아서 부풀어 오른 마력의 덩어리다.

그래서 자간은 소중한 딸에게 그 모습을 설명하듯이 말했다.

"포레, 넌 용이다. 용은 살아 있는 모든 것들의 정점에 군림하는 최강의 **포식자**다."

그것은 단순히 생물이 식량을 섭취하지 않으면 살지 못하는 것과는 다르다. 용의 포식은 힘 그 자체의 약탈이다.

그 의미가 전해진 걸까.
자간은 답을 보여주듯이 이렇게 명령했다.

"먹어치워라——〈용식〉."

마력으로 이루어진 용은 그 입을 크게 벌려 흑룡의 사체를 먹어치웠다.

자신에게 닿은 모든 것의 마력을 끝없이 흡수해서 자신을 강화하는 데 쏟는 것이 〈천린(天鱗)〉이라는 마술이다.

그 폭식은 닿은 모든 것을 불사르는 〈천린(天燐)〉과도 유사하다……. 아니, 사라져서 없어지지 않는 이상, 그 이상이라고도 할 수 있는 재난 같은 힘이었다.

——이것이 내가 아는 용이라는 존재다.

이제는 용이라는 형태조차 갖추지 못하게 된 흑룡의 몸이 다 먹어치워질 때까지는 고작 몇 분도 걸리지 않았다.

마침내 흑룡의 모습은 이슬로 사라지고 그 자리에는 황금색 용만이 남아 있었다.

✡ 에필로그

"자간, 미안해."

구출된 포레는 완전히 쇠약해져 있었다.

키도 원래 나이인 열 살로 돌아왔지만 얕은 호흡을 반복하는 모습은 겉보기보다 더 연약하게 느껴졌다. 〈용식〉으로 회수한 마력을 주입해서 치료는 했지만 회복에는 한동안 시간이 걸릴 것이다.

옷은 늘 입던 민족의상을 입혔다. 저주가 풀렸을 때를 위해 자간과 포레가 갈아입을 옷은 가지고 왔었다.

객실 침대에 눕히고 곁에 있어주자 의식을 되찾은 포레가 제일 먼저 한 말이 그것이었다.

"……난, 무리하지 않고 내게 맞는 방법으로, 강해질 거야."

"그래."

딸의 말에 자간은 머리를 쓰다듬으며 그렇게 대꾸했다.

그러자 포레는 창 너머로 보이는 바다 풍경으로 시선을 돌렸다. 그곳에는 용의 모습을 한 인조 생명이 지금도 늠름하게 자리 잡고 있었다.

"저 〈용식〉은, 사라지지 않아?"

"음. 이번에 쏟아부은 힘이 방대했으니 그리 쉽게 소멸하지는 않을 거다."

〈마왕〉 정도 되는 마술사와 계속해서 싸워도 몇 년, 평범한 마술사가 상대라면 몇 백 년은 더 가동할 수 있을 것이다. 용과 〈마왕의 각인〉의 힘은 그 정도다.

그리고 이것이 바로 자간이 포레에게 주려던 진짜 힘이었다.

——적을 먹어치워서 무한히 강해지는 방패다.

수많은 마술 중에서도 궁극의 형태 중 하나라고 할 수 있을 것이다.

동시에 이런 마술을 다룰 수 있는 사람도 〈마왕〉이나 용 정도밖에 없다.

"저건 여기 놔두고 갈까 생각 중이다. 릴리스를 내 산하에 두겠다고 했으니까 이곳을 지켜줄 것도 필요하잖아."

해저도시를 위협한 재난이 그대로 수호자가 되는 것이다. 장로들도 두려워했지만 거절하지는 않았다.

포레는 안심한 것처럼 중얼거렸다.

"자간은, 은안의 왕과는 달라."

"무슨 이야기지?"

"옛날이야기. 은안의 왕은 친구인 용을 죽이는 것 말고는 그를 구할 방법을 찾지 못했어. 그렇지만 자간은 둘 다 구하고 둘 다 자신의 힘으로 삼았지. 은안의 왕보다, 더 대단해."

"그러면 넌 그 왕보다 더 대단한 용이 될 수 있을 거다. 바로 내 딸이니까."

그렇게 말해주자 포레도 만족스럽게 고개를 끄덕였다.

"응. 열심히 할게."

"그렇지만 지금은 건강부터 되찾아야지."

"……응. 그것도 열심히 할게."

역시 아직 체력이 회복되지 않았는지 포레는 금방 새근거리며 잠들었다.

자간은 조용히 그 자리를 뒤로했다.

◇

방을 나가자 네피가 기다리고 있었다.

"포레는 어때요?"

"이제는 괜찮은 것 같다. 네피의 치료 덕분이지."

흑룡으로부터 구해내기는 했지만 힘을 빼앗긴 포레의 쇠약함은 목숨이 위험할 정도였다.

자간도 〈용식〉에서 마력을 공급했지만 〈각인〉의 힘과 뒤섞인 그것은 그대로 포레의 몸에 받아들여질 수 있는 게 아니었다.

네피는 그것을 조율해서 포레를 치료해주었다.

그런데 네피는 석연치 않은 얼굴을 하고 있었다. 저주를 풀긴 했지만 이해할 수 없는 일들도 많았기 때문이다.

자간은 팔짱을 끼고 입을 열었다.

"신경 쓰이는 일이 있는 모양이군."

"네. ……저기, 결국, 어째서 자간 님과 포레의 저주가 풀린 걸까요?"

자신이 한 입맞춤을 잊은 것은 아니다. 뾰족한 귀 끝을 새빨갛게 물들인 채 네피는 그렇게 물었다.

"그렇군. 확실히 네피와, 그……, '패스'를 연결한 것만으로 우리가 원래 모습으로 돌아오는 일은 없었겠지."

그 정도로 풀릴 저주였다면 자간도 시험해보기를 고려했을 것이다. 실제로 입을 맞출 배짱이 있었는지는 차치하고 말이다.

"하지만 그때는 상황이 우리 편을 들어주었다."

"상황, 이요?"

"그래. 포레를 붙잡아두고 있던 흑룡은 용과 〈각인〉의 힘이 구현화한 것이다. 즉 나와 포레에게 걸린 저주 그 자체라고 할 수 있겠지."

그렇게 설명하자 네피도 '아' 하는 목소리를 흘렸다.

"즉 저주가 형태를 가지고 밖으로 나타난 것이라는 뜻인가요?"

"난 그렇게 생각한다."

게다가 그 저주의 본체인 흑룡은 샤스틸과 쿠로카 등의 공격으로 상당한 양의 힘을 잃은 상태였다.

"저주가 흑룡이라는 명확한 형태를 갖추었다는 점. 그것이 신기와 성검으로 인해 타격을 입었다는 점. 마지막으로 네피와의 사이에 '패스'가 생기면서 내 마력이 정상화되었다는 점. 이 세 가지가 갖추어지면서 비로소 저주가 풀린 거다."

샤스틸을 비롯한 다른 사람들도 마찬가지다. 성검과 신기, 이 두 가지가 모두 갖추어졌기에 흑룡에게 상처를 입힐 수 있었던 것이다. 만약 누구 한 명이라도——본의는 아니지만 발바로스도 포함해서——없었다면 흑룡을 당해내지 못했을 것이고 사망자까지 나왔을지도 모른다.

즉 자간은 네피와 만난 후에 접하게 된 모든 사람으로부터 구원을 받은 셈이다.

——의지한다는 건 이런 건가.

어려운 일이지만 나쁜 기분은 아니었다.

——그렇지만 포레에게 그런 짓을 한 놈에게는 본때를 보여줘야지.

네프테로스의 이야기에 따르면 알시에라가 수상하다고 했는데…….

하지만 네피는 기쁘게 귀를 떨면서 이렇게 말했다.

"그러면 알시에라 님에게 감사를 드려야겠네요."

"——! 왜? 녀석은 포레를 그렇게 만든 장본인일지도 모르는데."

"네. 그 얘기는 저도 들었지만 그렇다면 그분은 모든 것을 다 내다보고 그렇게 한 게 아닐까요? 결과적으로는 덕분에 자간 님의 저주도 풀렸고요. 그때 여기저기에 있던 박쥐도 그분의 것이죠……?"

자간은 신음을 흘렸다.

——그건 너무 호의적으로 해석하는 게 아닐까…….

하지만 네피가 그렇게 말하니 그런 것 같은 기분이 든다는 게 문제다. 사실 그때 몇 번인가 본 박쥐들은 하나 같이 그들에게 길을 안내해주는 것처럼 날고 있었다.

자간은 한동안 고민하다가 머리를 흔들었다.

"일단 녀석에 대한 건 보류해두자. 어차피 어디로 사라졌는지도 모르니까."

100퍼센트 적은 아닐지도 모른다. 그렇지만 같은 편이라고 생각하기도 힘들다. 다음에 나타날 때를 위해 대비는 해두겠지만 네피가 한 말도 머릿속에 잘 담아두었다.

지금 할 수 있는 일은 그 정도였다.

——지금은 좀 더 우선해야 할 일이 있으니까.

저주가 풀려도 지나간 시간은 되돌리지 못한다.

자간은 미안해하며 네피와 마주하고 섰다.

"그리고……. 데이트 약속은 결국 지키지 못했다. 다음번을 기약——."

그러자 네피는 고개를 가로저었다.

"아뇨, 자간 님은 약속을 어기시지 않았어요."

"……? 아니, 그렇지만."

네피는 즐거운 추억을 떠올리는 것처럼 말했다.

"평소에는 잘 가지 않는 곳에서 가서, 한껏 옷을 차려 입고, 그리고——……특별한 일을 한다."

네피는 자신의 입술을 만지며 수줍게 귀를 떨었다.

——으음! 그건 역시 입맞춤을 말하는 거겠지!

자신의 얼굴도 새빨개지는 것이 느껴졌다.

그래도 네피는 옅은 미소를 지으며 이렇게 말했다.

"자간 님이 말씀하신 '데이트' 때 할 일, 전부 다 했는걸요."

"그래도 이런 건 단둘이 가야 하는 거라고 생각하는데."

하지만 네피는 고집스럽게 고개를 흔들며 자간을 올려다봤다.

"단둘이, 있기도 했잖아요?"

단둘이 있을 때, 네피에게 울며 매달렸던 기억이 떠올랐다.
——그렇게 말하니까 데이트를 한 것 같기도 하군.
그래서 자간은 네피를 향해 다시 손을 내밀었다.
"그렇군. 이건 데이트였는지도 몰라."
"네."
손을 마주 잡자 자간은 자못 당연한 것처럼 이렇게 말했다.

"그럼 다음 데이트는 언제 할까?"

"……네?"
〈마왕〉의 위엄이 담긴 한마디에 네피도 굳어버렸다.
"데이트라는 것은 딱 한 번밖에 못하는 게 아니다! 이번에는 처음이었으니까 능숙하지 못한 점도 많았지만 다음에는 좀 더 잘해봐야지."
"아……."
네피는 부끄러운 듯, 그렇지만 아주 싫지만은 않은 것처럼 미소 짓더니 웬일로 자간의 팔에 자신의 팔을 끼워 넣었다.
"어디든 함께 하겠습니다, 자간 님."
나중에 고메리가 어서 **뜨거운 이야기**를 들려달라고 난리를 피웠지만, 그건 또 다른 이야기.

후기

여러분, 오랜만에 뵙습니다. 『마왕인 내가 노예 엘프를 신부로 삼았는데 어떻게 사랑하면 되지? 6』를 들고 찾아온 테시마 후미노리입니다.

지난번에는 네피가 어려졌으니 이번에는 자간을 어리게 만들어 봤습니다! 그리고 하는 김에 포레도 좀 키워봤답니다. 모처럼 어린아이가 되었으니 자간도 평소보다 조금 더 솔직하고 서투른 면을 보이기도 합니다. 무대는 바다로 옮겼지만 해변이 없으니 수영복이나 유카타, 혼자 신난 고메리 등은 다음 기회에!

그리고 만화판 '마노사'도 8월에 발행되니 꼭 구입해서 읽어주세요!

이번 후기는 한 페이지밖에 없어서 이쯤에서 신세를 진 분들에게 감사 인사를!

담당 K님. 일러스트레이터 COMTA님. 표지 디자인, 교정, 광고 등에 힘써주신 여러분. 만화판 저자 이타가키 하코 님. 편집의 A님. 우리 아이들. 그리고 이 책을 구입해주신 여러분. 정말 감사합니다!

2018년 7월 마감을 마친 어느 맑은 날에　테시마 후미노리

NEXT

마왕인 내가 노예 엘프를 신부로 삼았는데 어떻게 사랑하면 되지? 6

2019년 3월 5일 제1판 제1쇄 인쇄
2019년 3월 10일 제1판 제1쇄 발행

지음 | **테시마 후미노리**
일러스트 | **COMTA**
옮김 | **권미량**

발행인 | 오태엽
편집팀장 | 김충영
편집담당 | 윤찬영
한국어판 디자인 | Design Plus
라이츠사업팀 | 이은선, 조은지, 이선, 백승주
출판영업팀 | 안영배, 이풍현, 경주현
제작담당 | 박석주

발행처 | (주)서울미디어코믹스
등록일 | 2018년 3월 12일
등록번호 | 제 2018-000021
주소 | 서울특별시 용산구 새창로 221-19(한강로2가)
전화 | (02)799-9174(편집), (02)791-0752(마케팅)
팩스 | (02)799-9334(편집)
인쇄처 | 코리아 피앤피

ISBN 979-11-6403-420-8
ISBN 979-11-89126-22-3 (세트)

●잘못된 책은 구입하신 곳에서 교환해 드립니다.

대인기 상쾌계 변태 러브 코미디, 드디어 완결!!

변태왕자와 웃지 않는 고양이 12

다시 한번, 모두 함께 웃기 위해서.

초판한정 책갈피 증정!!

©Sou Sagara 2018 Illustration: Kantoku
KADOKAWA CORPORATION

“저랑 소풍 갈 사람들을 모으러 가요.” ……삼나무 언덕에서 다시 만난 나와 츠키코는, 손을 잡고 같이 걷기 시작했다. 소중한 사람을, 무엇과도 바꿀 수 없는 추억을 되찾기 위해서. 요코데라 군 노트(집필&각색: 츠츠카쿠시 츠키코)를 기반으로, 오락실에서 놀거나 공부를 같이 하거나, 알콩달콩 동물놀이를 하거나, 이전에 했던 그리운 놀이를 열심히 했지만── “츠키코도 빨리 누드 할당량을 채워야지!” “그것도 싫지는 않습니다만.” “거짓말이야~. ……어?” ──벗을 생각은 충분?!

대인기 상쾌계 변태 청춘 러브코미디 제12탄!
모든 것이 변해버린 새로운 세상에서,
그래도 변하지 않는 무언가를 찾기 위한
마지막 여행이 지금 시작된다──.

사가라 소우 지음 | 칸토쿠 일러스트 | 김경훈 옮김

J NOVEL 절찬 판매 중!